KB117431

세 형제의 숲

Överlevarna

Alex Schulman

세 형제의 숲

알렉스 슐만 지음
송섬별 옮김

다산책방

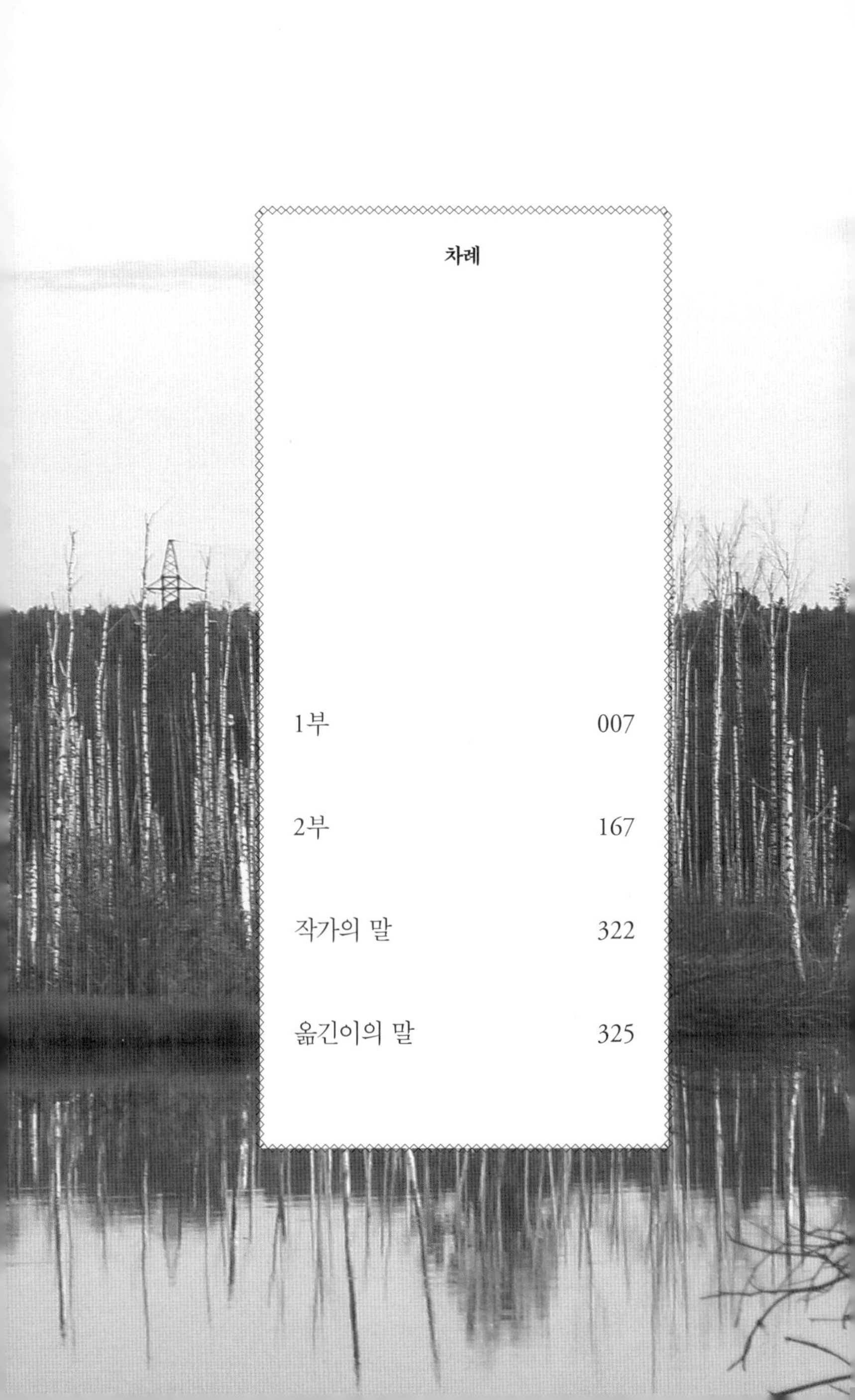

차례

1부

별장

1장

| 오후 11시 59분 |

습하고 흐린 여름의 고요 속, 베냐민의 귀에 저 위 숲속을 달리는 자동차 엔진 소리가 들린다. 언덕 위를 본다. 경찰차 한 대가 녹음을 뚫고 별장으로 이어지는 좁다란 트랙터 도로를 느릿느릿 달린다. 완전히 깜깜해지는 일은 없을 6월의 백야, 외따로 떨어져 자리한 별장이 그곳에 있다. 단순하게 생긴 목조주택은 비율이 특이하고 어울리지 않게 층고가 높았다. 하얗게 칠한 창틀과 문틀의 페인트가 벗겨져 내렸고, 남쪽을 면한 외벽은 햇빛에 바랬다. 지붕을 이은 기와들도 한데 붙어버려서

선사시대 생물의 피부 같다. 바람 한 점 없는 공기에 어느덧 한기가 돈다. 유리창 아래쪽에 안개가 스미고 있다. 2층 창문 한 군데서 노란 불빛이 딱 하나 새어 나온다.

언덕을 내려가면 잔잔하게 빛을 발하는 호수가 있고 기슭엔 자작나무가 빙 둘러서 있다. 그리고 여름밤이면 소년들이 아버지와 함께 시간을 보내던 사우나가 있다. 사우나를 마치면 소년들은 십자가에 매달린 사람처럼 양팔을 옆으로 뻗은 채 뾰족한 바위 위를 비틀비틀 걸어가 물에 들어가곤 했다. "물이 참 시원하구나!" 한번은 아버지가 풍덩 뛰어들며 그렇게 외쳤고, 그 외침은 호수 건너편까지 퍼져나갔다. 그 후에 뒤따르는 침묵은 오로지 여기, 다른 어떤 곳과도 동떨어진 이곳에만 존재했다. 때로 베냐민은 그 침묵이 무서웠지만, 어떤 때는 온 세상이 그 침묵에 귀를 기울이고 있는 것 같은 때도 있었다.

기슭을 따라 한참 나아가면 보트 창고가 나왔다. 목재가 썩어가고 구조물 전체가 물을 향해 기울어지기 시작한 창고였다. 그리고 그 너머에는 헛간이 있었다. 대들보에는 흰개미가 쏠아놓은 구멍이 수도 없이 뚫려 있고, 시멘트 바닥에는 70년은 묵은 것처럼 짐승 배설물의 흔적이 남아 있는 곳이었다. 헛간과 집 사이 작은 잔디밭에서 소년들은 축구를 하고 놀았다. 땅이 살짝 비탈져 있어 호수를 등지고 공을 차는 쪽은 오르막을 향하는 힘든 싸움을 펼쳐야 했다.

작은 풀밭 위에는 조그만 건물이 몇 개 있다. 오래전과 마찬가지로 외롭디 외로운, 접근하기 어려운 장소. 먼 곳에 서서 바라보면 인간의 흔적이라고는 찾아볼 수 없다. 아주 드물게 호수 너머 자갈길로 차 한 대가 지나가며 기어를 낮게 설정한 엔진 소리가 희미하게 들리기는 한다. 건조한 여름날이면 차가 지나간 뒤 곧바로 숲에서 먼지구름이 이는 게 보인다. 하지만 사람이라고는 한 명도 볼 수 없었다. 아무도 없는 이곳을 그들은 떠나는 법이 없었고, 찾아오는 이도 없었다. 한번은 사냥꾼을 본 적이 있었다. 소년들이 숲에서 놀고 있는데 갑자기 나타난 것이다. 흰머리에 초록 옷을 입은 남자가 20미터쯤 떨어진 전나무 숲속을 소리 없이 지나가고 있었다. 아이들과 눈이 마주치자 남자는 검지를 입술에 대더니 나무 사이로 사라져 버렸다. 무슨 영문이었는지는 영영 설명할 길이 없다. 사냥꾼은 아주 가까이에서, 그러나 조금도 닿지 않고 하늘을 가로질러 간 알 수 없는 별똥별이었던 셈이다. 그 뒤로 소년들은 사냥꾼을 본 일을 입에 올리지 않았고 베냐민은 때때로 그 일이 진짜 있었던 일이었나 하는 생각을 했다.

해가 저물고 두 시간이 지났다. 경찰차는 머뭇거리듯 트랙터 도로를 따라온다. 운전하는 사람은 초조한 시선을 후드 바로 앞에 고정하고 언덕을 내려오며 지나치는 길에 있는 것들을 눈여겨본다. 운전대에 몸을 바짝 붙이고 고개를 들어도 나무 우듬지가 보이지 않는다. 집보다 더 높이 자라난 상록수들은 어마어마하게 컸다. 소년들이 어렸을 때도 거대했던 그 나무들은 이제 키가 30미터, 40미터는 족히 되었다. 소년들의 아버지는 땅이 비옥한 게 자기 덕이기라도 한 것처럼 뿌듯해했다. 6월 초에는 순무 싹을 심어놓고, 불과 몇 주 뒤 아이들을 텃밭으로 끌고 나와 땅 위에 한 줄로 얼굴을 내민 빨간 점들을 구경시켜 주곤 했다. 그러나 별장을 둘러싼 비옥한 땅은 믿음직하지 못하다. 곳곳에 완전히 생명력을 잃은 흙이 있어서다. 아버지가 어머니의 생일 선물로 심어준 사과나무는 아직도 오래전 심은 그 자리에 있지만, 더 이상 자라지 않고 사과가 열리지도 않는다. 돌멩이가 하나도 없고 새까맣고 묵직한 흙이 있는 자리도 있다. 그것은 풀이 나는 곳 바로 아래가 암반이라는 뜻이다. 아버지가 닭을 가둘 울타리를 치려고 부지깽이로 땅을 팔 때, 비를 맞아 묵직해진 잔디 아래로 부드럽게 흙이 누그러질 때도 있었지만, 조금만 파도 깡 하는 소리가 날 때도 있었다. 그러면 아버지는 암반의 저항력 때문에 손을 파르르 떨면서 고함을 쳤다.

경찰관이 차에서 내린다. 어깨에 달린 장비에서 뭐라고 떠들어대는 소리가 나지만 그는 훈련된 몸놀림으로 재빨리 볼륨을 낮춘다. 덩치가 큰 남자다. 허리에 차고 있는, 움푹 패어 있고 광택 없는 검은 장비들 때문에 어쩐지 지쳐 보인다. 장비의 무게가 그를 땅으로 끌어내리는 것 같다.

키 큰 나무들을 배경으로 푸른 불빛이 어른거린다. 이 불빛은 어쩐지 특별하다. 호수 너머 산이 푸른빛으로 물든다. 경찰차가 뿜어내는 푸른빛은 캔버스에 그대로 담아도 될 것 같은 빛깔이다.

경찰관이 집 쪽으로 성큼성큼 걸어와 멈춰 선다. 문득 망설여지기라도 하는 듯 잠시 현장을 살펴본다. 남자 세 명이 별장 현관문으로 이어지는 돌계단에 나란히 앉아 있다. 서로를 안고 울고 있다. 정장에 넥타이까지 갖춘 차림이다. 그 옆, 잔디 위에 유골단지가 놓여 있다. 경찰관의 눈이 세 남자 중 한 명과 마주치자 그가 일어선다. 나머지 두 남자는 여전히 서로 부둥켜안고 앉아 있다. 피투성이에 심하게 두들겨 맞은 모습이기에 경찰관 역시 앰뷸런스를 부른 이유를 알 수 있다.

"베냐민입니다. 신고 전화를 건 사람이 접니다."

경찰관은 주머니를 뒤져 수첩을 찾는다. 이 이야기가 종이 한 장에 담기는 건 불가능하다는 것을, 방금 자신이 수십 년간 이어진 이야기의 결말에 발을 들였다는 사실을 경찰관은 모른다. 오래전 이곳을 떠나 뿔뿔이 흩어졌다가 어쩔 수 없이 돌아온 세 형제의 이야기라는 것도, 모든 것은 서로 연결되어 있고 그 무엇도 단일한 사건이 아니며 별개로 설명할 수 없다는 사실도 모른다. 지금 일어나고 있는 일의 무게는 어마어마하고, 당연하게도 사건의 대부분은 이미 일어났다. 여기 돌계단 위에서 펼쳐지는 세 형제의 눈물과 부어오른 얼굴, 피의 이야기는 그저 수면에 남은 마지막 파문이자 돌이 떨어진 자리에서 가장 먼 곳에 일렁이는 잔주름일 뿐.

2장

| 수영 시합 |

저녁이면 베냐민은 그물과 양동이를 챙겨 부모님이 앉아 있는 작은 둑 앞 물가로 갔다. 부모님은 저녁 해의 움직임에 맞추어 서서히 이동하는 그늘을 따라 테이블과 의자를 조금씩 옮겼다. 테이블 밑에 엎드려 있던 개 몰리는 지붕 삼던 그늘이 사라지는 모습에 놀란 표정을 짓다가, 자신도 그늘을 따라 물가 쪽으로 자리를 옮겼다. 부모님은 사그라지기 직전의 햇살 속에 앉아 호수 반대편 나무들의 우듬지 너머로 서서히 지는 해를 바라보고 있었다. 부모님은 언제나 물을 마주 보고 나란히 앉왔다. 기다란 풀 속에 파묻힌 흰색 플라스틱 의자들, 기울어진 작은 테이블 위 저녁 해를 받아 얼룩덜룩하게 빛나는 맥주잔. 도마 위 토막난 윈터 살라미•, 모르타델라••, 순무. 부모님 사이 풀숲에 놓인 보냉 가방 속에는 차가운 보드카가 들어 있다. 아빠는 보드카 한 잔을 들이켤 때마다 “어이!” 하면서 아무것도 없는 허공에 잔을 한 번 들어 보인 뒤에 마셨다. 아빠가 살라미를 자르면 테이블이 흔들리고 맥주가 출렁이는 바람에 심기가 불편해진 엄마는 얼굴을 찌푸린 채 아빠가 살라미를 다 자를 때까지 잔을 손에 들고 있었다. 아빠는 아무런 눈치도 채지 못했지만 베냐민은 다 알았다. 베냐민은 부모님의 움직임 하나하나를 알아차렸다. 언제나 평화롭고 조용한 거리를 유지하면서도 부모님이 하는 대화에 귀를 기울이고 두 사람의 분위기와 기분을 주시했다. 부모님이 다정하게 말을 주고받는 소리, 도자기 그릇에 식기가 부딪히는 소리, 부모님 중 누군가가 담뱃불을 붙이는 소리, 두 분의 사이가 평소대로라는 걸 알려주는 소리들을.

베냐민은 그물을 들고 호숫가를 걸었다. 시커먼 물을 내려다

• 차가운 공기에 건조시킨 뒤 훈연하는 전통적인 방식으로 만든 헝가리의 살라미
•• 돼지 어깨살과 통후추와 정향 등의 향신료가 들어간 이탈리아의 소시지

보고 있으면 수면에 비친 해가 정면으로 반사될 때가 있는데 그때마다 눈이 타들어 갈 듯 아팠다. 커다란 바위 위에 균형을 잡고 서서 올챙이가 있는지 호수 바닥을 들여다보았다. 민달팽이 같기도 하고 헤엄치는 쉼표 같기도 한, 작고 새까만 신기한 생물들. 그물로 올챙이 몇 마리를 잡아 빨간 양동이에 담았다. 이건 전통이었다. 베냐민은 엄마 아빠 근처를 맴돌 핑계 삼아 올챙이를 잡았고, 해가 지고 그들이 집 안으로 들어가면 올챙이를 다시 물에 풀어준 뒤 실내로 따라갔다. 다음 날에도 똑같은 일이 반복되었다. 한번은 베냐민이 깜빡 잊고 올챙이를 양동이 속에 둔 채로 집에 가버린 적이 있었다. 다음날 오후, 올챙이는 모두 뜨거운 햇볕에 익은 채 죽어 있었다. 아빠에게 들킬지도 모른다는 생각에 겁에 질린 베냐민은 양동이를 호수에 쏟아버렸다. 아빠가 집 안에서 쉬고 있다는 걸 알았는데도 꼭 뒷목에 아빠의 시선이 꽂혀 타들어 가는 느낌이 들었다.

"엄마!"

집 쪽을 올려다보니 언덕을 내려오는 동생 피에르가 보였다. 멀리 떨어져 있었는데도 피에르가 안달하는 것을 알 수 있었다. 별장에선 안달을 내서는 안 되었다. 특히 올여름에는. 일주일 전 이곳에 도착했을 때 부모님은 여름 내내 텔레비전을 금지하기로 결정했다. 아이들은 침통한 목소리로 알았다고 했지만, 그중에서도 피에르가 가장 불만이 많았다. 아빠는 마치 공개 처형을 한 뒤 경고의 의미로 시체를 매달아 놓는 것처럼 플러그를 뽑아 엄숙하게 텔레비전 위에 올려놓으며, 첨단 기술은 야외에서 여름을 보내기로 한 가족의 결정을 위협한다는 사실을 모두에게 알렸다.

피에르는 저녁마다 풀숲에 드러누운 채 배 위에 만화책을 올려놓고 천천히 혼자 소리 내어 읽었다. 하지만 결국은 그마저도 지겨워져서 부모님을 찾아가곤 했다. 베냐민은 엄마 아빠의 반응이 그때그때 다르다는 걸 알았다. 엄마의 무릎 위로 올라가면 부드럽게 등을 긁어주는 날도 있었다. 그렇지만 부모님이 짜증을 내는 바람에 분위기가 깨져버리는 날도 있었다.

"할 일이 없는 걸 어떡해요." 피에르가 말했다.

"베냐민 형이랑 올챙이라도 잡지 그러니?" 엄마가 물었다.

"싫어요." 피에르는 엄마가 앉은 의자 옆에 서서 눈을 가늘게 뜨고 지는 해를 바라보았다.

"그럼 닐스 형이랑 같이 뭐라도 하고 놀려무나."

"뭐 하고 놀아요?"

침묵. 술에 취해 몸이 무거워진 엄마와 아빠는 지친 듯 플라스틱 의자에 주저앉은 채 호수만 쳐다보았다. 뭐라도 말해주려 애를 써도 딱히 생각나는 놀 거리가 없는 모양이었다.

"어이." 아빠가 그렇게 중얼거리며 보드카를 홀짝 들이켜더니 얼굴을 찌푸린 다음 손뼉을 세 번 쳤다. "좋다. 지금 당장 전부 수영복 입고 모여라!"

그 말에 베냐민은 고개를 들고 물가에서 걸어 나와 들고 있던 그물을 풀숲에 던져놓았다.

"아들들! 전부 집합!"

닐스는 집 옆 두 그루 자작나무 사이에 매달아 놓은 해먹에 누워 워크맨으로 음악을 듣고 있었다. 가족이 내는 소리에 유심히 귀를 기울이는 베냐민과는 달리 닐스는 귀를 막아버리는 쪽을 택했다. 베냐민은 항상 부모님 가까이 다가가고 싶어 했지만, 닐스는 항상 도망치고 싶어 하거나 혼자 다른 방에 있으려고 했다. 자기 전, 얄팍한 합판 벽 너머 부모님이 다투는 소리가 들릴 때가 있었다. 베냐민은 한 마디 한 마디 새겨들으면서 이 싸움이 미칠 악영향을 재어보곤 했다. 때로 부모님은 도저히 상상하지도 못할 잔인한 말을 외치고, 주워 담을 수 없을 가혹한 말을 했다. 그런 밤이면 베냐민은 몇 시간이고 잠 못 이룬 채 누워서 머릿속으로 부모님이 했던 말을 몇 번이나 곱씹었다. 하지만 닐스는 하나도 신경 쓰지 않는 것 같았다. 부모님의 말다툼이 격해지면 닐스는 "정신병원이야, 뭐야." 하고 중얼거리고는 돌아누워 잠들었다. 닐스는 부모님을 무시하면서 별문제를 일으키지 않고 온종일 혼자 보내다가도 갑작스레 울화를 터뜨렸고, 그러다 금세 또 잠잠해졌다. 해먹에 누워 있을 때 벌이라도 날아오면 미친 듯이 두 손을 휘둘러 대며 "씨발!" 하고 외치기도 했다.

"씨발! 미친 정신병자들아!" 그는 고함을 치며 허공에 주먹질을 하다가 곧 조용해지곤 했다.

"닐스! 해변으로 집합!" 아빠가 외쳤다.

"안 들릴 거예요. 음악 듣고 있잖아요."

엄마의 말에 아빠는 목소리를 높였지만 해먹에 누운 닐스는 묵묵부답이었다. 엄마가 한숨을 쉬더니 일어나 종종걸음으로 닐스에게 다가가서는 얼굴 앞에다 손을 흔들었다. 닐스가 헤드폰을 벗자 엄마는 "아빠가 부르신다."라고 말했다.

해변으로 집합. 그 어떤 것과도 바꿀 수 없는 순간이었다. 아빠의 눈에 삼형제가 사랑해 마지않는 특별한 눈빛이 반짝였다. 재미있는 놀이가 기다린다며 아들들에게 약속하는 광채가 감도는 순간. 심각하고 또 엄숙한 목소리로 새로운 시합을 제안하면서도 입가에는 슬며시 미소가 감도는 순간. 아빠는 마치 아주 중요한 일이라도 눈앞에 두고 있는 것처럼 격식을 갖춘 말투를 썼다.

"규칙은 간단하다." 아빠는 수영복 아래로 깡마른 다리를 드러내고 서 있는 세 형제 앞에 우뚝 서서 입을 열었다. "아빠가 신호하면 물속으로 뛰어들고, 수영해서 부표를 한 바퀴 돌아 뭍으로 돌아온다. 제일 먼저 도착한 사람이 승자다."

세 형제는 물가에 나란히 섰다.

"다들 이해했나? 좋다, 그럼 이제 셋 중 누가 제일 빠른지 알아보자!"

베냐민은 텔레비전에 나오는 운동선수들이 중요한 시합을 앞두고 하던 것처럼 깡마른 허벅지를 찰싹찰싹 쳤다.

"잠깐, 시간을 재야겠구나." 아빠는 손목시계를 풀더니 두툼한 엄지로 디지털시계의 조그만 버튼을 눌러대다가, 원하는 대로 되지 않는지 "젠장." 하고 중얼거리고는 고개를 들었다.

"모두 제자리로."

베냐민과 피에르는 가장 유리한 출발점을 차지하려 옥신각신했다.

"안 돼, 싸움은 안 된다."

"그럴 거면 그냥 관둬라." 테이블에 앉아 빈 잔에 새 술을 채우고 있던 엄마가 거들었다.

세 형제는 각각 열세 살, 아홉 살, 일곱 살이었다. 요즈음 셋은 축구나 카드놀이를 할 때마다 심하게 싸웠기에 베냐민은 세 사람 사이의 유대관계가 무너지는 것 같다는 생각을 했다.

특히 아빠가 셋 중 누가 무엇을 제일 잘하는지 알아보겠다며 경쟁을 붙일 때는 더 심했다.

"제자리로… 준비. 출발!"

베냐민은 호수를 향해 앞장서서 달려갔다. 뒤에서 엄마와 아빠가 응원하는 소리가 들렸다.

"브라보!"

"잘한다!"

물속으로 몇 발짝 달려 들어가자 발아래 날카로운 바위들이 사라졌다. 아직 6월이라 물속은 오싹했다. 조금 깊이 들어가니 띠를 이룬 더 차가운 조류가 마치 여러 단계의 차가움을 시험해 보기라도 하듯 살아 있는 생물처럼 다가왔다 밀려오기를 반복했다. 하얀 스티로폼 부표는 저 멀리 거울 같은 수면에 가만히 떠 있었다. 몇 시간 전 세 형제가 아빠와 함께 그물을 치러 갔다가 띄워놓은 것이었다. 하지만 이제 보니 부표가 저렇게 멀었던가 싶었다. 셋은 체력을 아끼기 위해 말없이 헤엄쳤다. 시커먼 물 위에 동동 뜬 세 개의 머리가 물가에서 멀어질수록 부모님이 외치는 고함은 잦아들었다. 얼마 뒤 호수 건너편 숲 너머로 해가 저물며 어둑해지자, 마치 아까와는 딴판인 호수에서 헤엄치는 것만 같은 기분이 난데없이 찾아왔다. 문득 베냐민은 이 물이 낯설게 느껴졌다. 순식간에 물속에서 일어나고 있는 일들과, 자신들을 반기지 않을 호수 깊은 곳 생물들에게 생각이 미쳤다. 호수 위에 배를 띄웠을 때 아빠가 그물에 걸린 물고기를 집어내서 갑판 위로 던졌던 기억이 밀려왔다. 셋은 몸을 수그리고 강꼬치고기의 작고 뾰족한 송곳니와 농어의 깔쭉깔쭉한 지느러미를 내려다보았다. 물고기가 펄쩍 뛰면 세 형제는 놀라서 비명을 질렀고, 갑작스러운 소리에 놀란 아빠도 고함을 질렀다. 그러다 다들 입을 다물면 아빠는 "물고기 따위를 겁내다니." 하고 중얼거리며 그물을 거두었다. 그런데 지금 베냐민은 탁한 물속에 몸을 숨긴 채 바로 옆, 어쩌면 바로 밑에서 헤엄치고 있을 물고기에게 생각이 미쳤다. 석양을 받아 문득 분홍빛으로 빛나는 하얀 부표는 아직도 멀기만 했다.

물속으로 들어간 지 몇 분이 지나자 셋은 멀찍이 떨어져 헤엄치고 있었다. 닐스가 베냐민을 한참 앞서갔고 피에르는 맨 꼴찌였다. 그러나 어둠이 내리고 추위에 허벅지가 따끔따끔해질 무렵 셋의 거리는 다시 좁혀졌다. 오래지 않아 셋은 가까이서 헤엄치기 시작했다. 의식하고 하는 일은 아니었고, 아이들 또한 인정하려 들지 않겠지만, 셋은 물속에서 누구 하나를 맨 뒤에 내버려 두고 싶지 않았던 것이다.

세 아이의 고개가 점점 수면으로 처지고 팔을 휘두르는 간격도 좁아졌다. 처음에는 휘젓는 팔에 포말이 일었지만 이제 수면은 잠잠했다. 부표에 다다른 베냐민은 몸을 돌려 별장을 바라보았다. 저 멀리 동그마니 놓인 빨간 레고 블록 같았다. 그제야 돌아가는 길이 멀고도 멀다는 생각이 들었다.

순식간에 엄청난 피로가 밀려왔다. 지친 팔은 들어 올릴 수조차 없었다. 갑자기 다리를 움직이는 법이 기억나지 않아 베냐민 자신도 당황스러웠다. 찌릿한 냉기가 목덜미를 타고 올라 머리통을 강타했다. 자신의 숨소리가 점점 가쁘고 힘겨워진다고 느낀 순간, 그는 현실을 깨닫고 서늘한 기분이 들었다. 기슭으로 돌아가지 못하겠구나. 입 안에 물이 들어가지 않게 고개를 위로 쭉 뺀 닐스가 보였다.

"닐스 형."

하지만 닐스는 베냐민의 부름에 대답하지 않고 하늘만 보며 헤엄쳤다. 베냐민이 형에게 다가가자 둘은 서로를 마주보며 가쁜 숨을 내쉬었다. 눈이 마주친 순간, 그는 형의 눈 속에 지금까지 한 번도 본 적 없는 두려움이 도사리고 있다는 사실을 알아차렸다.

"괜찮아?"

"모르겠어…." 닐스가 헐떡이며 대답했다. "돌아갈 수 있을지 모르겠어."

닐스가 팔을 뻗어 양손으로 부표에 매달렸지만 부표는 그의 무게를 지탱하지 못하고 시커먼 물속으로 가라앉았다. 닐스는 뭍을 바라보며 중얼거렸다.

"못 돌아갈 거야. 너무 멀어."

베냐민은 머리를 굴려 기억 속에서 수영 시간에 들었던 기나긴 수중 안전 강의를 끄집어냈다.

"침착해야 해. 팔을 더 길게 뻗고, 숨도 더 길게 쉬어야 해."

그다음에 베냐민은 피에르를 보며 물었다.

"괜찮아?"

"무서워."

"나도 그래."

"죽기 싫어!" 피에르가 울음을 터뜨렸다. 눈물에 젖은 그의 눈은 수면 아래로 가라앉기 직전이었다.

"이리 와, 내 옆으로 와." 세 사람은 물속에서 바짝 거리를 좁혔다.

"서로 도와주면서 가자." 베냐민이 말했다.

셋은 나란히 집을 향해 헤엄쳐 가기 시작했다.

"팔을 길게 저어. 다 같이 길게 헤엄쳐 가는 거야." 베냐민이 말했다.

피에르도 이제 울음을 그치고 옆에서 열심히 헤엄치고 있었다. 얼마 뒤 세 사람은 박자를 맞추어 다 함께 팔을 뻗고 숨을 길게 내쉬고 들이쉴 수 있었다.

베냐민이 피에르를 보더니 웃었다. "입술이 파랗게 됐네."

"형도 똑같거든."

두 사람은 서로를 보고 재빨리 씩 웃은 뒤 다시 집중하기 시작했다. 머리는 물 위로 들고, 팔은 길게 뻗으면서.

저 멀리 별장이, 그리고 매일같이 피에르와 축구를 하던 들쭉날쭉한 작은 풀밭이 눈에 들어왔다. 왼쪽에는 식품저장고, 또 오후가 되면 라즈베리와 블랙커런트를 따러 갔다가 시커멓게 탄 다리에 온통 하얗게 긁힌 상처를 달고 돌아오던 베리 덤불이 있었다. 그리고 그 너머, 땅거미 속 시커멓게 우뚝 솟은 전나무 숲이 보였다.

세 사람이 기슭에 닿을 무렵이었다.

도착 지점까지 15미터 정도 남은 지점에서 닐스가 속도를 내며 거칠게 물을 헤치고 나아가기 시작했다. 베냐민도 당황해 욕설을 내뱉고는 형을 따라 속도를 높였다. 세 형제가 먼저 기슭에 닿으려고 치열한 경쟁을 시작하며 호수의 고요함은 깨지고 말았다. 피에르는 금세 한참 뒤처졌다. 닐스가 베냐민보다 아슬아슬하게 먼저 뭍에 도착하자 둘은 나란히 언덕을 달려 올라갔다. 베냐민이 닐스를 앞지르려 팔을 붙들자 닐스는 버럭 성을 내며 그를 밀쳐냈다. 둘은 테라스에 도착해 주위를 둘러보았다.

베냐민이 집 쪽으로 몇 발짝 다가가 창문으로 집 안을 들여다보았다. 접시 위로 널따란 등을 구부린 아빠의 형체가 언뜻 보였다.

"엄마 아빠는 안으로 들어가 버렸네." 베냐민이 말했다.

닐스는 양손으로 무릎을 짚고 거친 숨을 골랐다.

헉헉 숨을 몰아쉬며 언덕을 올라온 피에르는 혼란스러운 표정으로 텅 빈 테이블을 쳐다보고 있었다. 세 형제는 허탈한 나머지 그 자리에 잠자코 서 있었다. 세 사람의 불안한 숨소리가 침묵 속에서 헐떡였다.

3장

| 오후 10시 |

닐스가 온 힘을 다해 유골단지를 동생에게 휘두른다. 무방비 상태이던 피에르의 가슴팍에 단지가 명중한다. 뚝 소리와 함께, 피에르의 몸속에서 무언가 부서졌다는 사실을 베냐민은 알아차린다.

갈비뼈 아니면 복장뼈일 터였다. 베냐민은 늘 다른 사람들보다 세 발짝 멀리 내다볼 줄 알았다. 식구들 사이에 갈등이 벌어지기 한참 전부터 예측하곤 했다. 아무도 감지할 수 없을 정도로 미묘한 짜증이 처음 일어나는 그 순간부터 베냐민은 다툼이 벌어질 것임을 알았고, 이 다툼이 어떻게 끝날지도 예상했다. 하지만 지금은 달랐다. 지금, 피에르의 가슴 속에서 무언가 부서진 순간부터는 무슨 일이 일어날지 아무것도 예상되지 않는다. 지금부터 시작되는 모든 일은 미지의 영토다. 피에르는 얕은 물가에 누워 가슴을 움켜쥔다. 닐스가 급히 다가온다. "괜찮아?"

그가 몸을 숙여 동생을 일으킨다. 그는 겁에 질려 있다.

피에르가 정강이를 걷어차는 바람에 닐스는 바위투성이 호숫가에 쓰러진다. 피에르는 형에게 몸을 덮친다. 두 사람은 뒤엉켜 구르며 서로의 얼굴에, 가슴에, 어깨에 주먹질을 한다. 그리고 몸싸움을 벌이는 내내 그들은 말을 한다. 죽일 듯이 서로에게 덤벼드는 동시에 대화를 나누고 있는 모습이 베냐민의 눈에는 초현실을 넘어 환상이 아닌가 싶다.

베냐민은 둑 옆에 떨어진 유골단지를 집어 든다. 뚜껑이 열려 유해가 모래 위에 조금 쏟아진 뒤다. 어머니가 타고 남은 유해는 보랏빛이 도는 회색이다. 베냐민은 재빨리 유골단지를 주워 들고 뚜껑을 닫는다. 어머니의 유해가 이런 색일 줄은 상상도 못했다. 그는 양손으로 유골단지를 들고 몇 걸음 뒷걸음친 다음 가만히 서서 형제들의 주먹다짐을 지켜본다. 과거에도 그는 이렇게 한 켠에 얼어붙은 듯 서 있곤 했다. 피에르와 닐스가 서툴고 어설프게 서로에게 주먹을 날리는 모습을 본다. 다른 날이었다면 피에르는 형에게 시커멓고 시퍼런 멍이 들 때까지 때려눕힐 수도 있었을 것이다. 청소년 시절부터 싸움꾼이었으니까. 어린 시절, 베냐민은 운동장을 지나가다가 한 무리의 아이들이 싸움을 구경하는 모습을 본 적이 있었다. 아이들의 다운재킷 틈으로 베냐민은 동생이 상대방이 죽은 듯 꼼짝하지 않을 때까지 마구 주먹을 날리는 모습을 보곤 했다. 피에르는 싸움을 잘하지만 지금은 뼈가 부러져 똑바로 서 있기조차 힘든 판국이니 이곳 호숫가에서는 닐스와 비등비등하다. 두 사람이 날리는 주먹은 허공을 가르거나, 명중하거나, 상대가 손과 팔로 막아내기도 한다. 그래도 몇 번은 제대로 내리꽂힌다. 피에르의 주먹이 닐스의 눈을 때리자 피가 뺨을 타고 목으로 흘러내리는 게 보인다. 닐스가 피에르에게 팔꿈치를 내리찍는 순간 코뼈가 부러지는 소리가 난다. 닐스는 피에르의 머리를 쥐어뜯는다. 손을 놓자 손가락 사이에 머리카락이 수북하다. 잠시 후 두 사람은 지쳐버린다. 순식간에 싸울 힘이 없어진 것 같다. 그들은 호숫가에 몇 미터 떨어져 앉아 서로를 바라본다. 그러다가 또다시 몸싸움이 시작된다. 아까보다 지쳤는지 느린 몸짓이다. 서로를 죽일 마음은 있지만 당장은 아니라는 듯이.

그러면서 두 사람은 끊임없이 말을 한다.

닐스는 동생을 발로 차려다가 실패하고 균형을 잃는다. 피에르는 뒤로 물러나서 호숫가의 돌을 집어 들어 닐스에게 던진다. 돌은 빗맞지만 피에르는 또다시 돌을 집어던지고 이번에는 닐스의 턱에 명중한다. 피가 난다. 슬금슬금 뒷걸음질로 둑을 넘어가는 베냐민은 손가락이 하얗게 될 정도로 유골단지를 세게 움켜쥐고 있다. 그다음에는 몸을 돌려 집으로 걸어간다. 집 안, 주방에 들어가 휴대폰을 찾은 뒤 비상 번호를 누른다.

"형제간에 싸움이 났습니다. 서로 죽일 기세로요."

전화를 받은 여자가 묻는다. "말릴 수 있겠어요?"

"아니요."

"왜죠? 부상을 입었나요?"

"아니요, 그게 아니라…."

"그러면 어째서 말릴 수 없는 거지요?"

베냐민은 귀에 휴대폰을 바짝 가져다댄다. 왜 말릴 수 없냐고? 창밖을 바라본다. 어린 시절의 사소한 배경들이 모두 내다보인다. 이 풍경 속에서 모든 일이 시작되고, 또 끝났다. 그가 두 사람의 싸움에 끼어들 수 없는 것은, 그는 아주 오래전 이곳에 갇혀 버렸고 그 뒤로 꼼짝도 할 수 없었기 때문이다. 그는 아직 아홉 살이다. 반면 저곳에서 싸우고 있는 두 사람은 줄기차게 살아낸 어른들이다.

서로 죽자고 달려드는 두 형제의 모습이 창 너머로 보인다. 자랑스러운 결말은 아니지만, 놀라운 일은 아니다. 달리 무엇을 기대했단 말인가? 도망치기만을 꿈꾸며 살았던 이곳에 돌아오면서 무슨 일이 일어나리라 생각했단 말인가? 이제 형과 동생은 무릎까지 찰랑이는 물속에서 싸우고 있다. 베냐민은 피에르가 닐스를 물속에 밀어 넣는 모습을 본다. 닐스는 일어서지 않고 가만히 있고 피에르는 그런 닐스를 도우려는 기색조차 없다.

그때 베냐민의 머릿속을 스치는 생각이 있다. 저러다 둘 다 죽고 말 거야.

다음 순간 그는 휴대폰을 떨어뜨리고 달린다. 바깥으로 달려 나가 돌계단을 뛰어 내려간다. 호수로 가는 길은 근육에 기억으로 새겨져 있다. 전속력으로 달리면서도 온갖 장애물을 피하고, 튀어나온 나무뿌리며 날카로운 바위를 뛰어넘을 수 있다. 그는 어린 시절을 달리고 있다. 저녁 해가 호수 너머로 사라지기 직전까지 부모님이 앉아 있던 자리를 지나친다. 동쪽으로 이어지는 숲과 보트 창고를 지나친다. 달린다. 마지막으로 달린 게 언제더라? 기억나지 않는다. 성인이 된 뒤로 그는 괄호 안에 들어 있는 것처럼 꼼짝도 하지 않고 살았다. 그리고 지금 이 순간 그의 가슴은, 자신이 달릴 수 있다는, 그럴 수 있는 에너지가 있다는, 또 무엇보다도, 자신이 달리고 싶어 한다는 사실이 주는 기묘한 환희로 가득 차 쿵쿵 뛴다. 무언가가 드디어 그를 추동해 움직이게 했다는 사실에. 그는 어린 시절 올챙이를 잡던 작은 바위에서 물속으로 뛰어내린다. 형과 동생을 낚아채 떼어놓을 준비를 하지만, 곧 그럴 필요가 없음을 깨닫는다. 그들은 이미 싸움을 멈춘 뒤다. 두 사람은 호숫가에서 몇 미터 들어간 곳, 허리까지 물이 차는 곳에 서서 서로를 마주보고 있다. 검은 머리도, 밤갈색 눈도 똑같다. 둘은 말이 없다. 호수가 고요해진다. 세 형제의 울음소리뿐.

돌계단 위에서 그들은 서로 다친 곳을 살핀다. 사과는 하지 않는다. 아무에게도 배운 적 없어 사과하는 법을 모르기에. 그들은 조심스레 서로의 몸을 만지고, 상처의 피를 닦아내고, 이마를 마주 댄다. 그렇게 세 형제는 서로 끌어안는다.

습하고 흐린 여름의 고요 속, 베냐민의 귀에 저 위 숲속을 달리는 자동차 엔진 소리가 들린다. 언덕 위를 본다. 경찰차 한 대가 녹음을 뚫고 별장으로 이어지는 좁다란 트랙터 도로를 느릿느릿 달린다. 완전히 깜깜해지는 일은 없을 6월 밤, 외따로 떨어져 자리한 별장이 그곳에 있다.

4장

| 연기 기둥 |

테라스에서 점심 식사를 마치고 나면 엄마와 아빠는 자리에서 일어섰다. 아빠는 접시와 컵을 그러모았다. 엄마는 부엌에서 화이트와인을 가져와 냉장고 안에 조심스레 집어넣었다. 그 다음에는 욕실에서 오줌 누는 소리와 물 내리는 소리가 들렸다. 아빠가 세면대에 침을 탁 뱉었다. 그 뒤, 부모님은 묵직한 발소리를 내며 계단을 올라 2층으로 갔다. 베냐민의 귀에 침실 문이 닫히는 소리가 들리더니 곧 고요해졌다.

부모님은 이 시간을 '시에스타'라고 불렀다. 이상할 게 없다고 했다. 스페인 사람들은 매일같이 하는 일이라나. 시에스타란 개운하고 맑은 정신으로 저녁을 맞으려고 점심 식사 후에 취하는 한 시간짜리 낮잠이었다. 베냐민의 입장에서 시에스타는 아무 일도 일어나지 않는 한 시간일 뿐이었다. 시에스타가 끝나고 나면 엄마 아빠는 또 테라스로 나와 30분 동안 아무 말 없이 앉아 있었다. 베냐민은 부모님이 평온한 가운데 잠기운을 떨쳐버릴 수 있도록 멀찍이 떨어져 있는다는 규칙을 지키다가도 얼마 지나지 않아 부모님에게 다가갔다. 각자 마당에서 시간을 보내고 있던 닐스와 피에르 역시 달려왔다. 때로 시에스타가 끝난 뒤에 엄마가 소리 내어 책을 읽어주기도 했기 때문이었다. 날씨가 좋은 날에는 잔디밭에 깔개를 펼치고 앉아서, 비 오는 날이면 부엌에서, 엄마는 당신이 필독서라고 여기는 고전을 읽어주었고 아이들은 말없이 엄마의 목소리에 귀를 기울였다. 중요한 건 오직 엄마의 목소리, 그리고 책을 들지 않은 다른 손으로 아이들의 머리를 쓸어주는 손길이었다. 시간이 지날수록 아이들은 차츰차츰 엄마에게 바짝 다가갔고, 나중에는 어디까지가 이 아이고 어디서부터가 다른 아이인지 구별할 수 없을 정도로 한데 모여 앉았다. 한 장章이 끝날 때면 엄마는 아이들의 코앞에서 탁 소리를 내며 책을 덮었다. 그러면 모두가 기쁨의 탄성을 질렀다.

베냐민은 돌계단에 앉았다. 부모님이 잠에서 깨기까지는 아직 한참 더 기다려야 했다. 그는 여름철 엉망이 되어버린 다리와 종아리의 모기 물린 자국을 내려다보았고, 햇볕에 화상을 입은 피부의 냄새, 쐐기풀에 찔린 발에 아빠가 발라준 항생제 냄새를 맡았다. 가만히 있는데도 심장이 빨리 뛰었다. 베냐민이 지금 느끼는 감정은 지루함이 아니었다. 지루함과는 다르게 설명하기 어려운 감정이었다. 이유는 알 수 없지만 슬픈 기분이 들었다. 그는 완만한 언덕 아래 호수를, 이글이글 타오르는 태양에 하얗게 바래버린 들판을 바라보았다. 그리고 온 사방 모든 것이 진동하는 감각을 느꼈다. 마치 세상에 유리 덮개를 씌워놓은 것 같은 기분이었다. 그는 테이블 위에 남겨진 크림소스 그릇 위를 초조하게 빙빙 도는 말벌 한 마리를 눈으로 쫓았다. 말벌의 움직임이 둔하고 이상한 걸 보니 뭔가 문제가 있는 것 같았다. 날갯짓은 점점 느려지고 힘겨워지더니, 어느 순간 말벌은 소스 안에 빠져버렸다. 베냐민은 소스에서 빠져나오려 몸부림치는 말벌의 움직임이 차츰 느려지고 결국은 멈추는 모습을 지켜보았다. 문득 새소리가 낯설게 들렸다. 마치 새가 아까보다 느리게, 절반의 속도로 노래하는 것처럼. 그러다 사방이 고요해졌다. 공포감이 몸을 헤집고 지나갔다. 시간이 멈춘 걸까? 베냐민은 정신을 차리려 애쓸 때마다 하는 버릇대로 손뼉을 다섯 번 쳤다.

"저기요!" 그는 허공에 대고 외쳤다. 일어나서 또 다섯 번, 손바닥이 아플 정도로 열심히 손뼉을 쳤다.

"뭐 하는 거야?"

피에르가 호숫가에 서서 그를 올려다보고 있었다.

"아무것도 아니야." 베냐민이 대답했다.

"낚시하러 갈래?"

"그래."

베냐민은 복도로 가서 장화를 찾아 신은 다음 별장 모퉁이를 돌아 벽에 기대 세워둔 낚싯대를 챙겼다.

"지렁이 어디 있는지 내가 알아." 피에르가 말했다.

두 사람은 흙이 축축한 헛간 뒤편으로 향했다. 삽으로 흙을 두 번 떠내니 땅속에 번들번들한 지렁이 떼가 바글거리고 있었다. 둘은 지렁이를 잡아 유리병에 담았다. 피에르가 병을 흔들고 뒤집어도 지렁이가 가만히 있는 걸 보니 그들은 모든 것, 심지어 죽음마저도 고스란히 받아들이는 모양이었다. 호숫가에 도착한 베냐민이 지렁이를 낚싯바늘에 꿰었을 때조차 반항하지 않고 그저 바늘에 꿰뚫린 걸 보면 말이다.

둘은 돌아가며 낚싯대를 잡았다. 햇빛을 받은 수면에 윤슬이 생기지만 않으면 검은 물 위에 뜬 빨간색과 흰색의 낚시찌가 선명하게 눈에 띄었다. 농장에서 키우는 세 마리 암탉인 라르손 자매가 호숫가로 내려와서는 각자의 일에 골몰한 듯 작게 꼬꼬댁거리며 땅바닥 여기저기를 부리로 쪼았다. 베냐민은 닭이 가까이 오면 늘 불편했다. 아무런 논리도 없이 행동하는 것처럼 보여서였다. 닭을 보고 있으면 꼭 금방이라도 무슨 일이 일어날 것처럼 아슬아슬한 기분이 들었다. 이를테면 광장에서 주정뱅이가 갑자기 말을 걸 때처럼. 또, 아빠 말로는 셋 중 한 마리는 눈이 멀어서 위협을 느낄 때는 흥분할 수 있다고 했는데, 베냐민은 암탉의 텅 빈 눈을 아무리 쳐다보아도 셋 중에 누가 앞을 볼 줄 아는지 도통 분간할 수가 없었다. 알고 보면 세 마리 다 눈이 먼 건 아닐까? 불안하게 마당을 느릿느릿 돌아다니는 모습을 보고 있자면 그런 것 같기도 했다. 몇 년 전 여름, 아빠는 아침 식사로 신선한 달걀을 먹겠다는 평생의 소망을 마침내 이루고자 닭을 데려왔다. 닭에게 모이를 주고 오후에는 "쯧쯧쯧" 소리를 내며 건사료를 뿌려주었으며 저녁에는 닭들을 헛간으로 몰고 갔다. 아빠가 냄비 바닥을 국자로 두들기는 소리는 별장에 온통 울려퍼졌다. 아침마다 라르손 자매의 우리에서 달걀을 꺼내오는 일은 피에르가 맡았다. 피에르가 두 손에 보물을 쥐고 풀이 잔뜩 난 오솔길을 달려 집 안으로 돌아오면 아빠는 얼른 부엌으로 가서 물을 끓였다. 이는 피에르와 아빠 둘만의 전통이 되었는데, 그 모습을 보고 있으면 차분하고 상쾌하며 숨쉬기가 한층 편하게 느껴져서 베냐민도 기분이 좋았다.

암탉들이 땅을 쪼는 것을 멈추더니 텅 빈 눈으로 호숫가의 두 형제를 쳐다보았다. 베냐민이 고함을 지르자 라르손 자매들은 고개를 숙이고 얼른 보폭을 늘여 물러나서는 두 사람을 지나쳐서 사라져 버렸다.

피에르가 낚싯대를 들고 있을 때 찌가 움직이기 시작했다. 처음에는 작은 떨림이 일다가 곧 찌가 검은 물속으로 완전히 잠겨버렸다.

"물었어!" 피에르가 소리를 질렀다. "이거 받아!" 그러더니 그가 베냐민에게 낚싯대를 넘겨주었다.

베냐민은 아빠에게 배운 대로 했다. 곧장 낚싯대를 끌어올리지 않고 조심조심 릴을 돌렸다. 베냐민이 줄을 끌어당기자 물고기는 놀랄 만큼 강한 힘으로 반대 방향을 향했다. 바늘에서 빠져나오려 요동치는 물고기 그림자가 수면 바로 아래에 비치는 순간 베냐민은 고함을 질렀다.

"얼른 양동이 가져와!"

피에르는 당황한 듯 주변을 둘러보았다. "양동이?"

"닐스 형!" 베냐민이 고함을 질렀다. "우리 물고기 잡았어.

양동이 좀 가져와!"

해먹에서 움직임이 느껴지더니 닐스가 서둘러 집 안으로 들어갔다가 빨간 양동이를 들고 호수로 달려왔다. 베냐민은 낚싯줄이 끊어질지도 모르니 세게 끌어당기고 싶지 않았지만, 물고기가 호수 한가운데로 나아가려는 힘을 버티기가 어려웠다. 닐스는 머뭇거리지 않고 곧장 물속으로 들어가 양동이를 물에 담갔다.

"끌어올려!" 닐스가 고함쳤다.

물고기가 수면을 철썩 치며 퍼덕거리더니 또다시 뭍을 향해 끌려왔다. 닐스는 반바지가 온통 젖을 정도로 물속으로 한 발 더 들어가더니 양동이로 물고기를 퍼냈다.

"잡았어!"

셋 다 양동이를 둘러싸고 모여 서서 안을 들여다보았다.

"이게 뭐지?" 피에르가 물었다.

"농어야." 닐스가 대답했다. "하지만 이제 다시 물에 놓아줘야 해."

"왜?" 놀란 피에르가 물었다.

"너무 작아서 못 먹으니까."

양동이 안을 들여다보니 물고기는 안쪽 면에 온 몸을 부딪혀 대고 있었다. 물속에서 사투를 벌일 때 베냐민이 상상했던 것보다 작았다. 빗처럼 생긴 비늘이 반짝거리고 날카로운 등지느러미는 바짝 곤두서 있었다.

"진짜?" 베냐민이 묻자 닐스는 낄낄 웃었다.

"아빠한테 보여드리면 면전에 대고 비웃으실 거다."

하지만 피에르는 양동이를 든 채 집을 향해 씩씩하게 걸어갔다. 베냐민도 곧바로 뒤따라갔다.

"뭐 하는 거야? 다시 물속에 놓아줘야 한다니까." 닐스가 외쳤지만 대답이 없자 그도 둘을 따라잡으려 달려왔다.

피에르는 부엌 식탁에 양동이를 올려놓았다. 물고기를 바라보는 피에르의 얼굴은 빨간 플라스틱 양동이에 반사되어 마치 상기된 것처럼 붉었다.

"산 채로 구울까?" 피에르가 나지막하게 묻자 충격을 받은 닐스가 동생의 얼굴을 쳐다보았다.

"제정신이 아니구나."

닐스는 돌아서더니 집 밖으로 나가버렸다. 창가를 지나치며 "정신병원이 따로 없다니까…" 하고 중얼대는 닐스의 목소리가 들렸다.

베냐민은 닐스가 해먹으로 돌아가 눕는 모습을 바라보았다.

"산 채로 굽자." 피에르는 베냐민을 바라보며 다시 한 번 말했다.

"그러면 안 돼."

피에르는 의자를 밟고 올라가 조리대 뒤쪽 벽에 걸린 프라이팬을 하나 꺼내더니, 가스레인지 위에 놓고 막막한 표정으로 손잡이를 바라보았다. 손잡이 중 하나를 돌리니 쉭 하고 가스가 새어나오는 소리가 났다. 그는 상체를 숙여 화구를 내려다보았다.

"불은 어떻게 붙여?" 피에르는 그렇게 물으며 레버를 이리저리 돌려 보았지만 가스가 나왔다가 멈추는 소리만 들릴 뿐이었다. 그가 베냐민을 돌아보았다.

"와서 나 좀 도와줘."

"성냥이 있어야 해." 베냐민이 말했다.

"도와줄 거야 말 거야?"

"피에르, 살아 있는 물고기를 구우면 안 돼."

"시끄러워, 그냥 도와주기나 해."

부엌 안에 가스 냄새가 퍼지자 2층에서 창문이 쾅 닫히는 소리가 들렸다. 지붕 마룻대에 둥지를 지은 제비들은 집을 긁어낼 기세로 나무를 쪼아댔다. 거칠거칠한 널빤지 식탁 위, 오후의 햇빛이 전날 밤 부모님이 게임을 하다 두고 간 노랗게 변색된 카드 위로 쏟아졌고, 측면에서 들어와 두 형제를 비추는 빛은 창턱에 죽어 있는 파리 시체들 위로 떨어졌다. 베냐민은 창밖을 한번 내다본 뒤 다시 피에르를 보았다. 그러고는 첫 번째 서랍에서 성냥을 꺼내 화구에 불을 붙였다. 곧 빨간 불꽃이 확 일었다.

"버터 같은 게 있어야 할까?" 피에르가 부엌 안을 두리번거렸다. 베냐민은 대답하지 않았다. 피에르가 냉장고를 뒤졌지만 찾던 걸 발견하지는 못한 모양이었다. 그는 가스레인지 앞으로 돌아왔다. 프라이팬이 달아오르며 연기가 조금 났다. 피에르는 빨간 양동이를 들어 프라이팬에 물고기를 그대로 쏟아버렸다. 물고기는 뜨겁게 달궈진 철판에 닿자마자 격렬하게 요동쳤지만 곧바로 힘을 잃었다. 물고기가 프라이팬 위에 축 늘어진 채로 아가미와 지느러미를 들썩거렸다. 한두 번 더 탈출 시도를 했지만 비늘이 녹는 바람에 물고기는 철판에 들러붙고 말았다.

연기가 피어올랐다. 베냐민은 말을 잃은 채 그 모습을 바라볼 수밖에 없었다. 피에르는 주걱으로 살며시 물고기를 뒤집어 보려 했다. 연기가 눈에 들어가는데도 이리저리 찌르고 쑤셔댄 끝에 드디어 팬에서 물고기를 떼어냈다. 방금 물고기가 붙어 있던 자리가 비늘 범벅이었다. 그 순간 물고기가 몸을 뒤집으려는 듯 허공으로 펄쩍 뛰어올랐지만 역부족이었는지 아까와 같은 방향으로 떨어졌다. 피에르도, 베냐민도, 깜짝 놀라 뒷걸음질을 쳤다가 프라이팬 안을 들여다보았다.

"아직 살아 있잖아! 죽여야 한다고!" 베냐민이 말했다.

"형이 해, 난 무서워."

"왜 나한테 그래?"

피에르는 베냐민을 프라이팬 쪽으로 밀어댔다. "어떻게 좀 해줘!"

물고기가 또 한 번 뛰어올랐다.

"네가 벌인 일이잖아!"

베냐민의 말에도 피에르는 입을 벌린 채 제자리에 딱 얼어붙어 프라이팬 안을 들여다볼 뿐이었다. 베냐민은 황급히 가스레인지로 다가가 손잡이를 돌려 화력을 최대한으로 높였다. 그 다음에는 겁이 나서 뒷걸음질 쳐서는 동생 옆으로 갔다. 피어오르는 연기 사이로 물고기가 점점 뜨거워지는 프라이팬을 초를 세듯 꼬리로 두드려 대는 작은 소리가 들렸다. 다리에 힘이 풀릴 것 같았던 베냐민은 나머지 의자를 붙잡고 몸을 지탱했다. 그 순간 물고기가 터지면서 프라이팬 위로 내장이 쏟아져 나와 지글지글 익는 소리가 났다. 짙어진 연기가 천장으로 솟아오르며 햇빛을 받자 베냐민은 이 순간에 신이 개입하는 것 같다는 생각이 들었다. 연기 기둥이 신과 인간을 이어주는 통로를 만들어 물고기를 하늘로 올려 보내줄지도 몰랐다. 그 순간 마치 세상의 모든 사건들이 이 프라이팬 속에 집약되는 듯,

지구가 온 힘을 다해 이 가스레인지에 무게를 실어보내기라도 하는 듯, 모든 게 선명해졌다.

그러다 다음 순간 전부 끝이 났다.

모든 게 잠잠해졌다.

베냐민은 가스레인지로 다가가 프라이팬을 개수대에 집어넣었다. 물을 틀자 생선이 익던 소리가 치이익 소리로 변하더니 조용해졌다. 베냐민은 아직도 프라이팬 위에 있는 새까맣게 탄 작은 물고기를 내려다보다가 물고기를 쓰레기통에 쏟고는 그 위에 종이를 몇 장 버렸다. 그다음에는 가스레인지에서 몇 발짝 떨어진 곳에 여전히 꼼짝하지 않고 서 있는 피에르에게로 갔다.

"그러면 안 됐어, 피에르."

피에르는 심각한 표정으로 형을 올려다보았다.

"내가 정리할 테니까 나가 있어."

피에르는 부엌을 나섰고, 베냐민은 창 너머로 동생이 헛간을 향해 전속력으로 뛰어가는 모습을 바라보았다. 그는 뜨거운 물을 틀고 프라이팬에 눌어붙은 비늘을 다 긁어냈다.

집 밖 돌계단으로 나갔더니 바깥이 너무 환해 모든 게 새까만 색으로 보였다. 집 안에서 희미한 소리가 났다. 누군가 계단을 내려오더니 방금 낮잠에서 깬 개가 나타났다.

"우리 아기, 예쁜 아기." 엄마가 개한테 늘 쓰는 말투로 중얼거린 뒤 무릎을 툭툭 치자 몰리가 폴짝 뛰어 그의 품에 안겼다. 베냐민은 몰리를 안아주었다. 몰리의 따뜻한 몸을 꼭 안고 있으면 세차게 뛰는 심장이 누그러질지도 몰랐다. 그는 일어나서 오솔길을 따라 호숫가로 가서는 큰 바위 하나를 골라잡아 몰리와 함께 앉았다. 아직도 바깥은 일식이 일어난 것처럼 깜깜해 보였지만, 차츰 색채가 돌아오자 베냐민의 예상이 맞다는 걸 알 수 있었다. 세상은 이전과는 완전히 달라졌다. 수면 아래서 먹이를 찾아 분투하는 물고기 떼가 남긴 물이랑이 보였다. 물 위에 생긴 동심원은 바깥으로 퍼져나가는 대신 중심을 향해 점점 모이더니 흔적 하나 남기지 않고 사라졌다. 물가에 앉아 있으니 또다시 그 현상이 보였다. 호수의 동심원이 영화 속 장면을 되감는 것처럼 중심으로 모였다. 그때, 누군가가 외치는 고함이 호수 위에 메아리가 되어 울려 퍼지는 바람에 베냐민은 깜짝 놀랐다. 어디서 나는 소리인지 주위를 두리번거리다가, 베냐민은 비명을 질렀다. 시간은 멈추지 않았다. 시간은 거꾸로 가고 있었다.

그는 양 손바닥으로 눈을 가렸다.

"우리 아기, 예쁜 아기."

누구 목소리지? 손가락 사이로 어두워진 호숫가 잔디밭을 살짝 올려다보니 낮잠에서 막 일어나 몽롱한 얼굴을 한 엄마와 아빠가 보였다. 베냐민이 개를 안고 있는 걸 보고 엄마가 몰리를 불렀던 거다. 그렇게 세상은 천천히 다시 원래 모습으로 돌아갔다.

몰리를 놓아주자 개는 엄마를 향해 쏜살같이 달려갔고, 베냐민도 뒤따라 달렸다. 부모님은 잔디 위를 내려다보고 있었다. 엄마가 담뱃갑을 꺼내 테이블 위에 올려두더니 개를 향해 손을 뻗었다.

"안녕, 우리 아들." 아빠가 잠긴 목소리로 말했다.

"안녕하세요." 베냐민은 그렇게 말한 뒤 잔디 위에 앉았다. 침묵. 엄마가 이쪽을 보더니 말했다. "와서 내 등 좀 긁어다오."

베냐민이 엄마의 등 뒤로 다가가 상의 속에 살며시 손을 집어넣고 등을 긁자 엄마는 눈을 감고 작은 신음소리를 냈다. "잠시만." 엄마는 베냐민의 손이 잘 닿도록 브래지어의 후크까지 풀었다.

목 뒤에서부터 어깨뼈를 타고 등을 긁자 손끝에 브래지어 끈이 남긴 움푹 파인 자국이 느껴졌다. 베냐민은 엄마가 좋아하는 방식대로 열심히 등을 긁었다. 이 순간이 끝나지 않았으면 했다. 엄마가 그를 흘낏 올려다보며 물었다.

"얘야, 왜 우니?"

베냐민은 대답 없이 등만 계속 긁었다.

"무슨 일이야?"

"아무것도 아니에요."

"울지 말렴." 그러더니 엄마는 입을 다물고 고개를 숙였다. "조금 더 아래쪽을 긁어봐라."

라르손 자매가 테라스 쪽을 훔쳐보는 모습이 베냐민의 눈에 언뜻 들어왔다. 암탉들은 잔디 위에 한 줄로 서서 이곳에서 벌어지는 일을 관찰하고 있었다. 심장이 또다시 뛰었다. 물고기가, 연기를 피우던 프라이팬이, 철판에 눌어붙은 비늘이 떠올랐다. 암탉들이 그를 빤히 보고 있었다. 그가 무슨 짓을 저질렀는지 알고 말없이 그를 재단하고 있는 거였다.

감히 시선을 돌릴 용기도, 위를 올려다볼 용기도 없이, 베냐민은 엄마의 등만 긁었다. 테이블 위로 감히 시선을 던질 수가 없었다. 혹시라도 테이블 위에 점심 식사가 놓여 있을지도 모른다는, 방금 식사가 끝난 것이고 엄마 아빠가 이제 막 시에스타를 즐기러 집 안으로 들어가려는 참인지도 모른다는 두려움 때문이었다.

5장

| 오후 8시 |

베냐민은 마른 미나리아재비 다발을 쥐고 호숫가에 선다. 나머지 둘도 곁에 다가와 선다. 닐스가 유골단지를 들고 있다. 유골단지가 무거운 나머지 닐스는 몇 번이나 단지를 고쳐 잡으며 마치 어머니의 무게에 당황하기라도 한 듯 혼란스러운 표정을 짓는다.

“무슨 말이라도 해야 하지 않나? 아니면 무슨 행동이라도.” 닐스가 말한다.

“모르겠어.” 베냐민이 말한다.

"의식 같은 걸 치러야 하나?"

"그냥 바로 해버리는 게 나을 것 같아."

"잠깐만, 오줌 좀 누고." 피에르가 말한다.

그는 몇 발짝 떨어진 곳으로 가서 호수를 마주 본 채 바지 지퍼를 내린다.

"이러지 좀 마." 닐스다. "엄숙한 태도로 할 순 없어?"

"당연히 그래야지. 그래도 오줌은 눠야 해."

베냐민은 피에르의 등을 쳐다보며 호숫가 자갈 위로 소변 줄기가 쏟아지는 소리를 듣는다. 닐스가 또다시 유골단지를 고쳐 쥐는 모습이 보인다.

"도와줘? 내가 잠시 들고 있을까?"

닐스는 고개를 젓는다.

호수가 잠잠해서 수면에 숲이 거꾸로 비쳐 보이고, 분홍과 노랑으로 아른아른 빛나는 하늘도 두 개로 보인다. 저 멀리 거상巨像처럼 우뚝 솟은 전나무 너머로 해가 지고 있다. 호수 위에 스티로폼 부표가 가만히 떠 있다.

"저것 좀 봐." 베냐민이 부표를 가리키며 입을 연다. "저거 우리 거 아니야?"

닐스는 모기가 물고 간 이마를 슬쩍슬쩍 긁으며 호수 위 작은 점을 바라본다.

"말도 안 돼. 우리가 여기서 마지막으로 보냈던 여름에? 그 일이 일어나기 바로 전날에 우리가 그물을 쳤던가? 그러다가 난리가 나는 바람에 정신없이 집으로 돌아갔잖아. 설마…?"

닐스가 웃음을 터뜨린다.

"그때 우리가 정말 그물 끌어올리는 것도 깜박하고 돌아갔단 말야?"

베냐민은 멀리, 하지만 윤곽은 충분히 알아볼 수 있는 거리에 떠 있는 부표를 바라본다. 겨울마다 보트 창고에 들끓는 쥐떼에게 갉아 먹혀서 모서리가 깔쭉깔쭉한 부표.

"그럼 우리가 친 그물이 여태까지 저 자리에 있을까?" 베냐민이 묻는다.

"그렇겠지."

베냐민은 그물을 머릿속에 그려본다. 수면으로부터 5미터 아래에 나부끼고 있는, 다양한 단계로 부패해 가는 물고기 사체가 나란히 걸린 거대한 무덤. 비늘과 뼈, 어둠을 바라보는 눈, 그 모든 것이 녹조로 뒤덮인 가느다란 망에 걸린 채 세월이 흐르고 그사이 물 밖에서는 수많은 일들이 일어난다. 한 가족이 짐을 싸서 떠나고 텅 비어버린 숲속. 계절이 변하고 수십 년이 지나며 모든 것은 끊임없이 변화하지만, 물에 잠긴 그물은 수면으로부터 5미터 아래에 잠자코 기다리며 가까이 다가오는 것을 모조리 끌어안는다.

"그물을 끌어 올리는 게 좋겠어." 닐스가 말한다.

"맞아." 베냐민이 대답한다.

"내일, 돌아가기 전에 하자고."

몇 발짝 떨어진 곳에 이쪽을 등지고 서서 마지막 오줌 방울을 털어내던 피에르는 그 말에 반대하고 싶지만 적당한 말을 찾아내지 못했다는 듯 높은 소리로 들뜬 고함을 지른다.

"절대 안 돼." 그가 외치더니 바지 지퍼를 올린다. "지금 당장 하자."

"하지만 지금은 의식을 치를 때잖아." 닐스가 말한다.

"그건 나중에 해도 돼. 우리 형제가 다시 한번 보트에 올라타고 호수로 나가는 거야. 노을 속 마지막 여정인 거지. 어머니도 좋아하실 거야."

"아니, 지금은 안 된다니까." 닐스가 그렇게 말하지만 피에르는 이미 호숫가 커다란 바위 위로 훌쩍 뛰어올라 둑을 따라 걷고 있다. "보트가 아직 그 자리에 있을까?" 피에르의 물음에 베냐민과 닐스는 재빨리 눈짓을 주고받는다. 닐스가 특유의 부드러운 미소를 짓고, 두 사람은 막냇동생을 따라 보트 창고를 향한다.

그래, 보트는 그 자리에 있다. 유리 섬유로 된 낡은 하얀 보트는 오래전 그들이 묵직한 벽돌 위로 끌어 올려둔 그대로다. 선미에 있는 좌석과 바닥 군데군데 이끼가 자라 있고 뱃머리에 고인 물엔 녹조와 점액으로 된 고유한 생태계가 생겨났지만 그 밖에는 멀쩡하다. 노는 예전 그대로 바닥에 덮어둔 방수포 아래에 숨겨져 있다. 형제는 배 양옆에 붙어 선다. 탐험대장 격이 된 피에르가 "시작!" 하고 외치는 것에 맞추어 그들은 보트를 끌어당겼고, 보트가 선체에 자갈이 부딪히는 소리를 내다가 시커먼 물속으로 미끄러져 들어가자 호수는 곧 쥐 죽은 것 같은 적막을 되찾는다.

베냐민이 노를 젓고 피에르와 닐스가 고물 쪽에 앉자 배 뒤쪽이 무거워지면서 뱃머리가 하늘을 향한다. 일순간 모든 것이 예전처럼 익숙하다. 베냐민은 형제들을 바라본다. 모두 어머니를 기리기 위한 검은 정장에 넥타이 차림이다. 피에르가 쓰고 있는 선글라스는 너무 커서 베냐민의 눈에는 여성스러워 보이고 어색하다. 닐스는 물에 젖지 않으려 신발과 양말을 벗고 바짓단을 걷어 올린 채다. 다들 노를 움직일 때마다 물결이 노에 철썩 부딪치는 소리에 말없이 귀를 기울이고 있다. 빠른 속도로 땅거미가 지고 호숫가가 뿌예진다. 고개를 드니 아직 햇빛이 완전히 사라진 게 아닌데도 머리 위에 우주가 자리를 잡았다. 둑 너머 별장은 문이 활짝 열려 있다. 마치 당장이라도 부모님이 술과 소시지가 든 작은 바구니를 들고 집 안에서 나와 호숫가로 걸어올 것만 같다. 오래전 형제들과 함께 축구를 했던 무성한 풀밭이 보인다. 지금은 잡초가 잔뜩 자라 있다. 호수 위로 찬 바람이 분다.

"다 왔다." 피에르가 외친다. 부표가 가까이 다가오자 형제들은 옛날처럼 각자 맡은 위치에서 그물을 걷을 준비를 한다. 베냐민이 보트를 살짝 후진시켰고, 닐스가 몸을 숙여 부표를 붙든다.

"꽤나 역겨운 꼴을 볼 마음의 준비를 해야 할 것 같은데."

닐스는 그렇게 말한 뒤 부표에 연결된 나일론 줄을 배 위로 끌어올린다. 누렇게 변색된 줄은 처음에는 술술 올라오다가 곧 그물의 무게가 실린다. 이렇게 무거울 줄 몰랐던 닐스는 균형을 잃고 보트 위에 주저앉는다.

"젠장, 피에르, 좀 도와줘."

피에르와 닐스가 어정쩡하게 선 채로 힘을 합쳐 당겨 올리자 그물이 서서히 수면을 향해 끌려온다.

"그물 감개가 보여!" 피에르가 외친다. 자리에서 일어난 베냐민의 눈에 마치 어둠이 더 큰 어둠을 통과하는 것처럼, 알 수 없는 수확물을 잔뜩 매단 그물의 형체가 들어온다. 형제들은 나일론 줄이 손을 파고드는 아픔에 얼굴을 찡그리며 그물을 당기지만, 그물이 수면에 닿는 순간 줄이 끊어져 버린다. 보트가 출렁 흔들리는 바람에 형제들은 보트 옆면을 붙든 채로 거대한 그물이 다시금 깊은 물속으로 사라지는 모습을 본다.

피에르의 웃음소리가 호수 위에 쩌렁쩌렁 울린다. 미소를 지으며 동생을 바라보던 닐스가 웃기 시작하자 베냐민에게도 웃음이 전염된다. 이제 세 형제는 다 함께 웃고 있다. 베냐민은 보트를 돌려 다시 뭍을 향해 노를 저어간다.

어머니 집에서 발견한 편지에는 별장 앞 호숫가에 유해를 뿌려달라고 적혀 있었다. 어디라고 정확히 적혀 있지는 않았지만 세 형제 모두 어디에 뿌려야 할지는 생각이 같았다. 어머니는 호숫가에서도 물을 향해 가장 돌출된 지점에 앉아 조간신문을 읽곤 했다. 해가 넘어가기 직전 금빛 노을 속에서도 그곳에 앉아 바람 소리에 귀를 기울였다. 저 먼 곳에서부터 숲을 훑으며 바로 옆에 있는 나무 우듬지까지 살랑살랑 다가오는 바람은 스치는 나무 종류마다 다른 소리를 내고는 했다. 아무리 낮에 바람이 심한 날이라도 해가 지면 언제나 바람은 잦아들고 호수는 잔잔해졌다. 지금 세 형제는 호숫가 바로 그 자리에 한 줄로 서 있다. 유골단지를 든 닐스가 맨 앞에 선다.

"오줌 눠야겠다." 피에르가 말한다.

"또?" 닐스가 말한다.

"그러게?"

"맙소사." 닐스가 투덜거린다.

"바지를 적시면 안 되잖아."

"그런 적 없는 것처럼 말하네."

"맞아." 피에르가 맞장구친다.

"그런 면에선 네가 우승자네. 어린 시절 누구보다 많은 바지를 적셨으니까." 닐스가 씩 웃는다.

"난 활발한 애였으니까. 할 일이 하도 많은 나머지 번거롭게 화장실 갈 시간이 없었던 거지."

세 형제는 웃음을 터뜨린다. 아까와 마찬가지로 신문지를 구기는 소리가 나는 웃음이다.

"2학년 때 쉬는 시간에 축구를 하다가 바지를 적신 적이 있었어." 피에르가 말한다. "고작 몇 방울이었지만 청바지에 배어나기는 충분했지. 바지 앞섶에 동전만 하게 젖은 자국이 난 거야. 뷔요른이 곧바로 알아차렸고."

"뷔요른 기억나." 베냐민이 말한다. "그 자식, 원래 남의 약점을 찾아내는 재주가 있었지."

"맞아. 그 녀석이 바지 젖은 자국을 보고 손가락질하면서 고함을 지르기 시작했어. 다들 날 쳐다보더라고. 난 그냥 공에 맞아 바지가 젖은 거라고 변명했지. 비가 내리고 있고, 운동장이며 공이며 다 젖어 있었으니 그럴싸하잖아. 뷔요른은 입을 다물었고 우린 계속 축구를 했어. 그렇게 못된 거짓말도 아니었으니 난 기분이 좋았어. 바지를 적셨는데 들키지 않다니. 얼마나 천재적인 핑계야."

형들은 웃는다.

"그런데 오줌이 더 나오기 시작한 거야." 피에르가 말을 잇는다. "젖은 자국은 점점 커지는데 뷔요른은 또다시 날 노리기 시작하더라. 쉬는 시간이 끝나고 다들 건물 안으로 들어가는데, 녀석이 내 옆으로 다가와선 빤히 쳐다보더라. 내 바지에서 눈을 떼지 않았어. 교실로 들어오자마자 녀석은 '피에르 위로 돼지 탑 쌓기!' 라고 외쳤어."

"돼지 탑 쌓기라고?" 베냐민이 물었다.

"그래, 돼지 탑 쌓기. 몰라? 술래를 정해 이름을 부르면 다들 술래 위에 몸을 포개며 올라타는 거야."

"그래서 어떻게 됐는데?"

"다들 나한테 뛰어들었지. 맨 밑에 깔린 나는 움직일 수가 없었어. 내 바로 위에 뷔요른이 올라타서 내 위에 엎드리는 바람에 얼굴을 마주 보는 신세였는데, 그놈이 나를 보면서 실실 웃더니 내 바지에 손을 쑥 집어넣더라고. 말리려고 했지만 바닥에 깔려 있으니 꼼짝할 수가 없잖아. 그 자식이 내 젖은 팬티 안을 더듬더니 손을 꺼내 냄새를 맡고는 소리를 지르는 거야. '오줌이야! 피에르가 바지에 오줌 쌌다!'"

베냐민은 고개를 설레설레 저었다. "그때 교실에 선생님은 없었어?"

"기억 안 나. 어쨌든 말리는 사람은 없었어."

피에르가 호숫가 돌멩이를 하나 집어선 물속에 집어던졌다.

"다들 나를 깔고 엎드려서는 나보고 오줌싸개라고 아우성을 쳐대는데."

베냐민은 피에르의 목에 나타난 벌건 반점을 알아차린다. 눈에 익은 반점들이었다. 어린 시절 피에르는 겁에 질리거나 화가 날 때마다 이렇게 목이 벌게지곤 했다.

"바닥에 엎어져 있자니 복도가 보였어. 그런데 문간에 형이 서서 이쪽을 보고 있더라고."

그렇게 말한 뒤 피에르는 닐스를 빤히 바라본다.

"아니, 그런 일 없었는데." 닐스가 말한다.

"있었어. 형은 내가 바닥에 누워 있는 모습을 보고서도 그냥 가버렸지."

닐스는 세차게 고개를 젓는다. 베냐민은 닐스의 얼굴에 떠오른 불안하고 긴장된 미소를 알아차린다.

"인정하기 싫으면 하지 마. 그래도 내 기억 속엔 그 장면이 아직도 생생해. 죽을 때까지 못 잊을 거야. 그 시절엔 그렇게 깊이 생각하지 않았는데 시간이 지나서야 화가 나더라고. 형은 우리보다 훨씬 나이가 많았잖아? 형이 와서 그만 괴롭히라고 한마디만 해줬더라면 끝났을 일이었는데."

피에르는 닐스를 바라보더니 말을 잇는다.

"그런데 형은 그냥 가버렸어."

닐스는 품에 안고 있던 유골단지를 내려다본다. 얼룩이라도 지우려는 것처럼 엄지로 단지 뚜껑을 문지른다.

"무슨 소린지 전혀 모르겠다."

"기억 안 나나 봐? 형은 늘 그랬어. 아무것도 못 봤다고, 아무것도 못 들었다고 했지. 무슨 문제라도 생기면 형은 정신병원이 따로 없다느니 하면서 방 안에 틀어박혔잖아. 하지만 형이 안 본다고 해서 문밖이 정신병원이 아니게 되는 것도 아니거든."

"선글라스나 벗어." 닐스의 목소리가 문득 날카로워진다. "어머니 앞에서 이게 무슨 추태야. 이제 그만해."

"나한테 이래라저래라 하지 마." 피에르가 응수한다.

베냐민은 집중하기 시작한다. 이 대화가 어디로 튈지 느껴진다. 유골단지를 든 닐스의 손아귀에 힘이 들어가는 것만 봐도, 그가 피에르한테서 눈을 떼지 않는 것만 봐도.

“딱 한 번만 말할 테니 똑똑히 들어.” 닐스가 말한다. “어린 시절 네가 얼마나 힘들었는지 같은 소리는 다시는 듣고 싶지 않아. 단 한 마디도.”

“난 형한테 실망했어.” 피에르가 그렇게 말하자 닐스가 그를 노려본다.

“실망했다고?” 닐스가 별안간 웃음을 터뜨린다. “그럼 어쩌라고? 미안하다는 소리라도 듣고 싶어? 어렸을 때 너랑 베냐민이 날 못살게 굴지 않은 날은 단 하루도 없었어. 너희들 때문에 난 쓰레기가 된 기분이었는데, 이제 와서 나더러 미안해하라고?”

피에르는 고개를 저으며 호수로 눈길을 돌린다.

“할 일이나 마치고 그 뒤에 울든지.”

닐스가 피에르를 향해 한 발짝을 성큼 옮긴다.

“별거 아니라는 듯이 지껄이지 마.”

그러자 곧바로 피에르는 똑같이 닐스를 향해 성큼 다가선다. 베냐민은 당황해서 두 사람 사이를 막아선다. 이제 셋은 아까와는 달리 공격적인 대형으로 서로 바짝 붙어 서 있다. 순식간에 그들의 눈빛에서 분노가 걷히고 혼란만 남는다. 셋은 초조한 눈길을 주고받는다. 자기들이 지금 무엇을 하려는 건지 그들도 알 수 없다.

"진정 좀 하자." 베냐민이 말한다.

"진정은 무슨." 닐스가 말한다. "어릴 때 내가 왜 언제나 너희들을 피해 다녔다고 생각해? 얼굴 볼 때마다 나보고 추하다고, 역겹다고 하는데 난들 너희랑 같이 있고 싶었겠냐고? 게다가 넌 눈빛으로 나한테 그런 짓을 했지."

"무슨 짓?" 피에르는 그렇게 말하더니 잠시 입을 다문다. 다음 순간, 그는 웃음을 비죽 흘리며 닐스를 흉내 내어 눈을 사시로 뜬다.

닐스가 온 힘을 다해 유골단지를 동생에게 휘두른다. 무방비 상태이던 피에르의 가슴팍에 단지가 명중한다. 뚝 소리와 함께, 피에르의 몸속에서 무언가 부서졌다는 사실을 베냐민은 알아차린다.

6장

| 자작나무의 왕 |

테라스에서 저녁 식사를 마치고 다들 각자가 있을 곳으로 흩어지기 시작할 무렵이었다. 엄마는 담배를 한 개비 꺼내더니 라이터를 찾아 빈 그릇들을 이리저리 옮겨댔다. 아빠는 아직 배가 차지 않았는지 빈 접시를 초조하게 내려다보다가 햄 스테이크에서 엄마가 잘라낸 껍질 부분을 쳐다보았다. 아빠는 아까부터 엄마의 접시 위에 시커멓게 탄 손가락처럼 놓인 비계 덩어리를 빤히 쳐다보고 있었다.

"저것 말이지…." 한참이 지나서야 아빠는 손가락으로 덩어리를 가리키며 입을 열었다.

엄마는 얼른 포크로 비계 덩어리를 집어 아빠의 접시에 옮겨주었다. "고마워요." 그렇게 중얼거린 아빠가 비계를 먹기 시작하자 그 모습을 지켜보는 엄마의 얼굴에 역겨워하는 표정이 희미하게 떠올랐다. 엄마의 표정을 알아볼 수 있는 건 베냐민뿐이었다. 아빠의 끝도 없는 식탐을 엄마가 얼마나 질색하는지 그는 잘 알았다. 아빠가 다른 사람의 접시 위를 쳐다볼 때, 저녁을 다 먹고 나서 '야식으로 먹을 샌드위치'를 만들겠다며 부엌에 슬쩍 들어갈 때, 오후가 되면 입에 욱여넣을 게 없는지 꼼짝 않고 서서 냉장고 안을 들여다볼 때마다 엄마는 넌더리를 냈다. 때로는 짐승 같다며 폭발해 버리기도 했다. 보통 아빠는 얼른 냉장고 문을 닫고 그 자리를 떠나며 묵묵부답하기도 했지만, 때로는 "좀 먹자고!" 하며 똑같이 성을 내기도 했다.

아빠는 접시를 내려놓더니 주먹으로 테이블을 쾅 내리쳤다. "아들들아!" 아빠가 종이 냅킨을 뭉쳐 입을 닦더니 말을 이었다. "너희들이 한 번도 가본 적 없는 장소에 가볼 생각인데. 따라갈 사람?"

베냐민과 피에르는 아빠의 말이 끝나자마자 벌떡 일어섰다. 그들에게는 이 작은 별장이 온 세상이나 마찬가지였다. 작은 가옥들이 모여 있는 별장 주변은 숲과 호수로 둘러싸여 있었고, 그 너머는 전부 미지의 영토였다. 별장은 회색으로 뒤덮인 지도 위에 깜박이며 빛을 내는 녹색 점 같았다. 아빠가 새로운 장소를 보여준다는 것은 그들의 세상을 한층 넓혀준다는 말이나 다름없었다. 아빠와 아들들은 고된 탐험에라도 나가는 듯 채비를 시작했다. 아빠는 무릎까지 오는 긴 장화를 신었고, 베냐민과 피에르더러는 각다귀에 물리지 않도록 모자를 쓰라고 했다.

"너도 갈 거냐, 닐스?"

"아니요."

"비밀 장소란다. 아이들이 부자가 될 수 있는 곳인데."

"안 갈래요." 닐스는 유리컵으로 손을 뻗어 바닥에 조금 남은 우유를 들이켰다. "그럴 기분이 아니라서요."

닐스를 뺀 세 사람은 언덕을 내려와 풀밭을 가로질렀다. 아빠는 몸을 숙이더니 긴 풀을 손으로 훑다가 줄기를 하나 꺾어서는 잇새에 물었다. 아빠가 씩씩하게 앞으로 나아가자 베냐민과 피에르도 뒤를 따랐고, 중간중간 아빠의 등 너머로 고개를 쭉 빼서 어디로 가는지 확인하기도 했다. 나무가 울창한 숲에 들어서자 갑자기 사방이 캄캄해졌다.

"베냐민, 아직도 숲이 무서우냐?" 아빠가 물었다.

"아니요."

"처음 이곳에 왔을 때, 넌 숲에 들어갈 때마다 울음을 터뜨렸었는데. 이유는 모르겠구나. 말을 해줬어야 알지."

"말 안 할래요." 베냐민이 대답했다. 말로 표현하기는 어려웠지만, 오래전부터 그는 숲에 들어가면 불안해졌다. 특히 비가 내린 뒤 나무가 묵직해지고 늪지가 축축해지는 때면 더 그랬다. 늪 안으로 빨려 들어가 사라지게 될까 봐 무서웠다.

"숲에 관한 중요한 사실을 하나 알려주마." 아빠가 말했다. "누구에게나 자기만의 숲이 있단다. 숲을 속속들이 알게 되면 안전해지지. 그저 이곳을 줄곧 돌아다니기만 하면 오래지 않아 바위 하나, 배배 꼬인 오솔길이며 쓰러진 자작나무 하나하나까지 다 알게 되니까 말이야. 그렇게 이 숲이 네 것이 되는 거란다. 생각만 해도 근사하지 않니?"

베냐민은 캄캄한 심연을 들여다보았다. 이 숲이 자기 것처럼 느껴지지는 않았다.

"자, 움직여 보자. 거의 다 왔으니까."

세 사람은 호수와 강 사이의 물길을 통제하는 댐을 지났다. 집에서 이렇게 멀리 나온 건 베냐민도, 피에르도 처음이었다. 여기서부터는 모든 것이 새로웠다. 커다란 바윗돌이 솟아 있는 토탄 습지를 지나고 가문비나무 숲을 건너자 별안간 공터가 나타났다. 아빠는 가문비나무 가지를 붙잡아 아이들이 지나갈 수 있게 뒤로 젖혀주었다.

"비밀 장소에 온 걸 환영한다!"

눈앞에는 어린 자작나무들이 빼곡한 작은 숲을 이루고 있었다. 녹슨 가로등처럼 가늘고 연약한 나무줄기 사이로 호수가 빛나고 있었다.

"어떠냐?" 아빠가 물었다.

"예뻐요!" 베냐민이 말했다. 실망한 티를 내고 싶지는 않았다. 고작 자작나무를 보러 여기까지 왔단 말이야?

"나무가 몇 그루나 돼요?" 피에르가 물었다.

"모르겠구나, 몇백 그루는 되겠지."

"정말 많네요."

"생각해 보려무나. 이런 멋진 일이 우리한테 일어나다니. 이런 나무들이 바로 여기 있다니. 이런 멋진 아주 희귀한 나무들이란다. 스웨덴에는 자작나무가 아주 많지. 백자작나무, 털자작나무, 수양자작나무처럼 온갖 종류가 있고 말이야." 아빠는 한 손으로 나무 둥치를 짚더니 위를 올려다보았다. "하지만 그 중에서도 가장 고급인 게 이놈들이다. 사우나 안에 퍼지는 은자작나무 향기를 이길 건 세상 어디에도 없지."

베냐민은 나무를 향해 다가가 만져보았다. 가지를 하나 쥐어 꺾어보려 했지만 잘 되지 않았다.

"어떻게 꺾는지는 아빠가 알려주마. 가지를 당기는 게 아니라 꺾어서 부러뜨려야 해. 또, 밑동에서 가까운 데를 꺾어야 한다. 물에 빠진다고 급한대로 아무거나 붙잡다가는 뜨거운 돌에 손을 델 수도 있는 법이란다."

베냐민은 아빠가 가지들을 하나씩 꺾어 왼손에 한데 모아 쥐는 모습을 지켜보았다. 어려워 보이지는 않았다.

"거기 가만히 서 있지만 말고 와서 도와주렴." 아빠는 미소를 지었다.

기분 좋은 침묵 속, 베냐민과 피에르는 아빠 옆으로 다가가 섰다. 새소리가 들리자 아빠가 숲을 바라보며 잠깐 "뻐꾹!" 하고 되받아 중얼거리기는 했지만, 그 밖에는 셋 모두 말없이 가지만 열심히 꺾었다.

"은자작나무라는 이름이 왜 붙었는지 아니?" 아빠가 물었다.

"아니요."

"참 특이한 이름 아니냐? 나무가 은색인 것도 아닌데 말이지. 잎은 초록색이고, 줄기는 회색이잖아. 그런데 밤이면 신기한 일이 벌어진다지 뭐냐."

아빠는 쪼그리고 앉아 자작나무의 우듬지를 올려다보며 말을 이었다.

"보름달이 빛을 뿌리면 나무의 색이 변한단다. 자세히 보면이 잎들은 전부 은으로 만들어져 있어."

"진짜요?" 피에르가 물었다.

"그럼."

피에르는 눈을 휘둥그레 뜨고 아빠를 쳐다보았다.

"농담하지 마세요." 베냐민은 그러면서 동생을 향했다. "당연히 거짓말이지."

아빠는 웃음을 터뜨리더니 피에르의 머리카락을 헝클어뜨렸다. "그래도 멋진 이야기 아니겠니?"

세 사람은 해가 자작나무 숲 너머로 기울어질 때까지 나뭇가지를 꺾었다. 피에르는 쓰고 있던 모자를 벗어 각다귀를 쫓겠다고 휘두른 다음 머리통을 박박 긁었다. 먼저 일을 끝마친 건 아빠였다.

"이렇게 하면 된다." 아빠는 당신이 만든 자작나무 다발을 만족스레 보여주면서 말을 이었다. "이런 다발을 열 개 만들어서 사우나 입구에 걸어 말려두려고 해. 나중에 잎이 다 떨어진 겨울에 별장에 올 때를 대비해서 말이야. 다발 하나 만들 때마다 5크로나씩 주마."

베냐민과 피에르는 돈을 벌 생각에 신이 나서 결의에 찬 하이파이브를 했다.

"나는 이만 돌아가서 엄마랑 술이나 한잔해야겠다. 다 만들거든 곧장 와서 보여주려무나."

아빠는 그 말을 남기고 집 쪽으로 사라져 버렸다.

베냐민은 자작나무 가지를 꺾어 첫 번째 다발을 만들기 시작했다. 정확히 얼마를 벌 수 있을지 머릿속으로 열심히 계산해 보았다. 다발을 열 개 만들면 50크로나를 벌 수 있고, 그걸 둘이서 나눌 거다. 그러면 50외레짜리 껌을 50개 살 수 있는 돈이 된다. 하루에 껌을 한 개씩 씹으면 여름 내내 껌이 떨어지지 않을 터였다. 얼마 전 그는 껌을 아껴 씹는 법을 알아냈다. 어느 날 밤, 자기 전까지 씹던 껌을 침대 옆 협탁에 붙여놓았는데, 다음 날 아침에 눈을 뜨니 갑자기 그 껌을 다시 입 안에 넣고 싶어졌다. 그러자 맛이 원래대로 돌아와 꼭 새 껌을 씹는 기분이었다. 이 발견이 모든 걸 바꿔놓았다. 그때부터 베냐민은 껌 하나를 재활용해 며칠씩 씹기 시작했다. 하지만 씹던 껌을 생각 없이 엄마 눈에 띄는 곳에 붙여둔 뒤에는 호되게 야단을 들었다.

첫 번째 다발을 완성하고 피에르를 내려다보니 동생은 빈손으로 아랫입술을 파르르 떨며 옆에 서 있었다.

"못하겠어. 가지가 꺾이지가 않아."

"괜찮아. 내가 네 것까지 꺾어줄게."

"하지만…." 피에르가 말했다. "그렇게 해도 나도 돈 받을 수 있어?"

"당연하지. 둘이서 나누자."

베냐민은 가지 열 개를 더 꺾어 피에르에게 건넸다. "집까지 달려가서 아빠한테 보여드리자."

둘은 자작나무 다발을 손에 들고 땅거미 속 가문비나무 숲을 달려 댐을 지나 집 앞 들판으로 향했다. 저무는 빛 속, 돌계단 밑 반짝이는 작은 촛불들이 잔뜩 켜진 테이블에 앉아 있는 엄마와 아빠가 보였다. 테이블 위에는 와인과 소시지가 놓여 있었다. 둘은 아빠의 무릎에 자작나무 다발을 올려놓았다.

"브라보!" 아빠가 말했다.

"대단한걸." 엄마도 거들었다.

아빠는 품질 검수라도 하듯 자작나무 다발을 꼼꼼히 살펴보았다. 그러더니 테이블 위에 5크로나 동전을 한 줌 꺼내놓았다. 반짝이는 동전 무더기를 보자 베냐민은 온몸이 짜릿해졌다. 아빠가 동전을 두 개 집어서 과장된 동작으로 둘에게 하나씩 나눠주었다.

"커서 자작나무 벌목꾼이라도 될 생각이야?" 엄마가 물었다.

"그럴까 봐요." 피에르가 대답했다.

"그럴까 보다." 엄마가 미소를 지으며 피에르의 말을 받더니 두 아들에게 양팔을 뻗었다. "우리 아들들." 그러면서 엄마는 둘을 꼭 안아주었다. "힘을 합쳐서 해내다니, 정말 멋지구나."
뜨겁게 달아오른 베냐민의 뺨에 엄마의 서늘한 뺨이 맞닿았다. 엄마한테서는 모기 기피제와 담배 냄새가 났다. 엄마는 두 아이의 머리를 가슴에 꼭 끌어안고는 손가락으로 머리카락을 쓸어주었다. 엄마의 품에서 벗어났을 때, 두 아이는 마치 방금 잠에서 깬 것처럼 머리가 어찔했다. 둘은 어쩔 줄 모르고 그 자리에 서서 엄마의 웃는 얼굴만 쳐다보았다.

"우리 애들이 처음으로 여름 아르바이트를 다 하고." 그렇게 말한 아빠의 눈에 난데없이 눈물이 고였다. 촛불 빛이 아빠의 눈 속에 어룽졌다. "정말 기특하다." 아빠는 그렇게 중얼거리더니 주머니에서 손수건을 꺼냈다. 엄마는 아빠의 손을 잡아주었다.

"이제 가보거라, 얘들아." 아빠가 그렇게 외치자 둘은 다시 숲을 향해 내달리기 시작했다. "가서 더 만들어오렴!" 아빠가 두 아이의 뒤에 대고 외쳤지만, 그들은 이미 날래디날랜 다리로 여름밤을 달려 들판을 반이나 건너간 뒤였다. 이번에는 아까보다 더 빨리 작업할 수 있었다. 베냐민은 꺾은 가지를 확인해 보지도 않고 건넸고, 피에르는 옆에 서서 가지를 모았다. 그렇게 두 다발을 더 만든 아이들은 앞마당의 작은 불빛만 바라보며 아까처럼 내달렸다. 저 멀리서 아빠가 소리쳤다. "우리 애들이 또 해냈구나!" 그 소리를 들은 두 아이는 정원으로 이어진 흙길을 북소리를 닮은 발소리로 울리며 아까보다 더 빨리 달렸다. "또 했구나, 또 해냈어!"

아빠는 자작나무 다발을 받아들어 살펴보더니 눈을 들고 아이들을 보았다.

"너희들이 자작나무의 왕이다."

아이들은 또다시 숲으로 달려왔다. 금세 어둠이 내려 숲길이 더 컴컴해진 바람에 흐릿한 빛에 녹아든 자작나무 가지가 얼굴을 마주 때렸다. 아까 왔던 곳에 도착하자 자작나무 숲 너머 호수가 연회색으로 빛나고 있었다.

"물수제비뜰래?" 피에르가 물었다.

은자작나무 숲을 헤치고 호숫가를 찾아가는 내내 둘은 나뭇가지를 잡고 서걱서걱 소리가 나게 흔들었다. 물가에서 알맞은 돌을 찾았다. 피에르가 호수로 돌을 던지자 돌이 떨어진 자리에 동요가 일면서, 수면 아래에 있던 물고기가 잠깐 모습을 드러냈다가 깊은 물속으로 사라졌다.

"안녕!" 피에르가 호수를 향해 외치자 반대편 키 큰 나무들에 부딪힌 목소리는 메아리가 되어 되돌아왔다.

"안녕!" 베냐민과 피에르는 한목소리로 외치며 키득키득 웃었다.

"우리는 자작나무의 왕이다!" 피에르가 있는 대로 고함을 치자, 숲은 마치 그 말이 맞는다는 듯 똑같은 대답을 돌려주었다.

열은 안개가 끼어 호수 건너편이 더는 보이지 않았다. 피에르는 돌에 발길질을 하고는 팔에 앉은 모기를 찰싹 때렸다.

"괜찮아?" 베냐민이 물었다.

"응." 피에르는 왜 그렇게 묻느냐는 듯 그를 올려다보았다.

베냐민은 뭐라고 대답해야 할지 알 수 없었다. 심지어 방금 그 질문을 왜 했는지도 알 수 없었다.

"다시 가지 꺾을까?"

"그래."

오래지 않아 둘은 머리 위로 자작나무 다발을 흔들어대며 다시 들판을 달렸다. 식탁에는 아빠 혼자 앉아 있었다.

"엄마는요?"

"엄마는 오줌 누러 갔다." 아빠가 그렇게 대답하자 베냐민은 라일락 덤불 뒤 그늘을 살폈다. 엄마는 집 안으로 들어가고 싶지 않을 때는 그곳에 쪼그리고 앉아 바지를 발목까지 내린 채로 호수를 바라보며 볼일을 봤다.

"이번에도 잘 만들어 왔나 보자꾸나." 아빠의 말에 둘은 만들어 온 자작나무 다발을 내밀었다.

"아주 잘했다." 아빠는 나뭇가지를 꼼꼼히 살펴보더니 말했다. "내일은 다발 묶는 법을 알려주마. 정말 중요하거든. 바깥에 걸어두고 매서운 가을바람에 말리려면 매듭을 아주 잘 묶어야 해."

"어떻게 되고 있니?" 엄마가 어둑한 덤불 속에서 나오며 물었다.

"우리 아이들이 다발을 두 개나 더 만들어 왔어요." 아빠가 대답했다.

"그렇군요." 그러면서 엄마는 자리에 앉더니 와인병을 들어 잔을 채웠다. 아빠 무릎 위에 놓인 자작나무 다발을 쳐다보던 엄마가 하나를 집어 들고 무게를 가늠해 보았다.

"이게 뭐니?" 그렇게 묻는 엄마의 목소리가 아까와는 사뭇 다르게 날카로웠다.

"다발이 점점 작아지잖아. 이것 좀 봐라." 엄마가 아이들을 향해 자작나무 다발을 들어 보였다. "처음에 가져온 것의 절반 크기밖에 안 되잖니."

"그래요?" 베냐민이 물었다.

그러자 엄마는 "모른 척하지 마라." 하고 말을 잘랐다. "너희들도 다 알고 한 일 아니고?"

"무슨 뜻이에요?" 베냐민이 물었다.

"돈에 눈이 멀어서 엄마 아빠를 속이려고 했잖아."

"그러지 말아요." 아빠가 영어로 말했다. 영어는 아빠가 엄마와 둘이서만 대화하고 싶을 때 쓰는 암호였다. "진정하고."

"진정하라는 말 따위는 집어치워요. 도저히 참아줄 수가 없으니까!"

엄마는 두 아이를 쳐다보았다.

"돈이 그렇게 갖고 싶어?" 엄마는 피에르의 손을 낚아채더니 테이블 위에 쌓여 있던 5크로나 동전들을 손바닥 안에 억지로 욱여넣었다.

"그래, 여기 있다. 가져라, 다. 다 가져."

엄마는 담배와 라이터를 챙기더니 일어났다. "난 가서 자야겠어요."

"여보!" 집 안으로 들어가는 엄마 뒤에 대고 아빠가 외쳤다. "가지 말고 돌아와!"

피에르는 손에 쥐었던 동전을 테이블 위에 도로 쏟아놓았다. 아빠는 의자에 가만히 앉아서 테이블 위만 빤히 보고 있었다. 자작나무 다발은 두 아이의 발치에 놓여 있었다.

"일부러 작게 만든 건 아니었어요." 베냐민이 말했다.

"안다." 아빠가 대답했다.

아빠가 자리에서 일어나더니 초를 하나씩 불어 껐다. 테이블 위에 어둠이 찾아오자 아빠는 양발을 널찍이 벌리고 서서 호수를 바라보았다.

베냐민과 피에르는 미동도 하지 않고 가만히 서 있었다.

"엄마 기운 나게 하는 법을 알려줄까?"

아빠는 자세를 낮추더니 두 아이의 귀에 대고 속삭였다.

"엄마한테 꽃을 꺾어다 드리렴."

두 아이는 대답이 없었다.

"꽃다발을 만들어 방문 앞에 두면 어떻겠니? 엄마가 엄청 좋아하실 거다."

"하지만 이젠 깜깜해진 걸요." 피에르가 말했다.

"큰 꽃다발이 아니어도 좋아. 엄마를 위해 작은 꽃다발을 만들어줄 수 있겠니?"

"네." 베냐민이 웅얼거렸다.

"미나리아재비꽃을 꺾으렴. 엄마가 좋아하는 꽃이거든. 작은 노란색 꽃이란다."

베냐민과 피에르는 꼼짝 않고 서서 아빠가 포크로 접시에 남은 음식들을 한데 긁어모은 뒤 접시와 컵을 모아서 드는 모습을 바라보았다. 고개를 든 아빠는 두 아이가 아직도 그 자리에 서 있는 걸 알고 놀란 눈치였다.

7장

| 오후 6시 |

사우나 안, 베냐민은 닐스의 벌거벗은 등을 바라본다. 날개뼈 사이에 흩뿌려 놓은 것 같은 갈색 주근깨는 여전하다. 어린 시절 닐스는 주근깨를 없애겠다며 로션이나 자외선 차단제를 발라대곤 했고, 그때마다 어머니는 긁지 말라고 야단을 쳤다. 닐스가 호숫가에서 책을 읽거나 엎드려서 해를 쬐고 있을 때면 피에르와 베냐민이 슬금슬금 뒤로 다가가 형의 등을 세게 할퀴었었다. 그때마다 닐스는 화를 벌컥 내며 몸부림을 쳤다.

어린 시절 이후 베냐민이 형제들의 벌거벗은 몸을 본 것은 이번이 처음이다. 피에르의 성기는 매끈하게 제모가 되어 있다. 털이라고는 한 오라기도 보이지 않는다. 포르노에서 보기는 했어도, 실제로 보니 털이 없는 성기는 굉장히 눈에 띈다. 그는 고개를 숙여 자신의 죽은 성기, 털 속에 파묻힌 채 잠들어 있는 갈색 기둥 같은 살덩이를 내려다본다. 반면 사우나 벤치 위로 보이는 피에르의 성기는 마치 생명과 의식을 가진 작고 끈적끈적한 생물처럼 고동치고 있다. 베냐민의 눈길을 의식했는지 잠시 후 피에르가 수건을 허리에 두른다.

"너한테 타투가 이렇게 많은 줄 몰랐네." 베냐민이 피에르에게 말한다. "몇 개는 처음 본다."

"몰랐어? 몇 개는 제거할까 생각 중이야."

"어떤 거?"

"예를 들면 이런 거."

피에르는 만화체로 그려진 주먹 아래에 '보르네오 사람들을 구하자'라는 글씨를 새긴 타투를 가리킨다.

"보르네오 사람들? 무슨 일이 있었는데?" 베냐민이 묻는다.

"아무 일도 없었어. 그 점이 웃기잖아."

그 말에 베냐민은 웃음을 터뜨린다. 닐스는 낮은 벤치에 올려놓은 자기 발을 내려다보면서 미소를 띤 채 고개를 설레설레 젓는다.

"한번은 술에 취해서 타투이스트한테 내 거시기를 향하는 화살표를 그리고 '혼자 힘으로는 뺄 수 없음'이라고 써달라고 했지 뭐야."

셋이 동시에 웃음을 터트리자 나지막한 웃음소리가 서로에게 스며든다. 벽에 붙은 온도계를 흘깃 본 닐스가 중얼거린다.

"섭씨 90도."

"난 잠시 쉴게." 베냐민은 그렇게 말한 뒤 사우나 바깥으로 나가 포치에 선다. 벽에 마른 자작나무 가지 여섯 개가 나란히 걸려 있다. 베냐민은 쩍쩍 갈라지는 널빤지 벽에 기대 가지런한 자작나무 가지들을 올려다본다. 손을 뻗어 다른 가지보다 조금 짧은 여섯 번째 가지를 집어서는 빳빳하게 말라 날카로운 잎을 손바닥으로 살살 쓰다듬어 본다.

닐스가 사우나 밖으로 나오더니 "가자, 물에 몸 좀 담가야지!" 하고 외친다. 그는 작은 포치에서 달려 내려가다 무언가 뾰족한 것이라도 밟은 듯 중간중간 깨금발로 뛰어 물가에 가서 선다. 가만히 서서 망설이는 닐스의 모습은 아빠가 언덕 위에서 물에 들어가는 게 뭐가 겁이 나서 어물거리느냐고 차츰 소리를 높이던 어린 시절의 어떤 여름날과 똑같다는 생각이 든다. 다그치던 목소리는 점점 날카로워졌고, 나중에는 사내자식이 물에 뛰어들 줄도 모르냐며 노발대발 성을 내는 바람에 결국 닐스도 화가 나서 수영을 하지 않고 자리를 떠나버리곤 했다. 피에르가 뜨거운 사우나 문을 확 열고 나와 물가로 비틀비틀 걸음을 옮긴다. 두 팔을 활짝 벌린 채 물속으로 걸어 들어가던 피에르가 돌을 잘못 밟고 미끄러질 뻔한 뒤 "제기랄!" 하고 중얼거린다. 곧 그는 물에 풍덩 뛰어들어 헤엄치기 시작한다. 더할 나위 없는 수영 솜씨다. 느릿느릿 팔을 저으며 호수를 직선으로 가르며 헤엄친다. 베냐민도 물가로 가 닐스 옆에 선다. 호수의 수위가 낮다. 얼마 전에 수문을 연 모양이다. 축축한 돌 틈, 작은 농어 한 마리가 젖은 자갈 위에 모로 누워 있다. 물을 뺄 때 남겨진 물고기인 듯싶었다. 베냐민은 몸을 숙여 물고기의 한쪽 지느러미를 잡고 들어 올린다.

"이것 좀 봐."

그가 물고기를 물속에 조심스레 내려놓자, 물고기는 느릿하게 빙글 돌더니 결국 배를 뒤집고 둥둥 뜬다. 수면 위로 하얀 배를 내놓고 물결에 실려 까딱까딱한다. 베냐민이 물고기를 다시 뒤집어 주려고 손끝으로 살짝 건드렸지만, 물고기는 한동안 누운 자세로 가만히 있다. 아가미가 움직이는 것을 보니 살아는 있지만 몸을 추슬러 다시 헤엄칠 기운이 없는 모양이다.

베냐민은 어린 시절부터 물고기를 무서워했다. 낚시는 좋아했지만 물고기가 미끼를 무는 건 싫었다. 미끼를 무는 순간에 예고 없이 찾아오는 묵직한 감각이 불편했다. 낚싯줄 끝에 살아서 의식을 가진 생물이 매달려 있다는 것을 자각하기 때문이었다. 수면 위로 몸을 드러낸 물고기가 물거품이 일도록 죽기 살기로 요동을 치면 존재론적 역겨움 같은 게 느껴졌다. 잡은 물고기를 손질하는 건 아버지가 도와주었다. 아버지가 나무 벤치 위에 물고기를 똑바로 세워놓고 칼로 목을 꿰뚫을 때마다 매번 베냐민이 느끼던 공포. 아버지는 손아귀에서 물고기가 꿈틀거려도 "반사작용일 뿐이야."라고 말했지만 물고기는 움직임을 멈추지 않았다. 칼을 더 세게, 더 깊이 박아 넣으면서 아버지는 세 아들에게 자꾸만 말했다. "물고기는 아무것도 못 느낀다. 이미 죽었으니까." 가끔 물고기가 너무 오랫동안 꿈틀거림을 멈추지 않아 아버지도 당황해서 눈길을 줄 때가 있었다. 아버지 역시 어쩌면 좋을지 몰랐다.

물고기를 손질하는 과정에서는 잔혹한 행위가 순식간에 우아한 기교로 변했다. 내장을 거칠게 뜯어내 호수에 던져버린 뒤, 아이들이 엄숙한 침묵 속에서 지켜보는 가운데 아버지는 터지기라도 하면 식중독을 일으킬 수도 있는 물고기의 비장을 정밀한 손놀림으로 집어내곤 했다.

베냐민은 얕은 물가에 쪼그리고 앉아 다시 물고기를 쿡 찔러 본다. 그리고 또 한 번.

"힘내, 작은 물고기. 내가 응원할게." 그는 나지막이 중얼거린다.

이제 몸을 똑바로 일으킨 물고기는 물결에 이리저리 흔들리면서도 간신히 버틴다. 호수를 향해 방향을 튼다. 다음 순간, 갑자기 물고기는 헤엄을 쳐 사라져 버린다.

베냐민은 형을 바라본다.

"음, 그래야 할 것 같았어."

"그런 것 같더라." 닐스가 대답한다.

그리고 세 형제는 나란히 헤엄치기 시작한다. 노인처럼 몇 번 발장구를 치다가 일어나서 또 나란히 선다. 수온이 높아 물속에 한참 서 있어도 춥지 않다.

"사우나에 한 번 더 다녀올까?" 닐스가 묻는다.

"그러자." 피에르가 대답한다. "그 전에 호수에 똥 좀 누고."

"맙소사." 닐스가 중얼거리더니 뭍을 향해 걸어가 버린다.

피에르의 웃음소리가 호수 위에 메아리친다. "왜 그래, 그냥 농담한 거야!"

셋은 다시 좁다란 사우나 안에 함께 들어가 앉아 호수를 향해 난 조그만 유리창으로 바깥을 본다.

"이 근처 어디에 타임캡슐을 묻어두지 않았었나?" 피에르가 질문한다.

베냐민이 일어서서 바깥을 내다본다. “그러게. 저 나무 바로 옆이었던 것 같은데.”

아버지가 준 낡은 양철 빵 상자 안에 베냐민과 피에르가 이런저런 물건을 넣어 땅속 깊이 묻었던 기억이 떠올랐다. 20세기 사람들의 생활상을 담은 중요한 정보를 보존해서 후대에 남기겠다는 과학 프로젝트였다.

“찾아보자.” 피에르가 말한다.

“힘들 것 같은데.”

“뭐가? 땅만 파면 되는 거 아닌가?

“정확히 어디에 묻었는지도 모르잖아.”

“됐어. 내가 찾아보지 뭐!”

피에르가 그 말을 남기고 밖으로 달려 나가자, 형들은 그가 사우나 밖 작은 빈터를 향하는 모습을 유리창을 통해 지켜본다. 피에르는 나무 밑에 무릎을 꿇더니 두 손으로 땅을 신나게 파헤친다. 손으로 흙을 퍼내서 옆에 쏟아두기를 반복하지만, 오래지 않아 이런 식으로는 안 된다는 게 분명해진다. 아무리 흙을 파도 표토층 밑으로는 들어갈 수가 없다. 그는 허망하다는 듯 잠시 땅에 무릎을 꿇고 앉았다가 벌떡 일어나 헛간으로 달려간다.

“걔 뭐 하냐?” 닐스가 묻는다.

"제정신 아닌가 본데." 베냐민이 대답한다.

닐스가 양동이를 집어 사우나 돌바닥에 물을 붓자 쉭 하는 소리가 난다. 베냐민은 형의 가슴팍에 송글송글 솟는 땀방울을 본다.

"여기 오니 기분이 어때?" 닐스가 묻는다.

"모르겠어. 집에 돌아온 것 같으면서도. 마음 한구석에선 당장 여기서 떠나야 한다고 누가 고함치는 소리가 들리는 것 같기도 하고."

닐스가 낄낄 웃는다. "나도 마찬가지야."

"별장을 다시 보니 기분이 이상하더라고. 머릿속으로는 몇 번이나 찾아왔는데. 그 일을 몇 번이나 곱씹고 곱씹으면서 말이지. 그런데…."

베냐민은 창밖을 보다가 다시 말을 잇는다.

"이상해."

"베냐민." 닐스가 입을 연다.

"미안해, 전부 다."

둘은 눈을 마주쳤다가 재빨리 눈길을 아래로 떨군다. 닐스가 돌 위에 물을 더 붓자 돌이 입을 다물라는 듯 쉿 소리를 낸다.

나막신을 꿰어 신고 손에는 삽을 든 피에르가 다시 창밖에 나타나더니, 사우나 창문 안을 들여다보면서 머리 위로 맹렬하게 손을 흔든다. 피에르가 땅에 삽을 세게 꽂자 그 반동으로 그의 성기가 훌쩍 일어섰다가 다시 떨어져서 허벅지에 철썩 부딪힌다. 그렇게 그는 땅을 파기 시작한다. 땀범벅이 되어 결연하게, 삽을 밀어넣을 때마다 거친 신음을 내며 삽날을 밟은 발에 힘을 준다.

"절대 못 찾을걸." 베냐민이 중얼거린다.

삽이 양철통에 부딪히는 소리가 사우나 안까지 울려 퍼진다. 베냐민과 닐스가 창을 향해 몸을 기울인다. 피에르가 바닥에 달려들어 양손으로 흙을 파기 시작한다. 그가 구멍에서 무언가를 꺼내는 순간 베냐민은 그 물건을 알아본다. 흙투성이지만 군데군데 녹슨 금속의 광채가 보인다. 타임캡슐 삼아 묻었던 그 빵 상자다. 피에르가 벌떡 일어나 다리를 떡 벌리고 서서는 상자를 머리 위로 쳐들고 처음 불을 발견한 원시인처럼 고함을 질러댄다. 베냐민과 닐스는 사우나 바깥으로 달려 나간다. 피에르가 사우나 포치에 있던 작은 테이블에 상자를 올려두자 셋은 모두 모여 선다.

"마음의 준비 됐어?" 피에르가 묻는다. "이제 어린 시절의 우리를 만나는 거야."

피에르가 상자를 연다. 맨 위에 조간신문이 한 부 놓여 있다. NATO의 사라예보 폭격이 1면 기사다. 그 밑에 작은 봉투가 하나 있다. 베냐민은 봉투를 연다. 처음에는 빈 봉투인가 했는데, 바닥에 있는 무언가를 발견하고는 내용물을 테이블 위에 쏟는다. 조그만 플라스틱 초승달 같은 것이 한 무더기 나온다. 베냐민은 한눈에 그것을 알아보지는 못했지만, 다음 순간 "아, 이럴 수가…" 하고 말한다.

"이게 뭔데?" 닐스가 묻는다.

베냐민이 허리를 숙여 테이블 위에 쌓인 노르스름한 작은 무더기를 쿡쿡 찌른다.

"우리 손톱."

"뭐?" 닐스가 말한다.

"손톱을 깎아서 넣었잖아. 기억나, 피에르?"

피에르가 고개를 끄덕이더니 의자에 앉아 어린아이들의 조그만 손톱 무더기를 조심스레 만져본다. "형 왼손이랑 내 오른손. 총 열 손가락의 손톱을 깎았지. 미래 사람들에게 우리가 어떻게 생겼는지 알려주려고."

베냐민은 열 개의 손톱 조각을 순서대로 배열해 본다. 한가운데에 큰 엄지손톱 조각 두 개, 그 양옆에 나머지 네 개씩을 늘어놓는다. 손톱 조각 아래에 자기 손을 대보자 어린 시절의 자신이 언뜻 보인다.

피에르가 상자 안에서 10크로나짜리 지폐를 꺼낸다. "이것 좀 봐."

"내가 엄마한테서 훔친 돈이야. 기억나."

베냐민은 그렇게 말한 뒤 형제들과 빠르게 눈짓을 주고받고는 지폐를 한쪽에 둔다. 상자 맨 밑에는 망가지지 않고 잘 마른 미나리아재비 한 다발이 놓여 있다. 노란 꽃잎이 기우는 햇살을 받아 빛난다. 베냐민은 꽃다발을 피에르에게 건넨다. 피에르는 꽃다발을 조심스레 받아 든 다음 들여다본다. 그러더니 눈길을 돌리고 한 손으로 두 눈을 가린다.

"이 꽃다발을 어머니께 다시 갖다드릴까?" 베냐민이 말한다.

세 형제는 서둘러 몸을 닦은 다음 축축한 몸에 다시 정장을 걸쳐 입은 뒤 한 줄로 나란히 서서 들판을 가로질러 호숫가로 다가간다.

베냐민은 마른 미나리아재비 다발을 쥐고 호숫가에 선다. 나머지 둘도 곁에 다가와 선다. 닐스가 유골단지를 들고 있다. 유골단지가 무거운 나머지 닐스는 몇 번이나 단지를 고쳐 잡으며 마치 어머니의 무게에 당황하기라도 한 듯 혼란스러운 표정을 짓는다.

8장

| 식품저장고 |

"토 나올 것 같아." 동생들 옆을 지나치던 닐스가 말했다. "도저히 눈 뜨고는 못 보겠다."

"너희들 뭐 하고 있니?" 옆에 앉아 신문을 읽고 있던 아빠가 물었다.

"손톱 깎고 있어요!" 피에르가 대답했다. "모아서 타임캡슐에 넣으려고요."

"손톱을 왜 타임캡슐에 넣는 거냐?"

"1000년 뒤 사람들은 다르게 생겼을지도 모르잖아요. 그러면 옛날 사람들 손톱이 어떻게 생겼는지 궁금하겠죠."

"똑똑한걸." 아빠의 대답이었다.

이른 아침, 낮게 뜬 해는 기묘한 각도로 빛나고, 잔디 위엔 아직 이슬이 촉촉하고, 햇볕에 데워진 우유 속에서 시리얼 조각들이 불어가고 있었다. 바람이 평소보다 더 찼다. 이따금 세찬 바람이 불어 아빠가 읽던 신문을 단단히 붙들고 고개를 들어 무슨 일인가 살피기도 했다. 커피를 마시던 아빠가 머그컵을 내려놓을 때마다 신문 위에 동그란 갈색 자국이 하나씩 더 생겼다. 때로 아빠는 일어서서 부엌에 가기도 했다. 두툼하게 자른 호밀빵 조각에는 버터를 얼마나 넉넉히 발랐는지 한 입 베어 물면 버터에 잇자국이 보일 정도였다. 베냐민과 피에르는 테라스 테이블 앞에 낡은 파자마 차림으로 앉아 손톱을 깎아 그러모으는 데 집중하고 있었다. 손톱을 다 깎은 둘은 그걸 전부 봉투 안에 넣어 아빠에게 받은 양철 상자에 넣었다. 타임캡슐에 들어갈 첫 번째 유물이 완성된 것이다.

"아빠, 타임캡슐에 오늘자 신문 넣어도 돼요?"

"당연하지. 다 읽은 다음에 주마." 아빠가 대답했다.

베냐민은 아빠를 관찰했다. 아빠는 달걀을 두 개째 먹고 있었는데, 베냐민은 엄마가 잠에서 깨기 전에 아빠가 식사를 끝마치기를 속으로 바랐다. 엄마는 아빠가 달걀 먹는 모습을 정말 싫어했으니까.

"아빠, 지폐 있으세요? 타임캡슐에 넣으려고요." 베냐민이 물었다.

"어제 번 5크로나 동전 넣으면 되지 않겠니?"

"인사말을 써넣으려면 지폐여야 해요."

아빠는 주머니 속을 살펴보더니 일어나서 지갑을 찾아 복도로 갔다. 그러더니 "돈이 없네." 하고 외쳤다. "엄마가 일어나면 부탁해 보렴."

"그럼 그때까지는 어쩌죠?" 언제나 초조한 피에르가 물었다.

"상자에 넣을 다른 물건을 찾아보면 되지." 아빠가 말했다.

"다른 물건이 없어요." 피에르가 말했다.

"그러면 몰리랑 놀고 있거라."

하지만 피에르뿐 아니라 실은 가족 중 그 누구도 개와 놀고 싶은 마음이 없었다. 몰리는 좋은 놀이 상대가 아니었다. 늘 불안하고 몸도 약한데다가, 틈만 나면 깜짝깜짝 놀랐다. 몰리를 키우게 된 뒤에 맞이한 첫 여름엔 다들 이런 일은 머지않아 지나가리라고, 시간이 지나면 몰리도 적응하리라고 생각했다. 하지만 이제는 몰리의 성격이 원래 그렇다는 것을 알게 됐다. 세상이 무서운지, 몰리는 자유롭게 돌아다닐 생각이라고는 추호도 없는 듯 누군가의 품에 안겨 다니는 쪽을 선호했다. 아빠가 어색하게 따뜻함을 표현하려고 다가가도 겁을 먹고 물러났다. 닐스와 피에르도 몰리에게는 딱히 관심이 없었는데, 어쩌면 엄마가 자신들보다 개를 더 아낀다는 생각에 질투를 느낀 것 같기도 했다. 엄마는 몰리를 몹시 사랑하면서도 내킬 때만 사랑을 표현했기에 몰리는 더 불안해했다. 엄마는 몰리를 다른 가족과 공유하지 않고 독점하려 할 때가 있는가 하면, 몰리에게 쌀쌀맞을 때도 있었다. 때로 베냐민은 몰리가 외톨이 같다고 생각했다. 이는 피에르와 닐스의 무관심, 아빠의 체념, 엄마가 보이는 돌연한 무심이 낳은 결과였다.

베냐민은 몰리에게 친밀감을 느꼈다. 그해 여름, 엄마와 아빠가 시에스타를 즐기던 기나긴 오후 내내 둘은 유대관계를 만들어 갔다. 베냐민은 속으로 몰리는 자기 개라고 생각하기도 했다. 같이 호수에 가서 돌을 던지고 놀았다. 숲속을 산책했다. 함께 쏘다녔다.

"가서 몰리랑 놀거라." 아빠가 말했다.

"몰리가 우리랑 안 놀고 싶어 하는데요." 피에르가 말했다.

"그럴 리가 없잖니. 몰리에게는 그저 시간이 필요할 뿐이야."

피에르는 만화책을 갖다둔 헛간을 향해 터벅터벅 걸어갔고, 베냐민은 다가가 개를 안아들었다. 부엌으로 가서 창가 식탁에 앉아 몰리를 무릎 위에 앉혔다. 바깥, 오래된 유리창 너머로 보이는 세상이 서서히 변해갔다. 고개를 앞뒤로 기울이면 녹음이 흔들렸다. 저기, 낡은 헛간 옆 오솔길로 아빠가 걸어가고 있었다. 닐스가 혼자 조용히 책을 읽고 싶을 때마다 찾아가는 호숫가 자리에 형의 머리카락이 보였다. 그리고 베냐민의 바로 위층에서 엄마가 자고 있었다. 베냐민은 엄마가 잠에서 깨는 과정에서 나는 소리를 속속들이 알았다. 먼저 맨발이 조심스레 마룻바닥을 딛는 소리, 그리고 곧바로 엄마가 블라인드를 걷어 올리면 블라인드가 커튼 박스 안으로 들어가며 나는 회초리 휘두르는 소리, 그 뒤에는 창문이 열리는 소리. 창문이 열리면 엄마는 아래층으로 내려오기 싫은 밤마다 사용하는 요강을 창밖으로 비웠고, 그럴때마다 부엌 창 너머로 금빛 빗줄기가 쏟아지곤 했다. 그다음에는 침실 문이 열리면서 작게 삐걱 소리를 냈고, 계단을 급히 내려오는 발소리 끝에 엄마가 부엌에 나타났다. 베냐민은 누군가에게 들킬 위험, 그리고 그때 치르게 될 대가를 머릿속으로 생각해 보았지만, 경고 신호가 아주 많으니 도망칠 시간은 충분할 것 같았다. 그는 일어서서 엄마가 핸드백을 걸어놓는 복도로 슬쩍 걸음을 옮겼다. 핸드백 안에서 지갑을 꺼내 어른의 세계를 들여다보았다. 칸마다 차곡차곡 들어찬 신용카드, 영수증, 주차권. 전부 부유한 생활을 보여주는 동시에 엄마가 가족을 벗어나 일터에서 이루는 대단한 업적의

단서였다. 엄마의 지갑 안에는 엄청난 돈이 들어 있었다. 지폐 칸에는 100크로나, 50크로나, 10크로나 지폐들이 순서대로 자리 잡고 있었다. 엄지와 검지로 10크로나 지폐 한 장을 조심스레 끄집어낸 뒤 지갑을 돌려놓으려고 다시 핸드백에 손을 뻗는 순간이었다.

"무슨 짓이야?"

엄마가 계단 위에서 복도에 서 있는 베냐민을 내려다보고 있었다. 활짝 열린 가운, 삐죽 솟은 머리카락, 얼굴에 찍힌 베개 자국. 믿기지 않았다. 있을 수 없는 일이었다. 어떻게 아무런 경고도 없이, 난데없이 엄마가 나타난 거지? 마치 엄마가 애초부터 어젯밤에 침대로 가지 않고 깜깜한 계단에 앉아 날이 밝기를, 이 순간이 찾아오기를 침묵 속에서 기다리기라도 한 것 같았다.

"대답해라, 베냐민. 이게 무슨 짓이냐고."

"타임캡슐에 넣을 10크로나를 빌리려고 했는데, 엄마가 자고 있어서…."

베냐민은 입을 다물었다. 엄마가 계단을 내려오더니 베냐민의 품에서 몰리를 빼앗아 바닥에 조심스레 내려놓았다. 몰리가 저쪽으로 달려간 뒤에야 엄마는 다시 베냐민을 말없이 한참 쳐다보았다. 엄마가 얼굴을 찌푸리자 이가 번쩍 빛났다.

"도둑질을 해?" 엄마가 고함을 질렀다.

"죄송해요, 엄마. 잘못했어요."

"이리 내."

베냐민은 엄마에게 지폐를 건넸다.

"여기 잠깐 앉아라."

엄마가 복도의 긴 의자에 앉자 베냐민도 그 옆에 앉았다. 별안간 창밖에 두 사람이 나타났다. 엄마가 고함치는 소리를 들은 형과 동생이 무슨 일이 일어났는지 궁금해 찾아온 것이다. 유리창에 코를 바짝 댄 두 사람과 베냐민의 눈이 마주쳤다.

베냐민은 아빠가 돌아오기만을 간절히 바라며 문밖을 쳐다보았다. 화난 엄마와 단둘이 있는 건 위험했다.

"엄마가 열 살, 어쩌면 아홉 살 때…."

엄마는 그렇게 말을 시작하더니 고개를 들어 천장만 한참 쳐다보다가 지금 하려는 이야기 속 우스운 내용이 문득 떠오르기라도 한 것처럼 작게 웃음을 터뜨렸다.

"아홉 살 때구나. 한번은 내가 우리 아버지 외투 주머니에서 1크로나 동전을 하나 훔쳤어. 그다음에는 사탕을 사 먹겠다고 자전거에 뛰어올라 가게로 달려갔지. 하지만 반쯤 가다가 멈췄단다. 후회가 된 거야. '내가 무슨 짓을 한 거람?' 그런 생각이 들었어. 그렇게 난 그 자리에서 창피한 마음으로 한참을 서 있다가 얼른 집에 들어와서는 다시 복도로 슬쩍 들어가 아버지 외투 주머니에 동전을 도로 넣어두었어."

엄마의 말이 끝나고 침묵이 이어지자 베냐민은 눈을 들어 엄마를 쳐다보았다. 이야기가 끝난 게 분명했는데, 도무지 이해할 수 없었다. 아무 교훈도 없는, 모호하고 혼란스러운 이야기일 뿐이었다. 무슨 뜻일까? 엄마 지갑에 지폐를 도로 넣어두라는 뜻일까?

"하지만 이건…." 엄마는 지폐를 베냐민의 코앞에 들어 보였다. "돈을 훔치다니. 그런 짓을 하면 안 돼."

"잘못했어요."

"왜 그랬니?"

"엄마가 돈을 안 줄 것 같아서요."

그러자 엄마는 베냐민을 쳐다보다가 입을 열었다.

"식품저장고에 들어가서 잠시 반성의 시간을 가져라."

"식품저장고요?"

처음 받는 벌이었다. 예전에는 늘 불 꺼진 사우나에 들어가 있으라는 벌을 받았다. 사우나 안에 혼자 앉아서 잘못을 반성해야 했다. 엄마의 육아 방법은 엄격하고 규칙 중심이었지만, 일관성은 없었다. 엄마는 결단력 있는 동시에 애매모호했다. 사우나에서의 벌칙이 언제쯤 끝나는 건지, 언제 나와도 되는지 알려준 적이 없어서 베냐민이 알아서 결정해야 했다. 결국 사우나에서 나온 뒤에도 너무 일찍 나온 것은 아닌가 하는 죄책감을 지니고 있어야 했다. 하지만 식품저장고라니, 그건 완전히 다른 곳이었다. 그는 식품저장고 안의 차갑고 축축한 어둠이 싫었다. 아빠가 맥주 심부름을 시켜 들어가야 할 때면 그는 마음의 준비를 단단히 했다. 안쪽 문과 바깥 문을 모두 활짝 열어두고서는 어둠 속으로 뛰어들어 갔다가 얼른 빠져나왔다.

"문 열어봐도 돼요?"

"그래, 그래라."

그는 곧장 일어나 밖으로 나갔다. 피에르와 닐스 옆을 지나칠 때 형제들은 그를 못 본 척했다. 식품저장고 앞에 도착해 손잡이를 잡고 고개를 들자 머리 위로 우뚝 솟은 울창한 나무들이 보였다. 뒤돌아보자 엄마는 테라스 의자에 앉아 이쪽을 지켜보고 있었다. 담배를 꺼낸 다음 바람을 피해 불을 붙이려고 식탁 아래로 몸을 숙인 자세였다. 그는 깜깜한 어둠 속으로 들어갔다. 차가운 공기가 그를 후려쳤다. 흙냄새. 눈이 어둠에 적응하자 저장고 내부가 눈에 들어왔다. 한쪽 벽에 여섯 개들이 맥주와 요거트 한 통이 놓여 있었다. 예전 여름휴가 때 남긴 쓰레기, 오래전 엄마 생일에 케이크를 샀을 때 남은 상자와 비닐봉지도 있었다. 저장고 한가운데에 빈 맥주 상자가 놓여 있기에 베냐민은 상자를 뒤집어엎고 그 위에 걸터앉았다. 그리고 자갈 깔린 바닥에 닿은 맨발을 내려다보다가 허벅지를 타고 솟아나는 닭살을 쳐다보았다. 감기에 걸리지 않을까 싶을 정도로 추워서 재킷을 가져올걸 하는 후회가 들었다. 작은 문을 통해 바깥의 여름이 내다보였다. 뒤엉킨 라즈베리 덤불, 축구장 끄트머리, 그물을 걸어놓은 사우나 뒤편이 보였다. 개가 높이 솟은 풀 사이를 헤집고 다가오더니 입구 가까이에서 안을 들여다보았다.

"들어와, 몰리." 베냐민이 속삭였다.

개는 베냐민을 찾으려는 듯 어둠 속으로 한 발짝 들어왔다.

"몰리." 테라스에 앉아 있던 엄마가 개를 소리쳐 불렀다. "이리 와."

몰리는 뒤돌아 엄마를 보더니, 다시 고개를 돌려 베냐민을 보았다.

"우리 아기, 예쁜 아기." 엄마는 어르는 목소리로 몰리를 불렀다. "와서 맛있는 것 먹자."

개가 엄마를 향해 달려 나가서는 곧 베냐민의 시야에서 사라졌다.

문득 세찬 바람이 불어오는 바람에 베냐민은 바깥을 보았다. 나무의 꼭대기 줄기를 쓸고 호수를 향했다가 다시 집을 향해 솟아오른 바람이 식품저장고의 문을 쾅 닫아버렸다. 온 사방이 깜깜해졌다. 베냐민은 비명을 지르고는 양손을 앞으로 뻗은 채 어둠 속을 비틀비틀 걸었다. 손끝에 벽이 만져졌다. 거칠거칠한 벽을 더듬으며 걸으면 곧 문이 나올 줄 알았는데, 점점 더 깊은 어둠 속으로 들어가 다시는 바깥으로 나갈 수 없을 것 같은 기분이 들었다. 마침내 나무 문이 만져지기에 힘껏 문을 발로 차서 열었다. 울지 않겠다고 마음을 단단히 먹었지만 절로 울음이 나왔다. 밖으로 나가고 싶었지만 엄마가 곧바로 다시 들어가라고 할 게 뻔했다.

바로 그때, 발밑이 사라지면서 그의 몸이 현실로부터 쑥 하고 들어 올려지는 것만 같은 느낌이 찾아왔다. 요즈음 이런 느낌은 점점 더 자주, 베냐민이 전혀 예상하지 못한 때에 찾아왔다. 한번은 음악 시간에 드럼을 배우던 중이었다. 선생님이 심벌 소리를 차츰차츰 작게 내는 방법을 알려주고 있을 때, 잦아드는 소리를 듣고 있자니 마치 세상이 점점 멀어지는 것 같고, 소리가 사라져 침묵이 찾아오는 순간 죽어버릴 듯한 기분이 들었다. 수업 중인데도 베냐민은 비명을 내질렀고, 깨어나니 다른 곳이었다. 부모님의 얼굴이 그를 내려다보고 있었다.

베냐민은 실제로 존재하는 사물에 단단히 매달리고 싶은 마음으로 식품저장고 바깥을 살펴보았다. 감정 상태 때문인지,

눈물 때문인지, 아니면 저장고 안 막막한 어둠과 대조되는 바깥의 선명한 빛깔 때문인지 세상의 색이 달라 보였다. 더 또렷하고, 더 아름다웠다. 깜깜한 영화관 안에서 식품저장고 입구에 영사되는 오래된 영화를 보고 있는 기분이었다. 회색 전봇대는 하얀색이 되었다. 호수의 색도 푸른 까마귀만큼 짙었다. 잔디밭은 불이라도 붙은 것처럼 빛이 났다. 그리고 저쪽, 헛간에서 돌아오는 아버지는 온몸에서 빛을 뿜는 동화 속 인물처럼 은은한 빛에 둘러싸여 있었다. 저장고 문이 열려 있는 걸 알아차린 아빠는 이쪽으로 다가오며 엄마에게 말했다.

"이런, 참 나. 내가 몇 번이나 말해요? 식품저장고 문은 항상 닫아두라니까."

"아니, 닫지 말아요." 엄마는 자리에서 일어나지 않은 채로 침착하게 대답했다.

"왜요?" 아빠가 물었다.

"안에 베냐민이 있어요."

"그게 무슨 소리예요?"

엄마는 대답하지 않았다. 아빠는 놀란 눈으로 저장고 안을 들여다보더니 다시 엄마 쪽으로 몸을 돌렸다.

"베냐민이 안에서 뭐 하는데?"

"내 돈을 훔쳤어요."

"돈을 훔쳤다고?"

"그래요, 그래서 그 안에서 반성 좀 하라고 했어요."

아빠가 식품저장고로 한 발짝 다가와 입구 앞에 서고는 눈살을 찌푸리고 어둠 속을 들여다보았다. 고작 3미터 거리에서 있으면서 도통 베냐민을 못 알아보는 모양이었다. 반면 맥주 상자 위에 앉아 있는 베냐민의 눈에는 색상과 윤곽마저 선명한 아빠의 커다란 덩치가 아름다운 금빛 후광으로 둘러싸여 저장고 입구를 온통 밝히는 게 생생하게 보였다. 아빠는 쓰고 있던 어부 모자를 벗더니 머리통을 긁으며 문간에 선 채 잠시 생각에 잠겼다. 엄마를 한 번 보고, 어둠 속을 한 번 보았다. 그러더니 자리를 떠나버렸다.

식품저장고 안에 얼마나 오래 있었는지 알 수 없었다. 한 시간? 두 시간? 바깥에서 태양이 움직이며 그림자의 모양이 바뀌고 구름이 나타났다 사라지는 모습이 보였다. 침묵과 어둠 속에서 온갖 것이 보이고, 귀에 초능력이라도 생긴 것처럼 모든 소리가 다 들렸다. 바람이 유리창을 흔드는 소리, 누군가 화장실 물을 내리는 소리, 제비가 나무를 쪼는 소리. 엄마가 문간에 나타나서 이제 나오라고 했을 땐 온갖 소리로 시달린 귀가 얼얼하게 아플 지경이었다.

헛간으로 가자 바닥에 앉아 만화책을 보던 피에르가 고개를 들었다.

"이제 나왔네? 타임캡슐 마저 만들까?"

베냐민은 고개를 끄덕였다.

둘은 테라스에 앉아 신문을 보고 있는 엄마 옆을 지나쳤다.

"그건 그렇고 이건 도로 가져가거라." 엄마는 고개도 들지 않은 채 테이블 위 지저분한 컵에 꽂아둔 미나리아재비 다발을 가리키며 말했다.

베냐민은 꽃다발과 빵 상자를 챙겨 피에르와 함께 호숫가로 갔다. 사우나 옆에 무릎을 꿇고 앉아 함께 타임캡슐을 묻을 구멍을 팠다. 아빠가 얼마 전 사우나 옆에 나무를 심느라 땅을 한 번 파헤쳐 놓은 덕에 수월했다. 피에르는 잠시 돕다가 시간이 오래 걸리자 지루해졌는지 얼마 떨어지지 않은 곳에 있는 보트 창고를 향해 돌을 던져댔다. 베냐민은 타임캡슐이 너무 일찍 발견되는 사태가 없도록 구멍을 깊게 파고 싶었다. 이마의 땀을 훔치고 있는데 좁다란 오솔길로 걸어오는 아빠가 보였다. 베냐민은 아빠를 못 본 척하고 계속 구멍을 팠다. 우뚝 서서 두 아들을 내려다보는 아빠의 존재감이 느껴졌다.

"어쩌고 있냐, 아들아?"

베냐민은 대답 없이 흙 속에 모종삽을 찔러 넣으며 구멍을 점점 더 깊이 팠다.

"구멍 파는 거냐?" 아빠가 물었다.

"네."

"타임캡슐에 묻을 것을 가져왔단다."

그 말에 베냐민이 고개를 들자, 아빠가 10크로나 지폐 한 장을 내밀었다.

"하지만 이건 엄마 돈이잖아요."

"엄마한테 비밀로 하면 되지."

아빠가 옆에 쭈그리고 앉았다. 베냐민은 양철 상자를 열어서 안에 지폐를 넣고 뚜껑을 닫았다. 그다음 둘은 다시 흙을 덮어 구멍을 메웠다.

9장

| 오후 4시 |

그들은 다시 한 줄로 숲을 걸어 나온다. 어린 시절 내달리던 빈터를 무거운 발걸음으로 터벅터벅 걷는다. 언덕 아래 마지막 가파른 비탈에서는 균형을 잃지 않으려 나무를 붙잡고 느릿느릿 내려간 뒤 눈부신 태양 속으로 비틀비틀 빠져나온다. 세 사람은 별장 바로 앞 작은 테이블에 자리를 잡고 앉는다. 피에르가 일어나서 차 쪽으로 다가가더니 잠시 후 맥주 몇 캔을 들고 돌아온다.

“차 안에서 고기 간 것 같은 지독한 냄새가 나는데, 누가 그런 걸 가져온 거야?"

"엄마 냉장고에 있던 피에로기•야. 녹아서 그래. 먹을래?" 닐스가 말한다.

피에르는 대답 없이 웃기만 한다. 뜨뜻한 맥주가 쉭 소리를 내며 거품을 일으키고, 셋은 묵묵히 호수를 바라보며 맥주를 마신다. 베냐민의 휴대폰이 울리는데, 모르는 번호다. 그는 전화를 받지 않고 무음 모드로 바꾼다. 또다시 전화가 걸려오지만 다시 무음 모드로 바꿔버린다.

"받아야 하는 거 아니야?" 닐스가 묻는다.

"전혀." 베냐민이 중얼거린다.

문자 메시지가 도착한다. 베냐민은 말없이 메시지를 확인한 뒤 소리 내어 읽어준다.

"안녕하세요, 병리학자 요한 파르카스입니다. 어머님을 열어보았는데, 사인에 대해 알고 싶으시면 전화해 주십시오."

"됐네요, 알고 싶지 않아." 피에르가 말한다.

"왜 그래. 당연히 전화해야지." 닐스가 말한다.

베냐민은 나머지 둘이 알아서 결정하라는 듯이 양손을 허공에 들어버린다.

• 빵이나 파이 반죽 안에 고기, 채소 등 다양한 재료로 소를 채워넣는 동유럽식 만두

"전화해." 닐스가 말한다.

베냐민은 전화를 건 뒤 휴대폰을 테이블 한가운데에 놓는다. 이름을 말하자 곧장 스피커폰을 해제하고 전화를 받는 익숙한 소음이 들리고, 상대방이 "아, 잘됐군요." 하고 대답한다. 연락이 닿아 만족스럽다는 투다.

"음." 병리학자가 입을 연다. "어머님의 사망을 둘러싼 상황이 약간, 음, 뭐라고 표현해야 좋을지…."

병리학자가 마치 전화를 받으면서 식기세척기의 그릇을 꺼내고 있는 듯한 쨍강거리는 소리가 배경에서 들린다.

"말하자면 분명치 않은 점들이 몇 가지 있어서 말입니다."

"예, 저희도 알고 있습니다." 베냐민이 대답한다.

"그렇지요." 병리학자는 무심결인 듯 그렇게 대답하고 입을 다문다. 서류를 넘기는 소리가 난다. "잠시만 기다려 주세요."

'열어보았다'고. 어떻게 사람에게 그런 표현을 쓸 수 있나? 베냐민은 문득 활짝 열린 어머니의 모습을 상상한다. 병원 건물의 지하 3층, 살균 소독된 침상 위 차디차게 홀로 누워 있는 어머니. 어머니의 배는 장미 꽃잎처럼 열려 있고 그 속, 끈적끈적한 장기들 속 어딘가에 이 수수께끼의 정답이 숨겨져 있을 것이다. 병리학자는 어머니 위로 몸을 기울이고 종이에 받아 적은 내용들을 관계자들에게 전달할 것이다. 무슨 일이 일어난 것인지, 어째서 이렇게 빠른 속도로 일어난 것인지, 전날까지만 해도 지중해 여행을 계획하던 사람이 다음 날 고통스러운 죽음을 맞는 것이 도대체 어떻게 가능한지 알고자 하는 아들들에게.

"음, 저희가 혼란스러웠던 건 증상이 너무나 빠르게 진행되었다는 점이었습니다. 그래서 사망 직후에 살펴보고 무슨 일이 일어난 것인지 확인하기로 한 겁니다."

"그래서요?"

"어머님께서 기존에 갑상선 종양이 있으셨는데, 알고 계셨습니까?"

"예." 베냐민이 대답했다.

"또 복강에 염증이 있었습니다. 위벽에 천공이 있었는데, 말하자면 위산이 새어 나와 염증 부위가 점점 더 커진 거지요. 안타깝지만 굉장히 고통스러우셨을 겁니다."

테라스 테이블에 앉은 세 형제가 서로 눈빛을 주고받는다. 모두 임종의 자리에 있었기에 어머니의 고통이 얼마나 심했는지 안다. 숨이 끊어지기 전 마지막 몇 시간 동안 어머니의 얼굴에 배어나는 아픔을 보았으니까. 처음에는 눈썹이 일그러지고 입술이 비틀릴 정도로 꽉 다물 만큼의 통증이었지만 갈수록 더 심해졌다. 어머니는 신음하기도 하고 직원들을 붙잡고 잔인

한 말을 쏟아내기도 하다가 간호사 호출 버튼을 눌렀다. 배가 아프다고 하자 간호사는 제산제가 필요하냐고 물었다.

"제산제라고? 이게 무슨 소화불량인 줄 알아?" 입을 벌린 채 간호사를 쏘아보는 어머니의 눈이 경멸로 번득였다. "배 속이 타들어 가고 있다니까! 못 알아듣겠어? 불이 붙은 것처럼 활활 탄다고!" 이렇게나 작고 무력해진 어머니인데도 가성에 가까워질 때까지 높아진 목소리, 어린 시절 내내 듣던 그 찢어지는 목소리를 듣자 베냐민에게 두려움이 몰려왔다.

어머니는 그렇게 몇 시간이나 소리를 지르다가 잠잠해졌다.

아직 의식은 생생했지만 어머니는 침대 맞은편 벽만 바라보며 말 한마디 하지 않았다. 세 형제는 어머니의 눈앞에 손을 흔들어 보이기도 하고 이름을 부르기도 하며 어머니가 정신을 차리게 하려 애썼지만, 대답이 없었다. 고통에 팽팽히 맞서고 있는 것 같았다.

그러다 어머니의 얼굴이 일그러지기 시작했다. 입 안이 바짝 말랐는지 윗입술이 잇몸에 달라붙었다. 일그러진 채 굳은 입술 안에서 앞니가 비웃음을 흘렸다. 그 마지막 미소는 이제 하루에도 몇 번씩이나 베냐민의 의식 속으로 침투하고 있다. 침묵은 어머니다운 일이 아니었다. 평생을 분노 속에서 살던 어머니는 생의 마지막 두 시간을 소리 없이 보냈다. 어머니는 병실 구석에 놓인 침대 위에 가만히 누워 있었고, 흐릿한 오후 햇살에 이가 반짝 빛났다. 형제 중 하나가 어머니에게 의식이 있는 건지, 말소리를 들을 수 있는 건지 물었다. 어쨌든 아직 눈을 뜨고 있으니까. 아니, 의사로서도 뭐라 말할 수 없는 상황이었다.

마침내 어머니가 눈을 감았다. 어머니의 상태가 악화되자 더 많은 사람이 병실 안으로 들어왔으나, 더 이상 어떤 조치도 불가능하다는 결론이 내려지자 다시 슬금슬금 병실을 나섰다. 고통을 덜어주기 위해 모르핀 투여량을 늘린 덕에 어머니의 마지막이 조금은 견딜 만해졌을지 모르지만, 어머니의 얼굴은 관에 담겨 성당으로 들어가는 순간까지 일그러져 있었으니 모르핀의 약효가 있었는지는 모를 일이었다. 병리학자의 입으로 어머니가 느꼈을 고통을 전해 듣는 순간, 베냐민은 병실 침대에서 어머니가 보낸 말 없는 작별 인사를 다시금 떠올린다. 연락해 주어서 고맙다고 인사하고 전화를 끊는 동안에도, 나머지 형제들이 가만히 앉아 말없이 맥주 캔만 바라보는 동안에도, 어머니의 표정이 자꾸만 머릿속에 떠오른다. 도저히 그를 떠나주지 않는 그 침묵의 미소.

"사우나는 준비됐으려나?" 피에르가 베냐민에게 묻는다.

"한 시간 전에 켜놨어." 베냐민이 그렇게 대답하고 시계를 본다. "지금쯤이면 따뜻해졌을 텐데."

닐스가 피에르에게 휴대폰을 건넨다.

"사진을 몇 장 찍었어." 닐스가 말한다. "오른쪽으로 넘겨서 보면 돼."

닐스의 휴대폰에는 죽음의 모습이 담겨 있다. 피에르가 끙 소리를 내더니 다시 닐스에게 핸드폰을 돌려준다.

"이걸 뭐 하러 봐?"

"좋잖아. 평화를 찾으셨으니까."

"평화라니? 어머니는 고통스러워하셨어."

"아니, 이 모습은 돌아가신 뒤야. 죽고 나면 고통을 못 느껴."

"애초에 이런 사진을 왜 찍은 거야? 죽은 사람 사진을 찍고 타인에게 보여주다니 변태 같아. 아버지가 돌아가셨을 때도 형은 똑같은 짓을 했었지. 난 돌아가신 부모님 사진 같은 건 안 보고 싶어."

"죽음은 흉한 게 아니야. 이제 그 정도는 깨달을 나이가 되지 않았어?"

"사진을 안 보고 싶은 마음을 존중해 줄 수는 없어? 안 보고 싶어. 그뿐이야. 애도하는 아들은 부모가 죽는 순간의 모습이 담긴 사진은 보고 싶지 않아."

"애도라…." 닐스가 중얼거리더니 맥주를 한 모금 들이켠다.

"뭐? 왜?" 피에르가 묻는다.

"퍽이나 깊은 슬픔에 빠져 계신 것 같아서."

"입 닥쳐. 애도하는 형태는 사람마다 달라."

테이블에 침묵이 감돈다.

"그냥 좀 받아들이라니까." 피에르가 말한다. "나는 죽은 엄마 사진은 안 보고 싶다고. 저리 좀 치워."

닐스는 대답하지 않고 초조한 미소를 지으며 휴대폰을 집어 들어 하릴없이 이런저런 앱을 실행해 본다. 그러다가 서서히 억울해한다. 피에르는 전혀 알아차리지 못한 사실이지만, 베냐민은 닐스가 동생으로부터 질책과 모욕을 당했다는 분노를 서서히 끓이며 침묵 속에서 애써 참고 있다는 사실을 선명히 느낄 수 있다. 닐스가 자리에서 벌떡 일어나 집 안으로 들어가 버린다.

"피에르." 베냐민이 동생에게 속삭인다. "그렇게까지 말할 필요는 없었잖아."

"닐스 형이 제정신이 아니잖아. 병원에서 어머니 사진을 찍기 시작할 때부터 한 소리 하고 싶었어. 그런데 사진을 억지로 보여주기까지 하니까 돌아버리겠어."

"우리는 다 같이 어머니의 마지막 소원을 이뤄드리기로 했잖아. 싸우면 안 돼."

피에르는 대답하지 않는다. 닐스가 마련한 조그만 그릇을 기울여 보지만 안에 감자 칩은 남아 있지 않다. 그는 잠시 식탁을 내려다보다가 일어서서 집 안으로 들어간다. 열려 있는 부엌 창을 통해 베냐민에게도 동생의 뒷모습이 보이고, 곧 동생의 딱딱한 목소리가 들린다.

"미안해. 사진 얘기는 내가 너무 심했어."

부엌 식탁에 앉아 있던 닐스가 고개를 들더니 대답한다.

"됐어. 내가 타이밍을 잘못 잡은 거지."

피에르가 두 팔을 뻗는다. 닐스가 일어선다. 두 사람이 서로 등을 두드려 주는 소리가 꼭 박수 소리 같다. 베냐민은 얼굴이 당기는 느낌이 들었고, 그제야 자신이 미소 짓고 있다는 사실을 깨닫는다. 두 형제의 포옹은 잠깐이었지만, 아무리 짧더라도 포옹이었다는 것이 중요하다. 잠시 베냐민은 완벽한 만족감에 젖은 채 테라스에 앉아 있다. 마치 강풍 속에서 어마어마하게 큰 물고기를 잡아 올리느라 엉켜버린 그물을 풀어낸 것 같은 기분이었다. 심하게 엉켜서 절대로 풀 수 없을 테니 처음에는 버리는 수밖에 없다고 생각했지만, 예상치 못한 곳의 매듭 하나를 풀자 그 뒤로는 저절로 그물이 술술 풀려 벽에 붙은 고리 위 제자리를 찾아가게 된 것처럼 말이다.

피에르와 닐스가 돌계단 위에 나타난다. 피에르가 맥주 세

캔을 들어 보인다.

"사우나에서 형제들의 시간 어때?"

그렇게 세 형제는 좁다란 길을 따라 호수를 향한다. 조그만 사우나 입구 앞에 일렬로 서서 옷을 벗는다. 셋은 천천히, 머뭇거리며 알몸이 된다. 베냐민은 형제들의 정강이에 똑같은 화상 흉터가 있는 것을 본다. 두 사람이 살과 털이 타는 냄새가 날 때까지 서로의 다리를 지우개로 문지르며 놀다가 나중엔 아파서 비명을 질렀고, 그 사실을 알게 된 아버지에게 지우개를 빼앗긴 날에 생긴 흉터다. 피에르의 발에는 무좀이 있어 발가락 사이 피부가 벌겋다. 사우나 안, 베냐민은 닐스의 벌거벗은 등을 바라본다. 날개뼈 사이에 흩뿌려 놓은 것 같은 갈색 주근깨는 여전하다.

10장

| 유령 손 |

피에르와 베냐민은 소리를 질러대며 손가락이 벌겋게 될 때까지 서로 파리채로 손을 때리며 놀고 있었지만, 오래지 않아 엄마와 아빠가 조용히 하라며 부엌에서 두 아이를 쫓아 보냈다. 부엌 식탁에서 중요한 일을 해야 하니 소란을 피우지 말라는 것이었다. 베냐민과 피에르는 식탁 위 여러 번 넘겨본 서류며 몽당연필이 잘 보이는 계단에 앉았다. 아빠가 종이를 한 장 집어 깐깐한 눈으로 쳐다보다가 다시 원래 자리에 되돌려 놓았다. 닐스가 식탁의 좁은 쪽에 앉아 서류에 서명을 하고 있었다. 엄마는 서명이 끝난 서류를 잽싸게 가져가더니 그 자리에 새로운 서류를 가져다 놓았다. 엄마와 아빠는 한참 전부터 닐스와 심각한 어조로 이야기하면서, 손가락으로 서류를 가리키기도 하고 서로 교환하기도 하며 전략을 짜고 있었다. 오늘이 닐스의 고등학교 지원 마감일이었기 때문이다. 맏아들을 학업의 세계로 떠나보내려면 오늘 서류를 전부 제출해야 했다.

지난 몇 년간 닐스의 우수한 학업 성적은 엄마 아빠의 특별한 자랑이었다. 닐스는 가족의 가장 큰 희망이자 살면서 뭔가를 해낼 만한 아들이었다. 늘 그랬다. 초등학교 1학년 성적이 뛰어나 2학년을 건너뛰고 곧바로 3학년으로 올라갔을 뿐 아니라, 학교에서 돌아올 때마다 책가방에 자랑할 만한 것이 하나씩은 들어 있었다. 엄마 아빠가 서로에게 열심히 읽어주는 글쓰기 숙제라든지, 살펴보고 의논할 만한 학교 숙제 같은 것들. 닐스가 중요한 시험 결과를 받아서 돌아올 때면 엄마는 가족을 다 불러 모은 뒤에야 갈색 봉투를 열고 독서용 안경을 쓴 다음 말없이 집중해서 시험 결과를 해석했고, 닐스는 한 손은 허리에, 다른 한 손은 허벅지에 얹은 초조한 자세로 기다렸다. 마침내 엄마가 닐스가 해낸 일이 얼마나 대단한지 이해하고 나면 엄마는 고개를 설레설레 저은 뒤 미소를 지으며 안경알 너머로 닐스에게 시선을 던졌다. "정말 굉장하구나." 그렇게 말한 뒤 엄마는 베냐민과 피에르를 향해 시험지를 들어 보이며 늘 같은 말을 했다. "바로 이렇게 하는 거지!"

바깥에는 비가 내리고 있었다. 식탁 위에 펼쳐진 닐스의 미래를 노랗게 비추는 천장 조명을 빼고는 집 안의 불이 다 꺼져 있었다. 베냐민과 피에르는 계단의 탁한 어둠 속에 앉아 중요하기 짝이 없는 이 대화에 귀를 기울이며 식탁 위에서 일어나는 일을 바라보았다.

"선택과목은 정말 독일어로 하려고?" 엄마는 서류를 내려다보며 물었다.

"네, 그럴래요." 닐스가 대답했다.

"그래, 그럼 프랑스어가 참 아쉽게 됐구나. 네가 프랑스어를 참 좋아할 것 같았는데. 정말 세련되고 또 아름다운 언어잖니."

"프랑스어와 독일어 둘 다 공부할 수 있게, 정해진 교과 외에도 추가로 외국어 수업을 들을 수 있는지 알아볼게요. 일단 그 전에 학교랑 공부에 적응부터 해야 할 것 같아서요."

뿌듯해진 엄마와 아빠는 서로 눈길을 주고받았다. 피에르가 느릿느릿 닐스 쪽으로 중지를 들어 올리는 걸 본 베냐민은 키득키득 웃으며 똑같이 따라 했다.

"꺼져." 피에르가 속삭였다.

"꺼지라고." 베냐민도 속삭였다.

"영원히 좀 꺼져주라." 피에르가 그렇게 중얼거리는데, 베냐민이 피에르의 옆구리를 쿡 찔렀다.

"세상에." 베냐민이 자신의 중지를 쳐다보며 입을 열었다.

"왜?"

"안 보여? 유령 손이잖아."

피에르가 쳐다보는 가운데 베냐민의 손가락이 점점 길어지더니 죽은 나무의 옹이 진 가지처럼 변했고, 그 손은 별안간 피에르를 향했다. 피에르가 벌떡 일어나 계단을 달려 내려갔지만 베냐민도 부엌까지 쫓아가서는 동생을 붙잡아 바닥에 쓰러뜨린 뒤 몸으로 내리눌렀다.

"유령 손이야! 내가 그런 게 아니라고! 누가 내 손을 조종하는 거야!"

베냐민은 동생의 몸을 억지로 뒤집고 팔을 움직이지 못하게 양 무릎으로 바닥에 고정했다. 그리고는 배와 가슴, 겨드랑이를 마구 간지럽히기 시작했다.

"하지 마!" 피에르가 빠져나가려 몸부림을 치며 외쳤다.

"내가 하는 게 아니라니까?"

베냐민은 동생을 한층 더 심하게 간지럽히기 시작했다. 숨을 간신히 몰아쉬던 피에르의 얼굴이 즐거운 미소로 일그러졌다. 부엌 식탁 쪽에서 닐스가 고함치는 소리, 아빠의 당황한 목소리가 들려오는데도 베냐민은 멈추지 않았다. 거품처럼 터지는 피에르의 웃음소리 안에는 빛과 공기가 담겨 있었으니까. 피에르가 소리 없이 웃으며 고개를 왼쪽 오른쪽으로 마구 휘저어 대더니 갑자기 울기 시작했다. 베냐민이 손을 놓았다.

"왜 그래? 아팠어?"

피에르는 대답 없이 한쪽으로 돌아눕고는 두 손으로 얼굴을 감쌌다. 몸을 일으키자 나무 바닥에 흥건히 고인 오줌과 짙은 색으로 물든 피에르의 청바지 앞섶이 눈에 들어왔다. 오줌 웅덩이로 먼저 다가온 건 몰리였다. 몰리는 꾸짖는 듯한 눈길로 오줌 웅덩이를 쳐다보더니 다시 돌아갔다.

"엄마…." 베냐민이 오줌 웅덩이를 턱짓했다.

"아이고, 세상에." 엄마가 자리에서 일어나더니 설거지용 스펀지를 가져와 오줌에 담근 다음 개수대에다 짜냈다. 스펀지를 짜는 손가락을 타고 오줌이 흘러내렸지만 엄마는 개의치 않았다. 예전부터 오줌 같은 건 아무렇지도 않게 생각했던 엄마였다. 물론 아빠가 변기 시트를 올리지 않고 오줌 방울을 남기면 화를 냈다. 엄마는 아빠한테 고함을 치면서도 오줌을 닦아내지 않았고, 허벅지에 오줌이 스미건 말건 그냥 그 위에 앉아서 볼일을 봤다. 엄마는 행주를 가져와 오줌을 한 번 더 훔쳤다. 베냐민은 바닥에 앉아 울고 있는 피에르에게 다가갔다.

"별일 아니야." 그러면서 그는 동생의 등에 손을 얹었다. "나도 맨날 그래."

"아니잖아." 피에르가 훌쩍거리는 사이에 말했다.

"진짜야. 잠깐만 기다려 봐!"

베냐민은 자기 몸을 이리저리 살펴보는 척한 다음 천장을 올려다보았다.

피에르가 손가락 사이로 그를 쳐다보았다.

"자, 나도 바지에 오줌 쌌어." 베냐민이 말했다.

울고 있던 피에르가 웃음을 터뜨렸다. 엄마는 마지막 오줌을 개수대에 짜낸 다음 피에르에게 "가서 옷 갈아입어라." 하고 말했다. 그러더니 신문과 담배를 챙겨 거실로 갔다. 아빠는 식탁에서 하던 일을 끝냈는지 두툼한 서류 뭉치를 봉투에다 집어넣고 있었다. 동물처럼 혀를 축 내밀고 한 줄로 이어진 우표에 침을 묻힌 뒤 봉투에 다닥다닥 붙였다. 우표가 엄청나게 많았다. 아빠는 봉투를 닐스에게 건넸다.

"고생 많았다." 아빠의 목소리가 쉬어 있었다. "우리 아들, 다 컸어." 그러더니 아빠는 흐느끼면서 닐스를 껴안았다. 닐스는 어색하게 아빠를 마주 안았다. 관자놀이를 아빠와 맞댄 채, 살로 이루어진 튜브처럼 힘없는 두 팔을 축 늘어뜨려 아빠의 허리를 둘렀다.

"이제 가자." 아빠의 말에 닐스는 옷을 갈아입으러 2층으로 달려 올라갔다.

베냐민은 바깥으로 나와 돌계단에 앉아서는 언덕 위, 곧 닐스가 지나가 사라질 좁다란 길을 올려다보았다. 저 트랙터 도로는 별장으로 들어오는 유일한 입구이자, 유일한 출구이기도 했다. 트랙터 도로는 별장과 현실을 이어주는 자갈 깔린 한 줄기 생명선 같았다. 이 길에 무성하게 잡초라도 자라버리면 별장은 엉망으로 난장판이 되고 말 것이다. 때로 베냐민은 앉아서 트랙터 도로만 멍하니 바라볼 때가 있었는데, 예전 그 자리에 이 길이 여전히 자리하고 있다는 걸 확인하고 싶어서였다.

매년 여름 아빠는 길이 막히지 않도록 몇 번이나 큰 낫을 들고 나가 타이어 자국 사이에 자라나는 잡초를 베었다. 아이들도 따라갔지만 아빠 뒤에 서서 기다려야 했다. 너무 가까이 다가가면 아빠는 높은 목소리로 소리치며 낫의 날을 가리켰다. "눈 깜짝할 사이에 다리가 잘려나갈 수도 있어!" 닐스와 피에르는 금세 질려서 자리를 떠났다. 하지만 베냐민은 아빠를 종일 따라다니며 뒤에서 제초 작업을 지켜보다가, 작업이 끝나면 함께 결과물을 바라보았다. "싹 정리해야 보기 좋지. 여자 거기에 난 털처럼 말이다." 아빠는 그렇게 말한 뒤 웃으면서 베냐민의 머리카락을 헝클어뜨렸고, 두 사람은 다시 길을 걸어 별장으로 돌아왔다.

베냐민은 시선을 돌려 식품저장고 바깥에 주차한 닐스의 경량 바이크를 보았다. 닐스는 아직 열네 살도 되지 않았지만, 엄마와 아빠는 닐스를 믿었다. 닐스라면 안전 운전을 하리라고 말이다. 베냐민에게는 바이크를 타도 된다고 허락해 주지 않았다. 처음 바이크를 샀을 때 닐스는 베냐민을 옆에 세워둔 채 기어를 중립으로 두고 시동을 걸었다. 덕분에 덩달아 이 기계의 위력을 느낄 수 있었던 베냐민은 그 순간 바이크가 가진 엄청난 능력이 무엇인지 깨달았다. 바이크는 바깥으로 나갈 수 있는 수단이었다. 닐스에게 이제 이곳을 탈출할 수 있는 새로운 기회가 생긴 셈이었다. 늘 남들 눈에 띄고 싶지 않아 했던 닐스에게 별안간 그 누구보다 빨리, 또 그 누구보다 멀리 사라져 버릴 수단이 생겼다. 닐스가 지켜보고 있는 눈앞에서 베냐민은 오른손으로 바이크의 시동을 걸어보았다. 베냐민은 바이크 때문에 모든 게 바뀌리라는 것, 이것 때문에 자신은 혼자 남게 되리라는 것을 깨달았다. 그래서 절망감을 숨기려 더 우렁차게 엔진 소리를 울렸다.

아침마다 닐스는 바이크를 타고 시내 식료품점으로 가서 여름 아르바이트를 했고, 저녁이면 도시의 맛을 싣고 돌아왔다. 근무가 끝난 뒤 닐스는 대용량 사탕 코너 앞을 청소하고 나서 손님들이 바닥에 흘린 사탕을 버리는 대신 봉투에 담아와 베냐민과 피에르에게 주었다. 그러면 두 아이는 봉투에 든 것들을 부엌 식탁 위에 쏟은 뒤 머리카락이며 먼지 덩어리를 골라내고 지저분한 걸 닦아낸 다음 그 안에서도 가장 심하게 망가진 사탕들을 솎아냈다. 아직 신발 자국이 남아 있는 바나나 젤리, 5크로나 동전처럼 납작해진 스위트 럼 스프링클 사탕 같은 것들. 남은 사탕은 호숫가로 가져가서 마음껏 먹었다. 이 일은 곧 아이들의 전통이 되었다. 닐스가 더러운 사탕을 들고 집에 돌아오고, 베냐민과 피에르는 호숫가에서 물을 바라보며 입 안에 사탕을 잔뜩 욱여넣는 것. 때로 작은 돌이 와작 씹히면 아이들은 식식거리며 사탕을 돌 위에 뱉어낸 다음에 낄낄 웃었다.

옷을 갈아입고 온 피에르도 베냐민 옆 돌계단에 앉아 닐스가 일하러 가는 모습을 지켜보았다. 닐스는 떠날 준비를 하는 중이었다. 지나치게 큰 헬멧을 쓴 다음 타이어에 공기가 충분한지 확인하려 안장에 앉아보았다. 서류 봉투를 비닐봉지에 넣어 짐칸에 묶었고, 잘 고정되었는지 아빠가 한 번 더 확인했다. 그렇게 닐스는 세상을 향해 떠났다. 먼저 밝은 미래를 위해 우체통에 들른 뒤 일을 하러 갈 것이다. 베냐민은 형이 언덕 위로 사라지는 모습을 바라보며 엔진 소리가 바람에 묻혀 마침내 들리지 않을 때까지 귀를 기울였다. 자갈길 너머의 세상으로 향하는 형이 어떤 감각을 느끼고 있을지 알 수 있었다. 때로 부모님을 따라 식료품을 사러 시내에 나갈 때면 베냐민 역시도 느꼈던 감각이었으니까. 마치 이 자갈길이 다른 차원으로 넘어가는 입구라도 되는 것 같았다. 자갈길 너머 잘 가꾸어진 아스팔트 도로와 그 양옆에 자리한 집들이 공동체처럼 보이는 세상으로 나오는 순간까지 중력에 이끌려 통제할 수 없을 만큼 빠른 속도로 달리는 감각. 때로 혼자 있을 때면 베냐민은 자갈길 너머의 세상과 그곳에서 시작된 삶을 생각했다.

아빠가 베냐민과 피에르 옆으로 다가와 앉더니 마당을 바라보며 입을 열었다.

"그래, 얘들아. 오늘 날씨가 참 개떡 같구나."

몰리가 계단을 올라오더니 베냐민의 무릎 위로 파고들었다. 아빠가 얼른 몰리를 안아 올리더니 품속에 가두듯 꼭 끌어안고는 머리를 조심스레 쓰다듬었다. 아빠는 겁 많은 몰리를 길들여서 강제로 사랑을 주기로 마음먹은 것이다. 아빠는 매일같이 다정한 모습을 보이겠다며 몰리를 쫓아다녔다.

"너도 몰리 좀 안아주지 그러니." 아빠가 피에르에게 말하자 피에르가 손으로 몰리의 머리를 쓰다듬었다. 베냐민은 그 순간 몰리에게서 두려움이 뿜어져 나오는 모습을 보았다. 몰리는 겁이 나서 뻣뻣하게 굳은 채 기회만 있으면 곧바로 내뺄 태세로 긴장하고 있었다.

"이렇게 개떡 같은 날씨에 너희들은 오늘 뭘 할 생각이니?" 아빠가 물었다.

"모르겠어요." 베냐민이 대답했다.

"숲으로 모험을 떠나는 건 어떠냐?"

피에르도 베냐민도 대답하지 않았다.

"몰리를 데려가려무나."

"앤 우리랑 어디 가는 거 싫어하는데요." 피에르가 말했다.

"그럴 리가. 베냐민이 잘 돌봐주면 되지."

아빠가 몰리를 놓는 순간 몰리는 곧장 도망쳤다. 개가 낑낑 소리를 내며 집 쪽으로 사라지는 모습을 보며 아빠는 욕지거리를 내뱉었다. 어둑어둑한 집 안, 거실에는 담배 연기가 자욱했지만, 몰리를 어르는 엄마의 목소리가 들렸다. "우리 아기, 예쁜 아기." 그러자 몰리는 담배 연기 속으로 들어가 버렸다.

피에르와 베냐민은 우비와 장화를 신고 길을 나섰다. 집에서 전나무 숲까지 이어진 전선을 따라 걸었다. 베냐민은 허공에 걸린 이 검은 전선이 눈에 보이는 한 집으로 돌아오는 길을 잃는 일은 없을 거라고 생각했다. 비는 부슬부슬 내리고 있었다. 숲이 묵직하게 느껴졌다. 둘은 미끌거리는 돌을 뛰어넘으며 걸었다. 평소보다 더 멀리, 댐 쪽으로 이어지는 잡초투성이 오솔길을 지나 거대한 늪지대에 흩어진 큰 바위들을 지났다. 숲이 더 울창해지는 곳까지 계속 걸었다.

"저것 좀 봐." 피에르가 완만한 오르막 위를 가리켰다.

키 큰 나무들 뒤에 변전소가 있었다. 하늘을 향해 솟은 로켓처럼 일렬로 배열된, 끝만 하얀 검은색 기둥으로 둘러싸인 작은 건물이었다. 변전소 바깥에는 커다란 구조물이 두 개 있었다. 건물 양쪽에 하나씩 우뚝 솟아 있는, 철로 만든 거미줄처럼 생긴 철탑에서 검은 전선들이 숲을 가로질러 세 방향으로 뻗어 나왔다.

"저게 뭐야?" 피에르가 물었다.

"여기서 전기가 나오는 거야." 베냐민은 그렇게 대답한 뒤 변전소를 향해 몇 발짝 다가갔다. "가서 구경하자."

변전소 건물을 높다랗게 둘러싼 안전 철조망이 보이고, 그 철조망에는 경고판이 붙어 있다. 번개 모양이 빨간 색으로 그려진 노란색 표지판이다. 고개를 들자 검은 전선들이 낮고 우중충한 하늘을 예리하게 가르고 있었다. 벽돌 몇 개가 바깥으로 빠져나와 작은 무더기를 이루고 있어서 변전소 건물 외관은 엉성해 보였다. 뒤편으로는 작은 창이 두 개가 나 있어서 가정집처럼 보이기도 했다. 건물 앞쪽으로 오니 문이 활짝 열려 있었다.

"바람 때문에 열린 걸까?"

"아닐걸." 베냐민이 대답했다. "누가 침입한 거야."

"뭘 하러 여기 침입해?"

"나야 모르지."

베냐민과 피에르는 철조망 틈새에 손가락을 집어넣고 나란히 서 있었다. 변전소의 열린 문 안을 들여다보려 애를 썼지만 아무것도 보이지 않고, 건물 안쪽에서 전류가 흐르는 소리만 들려올 뿐이었다. 그 소리는 베냐민이 지금껏 들어본 어떤 소리와는 너무도 달라서 신비롭게 느껴지기까지 했다. 마치 그의 귀에는 들리지 않는 주파수로 되어 있어서, 그로서는 오직 일부만 알아들을 수 있는 것 같았다. 어쩌면 그 생각이 맞는지도 몰랐다. 사실 전류가 흐르는 소리는 훨씬 더 크고 길게 긁는 소리라서 숲속 생물에게는 견딜 수 없을 지경이라도, 인간인 자신의 귀에는 그저 전기가 자신의 존재를 알리며 '가까이 다가오지 말라'고 나지막하게 읊조리는 경고음으로만 들리는지도 몰랐다.

둘은 다시 숲속으로 더 깊이 들어갔다. 블루베리를 따서 얼굴에 짓이겨 바르고는 부상을 입어서 피범벅이 된 척했다. 죽은 나무둥치를 향해 돌을 던지자 텅 하고 공허한 소리가 숲에 메아리쳤다. 작대기를 집어다가 개미 언덕을 쿡쿡 찔러 언덕 전체가 생명력으로 바글거리는 모습을 구경하기도 했다. 장화가 잠길 만큼 깊은 늪을 헤치고 걸어가자 고무장화가 물에 젖어 정강이에 찰싹 달라붙었다. 짐승의 배설물이 보이면 아빠가 하던 대로 작대기로 찔러 본 뒤, 눈을 크게 뜨고 짐승은 어디로 갔는지 찾아보았다.

그렇게 숲속으로 점점 더 깊이 들어가다가 베냐민이 방향을 찾으려 고개를 들었을 때, 머리 위에 전선이 더는 보이지 않았다. 그 어디에도 전선이 없었다. 사방을 둘러보았다. 어느 방향을 보아도 똑같은 풍경이었다. 똑같이 생긴 언덕, 똑같이 생긴 소나무 숲, 똑같이 생긴 비 내리는 하늘. 그 순간 베냐민은 공포에 질리고 말았다.

"빨리 와! 우리 집으로 돌아가야 해." 그는 피에르에게 고함을 질렀다.

그가 달리기 시작하자 피에르도 바짝 따라 뛰었다. 몰아쉬는 숨소리, 발에 밟혀 부러지는 잔가지 소리를 들으며 길을 찾았다. 그러다 멈추고 주변을 돌아보니, 지금까지 엉뚱한 방향으로 달려왔다는 사실이 분명하게 느껴졌다. 그래서 베냐민은 다시 다른 방향으로 내달리기 시작했고 피에르도 따라왔다. 진흙탕을 밟는 바람에 장화에 물이 들어가 다리가 묵직해지고 발걸음마다 철벅철벅 소리가 났는데도, 베냐민은 둘을 집으로 데려다 줄 전선을 열심히 눈으로 찾으며 계속 달렸다. 그러다가 달리기를 멈추고 두 손으로 양 무릎을 짚은 채 숨을 몰아쉬었다. 가까이 다가온 피에르는 얼굴이 벌겋게 달아올라 있었고, 겁에 질릴 때면 늘 그렇듯 목에는 붉은 반점이 얼룩덜룩 돋아나 있었다.

"우리 길 잃은 거야?" 피에르가 물었다.

"응."

"그럼 우리 집에 어떻게 가?"

베냐민은 아빠와 함께 숲속으로 하이킹을 했던 기억을 불러냈다. 아빠는 길을 잃으면 태양을 향해 걸어야 한다고 했었다. "그러면 결국은 호수가 나타난단다." 베냐민은 회색 하늘에 밝게 빛나는 동그란 태양을 찾으려고 고개를 들었지만 흐릿한 하늘에는 어떤 형체도 보이지 않았다.

둘은 느릿느릿 걸음을 옮겼다. 베냐민에게는 숲이 점점 크고 높아지는 것처럼 보였다. 아니, 두 사람이 점점 작아지고 있는 것 같기도 했다. 마치 서서히 숲에 잠기는 것 같은 기분이었다. 늪이 5센티미터만 더 불어난다면 둘은 그대로 그 안에 빠져 사라져 버릴 것이다. 둘은 커다란 바위 위에 앉았다. 주변은 점점 어두워지는 동시에 밝아지고 있었다. 해가 지면서 짙은 먹구름을 뚫고 흩어진 마지막 햇빛이 나무 꼭대기에 내리쬐고 있었던 덕분이었다. 피에르가 울기 시작하자 베냐민은 화가 났다.

"왜 울어?"

"집에 영원히 못 갈 거야."

"그만 울어어. 그만 울라니까." 그는 동생을 을러댔다.

어차피 언젠가는 엄마와 아빠가 아이들이 어디 갔을까 생각하며 숲으로 둘을 찾으러 올 것이다. 그러나 시간이 지나면서 햇빛은 저물어 갔다. 그렇게 한참이나, 아마 두 시간, 어쩌면 세 시간처럼 느껴질 만큼 오랜 시간을 앉아 있는데, 숲속 깊은 곳 어딘가에서 문득 익숙한 소리가 들렸다. 여태까지는 절망과 고독을 불러일으켰지만 지금 이 순간만큼은 희망의 불씨처럼 느껴지는 소리, 바로 닐스의 바이크 소리였다. 형이 일을 마치고 집으로 오고 있구나, 자갈길을 달려 별장으로 가고 있구나.

"뛰어!" 베냐민이 피에르를 향해 고함을 질렀다.

두 사람은 엔진 소리가 나는 쪽을 향해 달렸다. 닐스가 오르막길에서 기어를 내리면서 엔진이 굉음을 내는 소리가 들렸다. 오르막을 오르고 덤불과 숲을 헤치고 나니 어느새 베냐민은 익숙한 곳으로 돌아가 있었다. 예전부터 패여 있던 굴착기 자국에 고인 물웅덩이가 보였다. 목재 무더기와 비스듬하게 자란 전나무들도. 머리 위에는 전봇대가 검은 전선들을 숲속으로 실어 보내고 있었다. 트랙터 도로를 달려 내려오자 나무들 사이로 별장이 보였다. 방금 닐스가 테라스 옆에 바이크를 세워놓은 모양이었다. 엄마와 아빠는 사우나 바깥에 앉아 있었다. 테이블 위에는 촛불과 와인병이 보였다. 닐스는 거실에서 가게에서 가져온 봉투를 풀고 있었다. 아직도 차가워서 표면에 물방울이 송송 맺힌 콜라 한 병을 꺼내고, 치즈컬스 과자를 그릇에 담았다. 베냐민을 본 닐스가 사탕 봉지를 내밀었다.

"망가진 사탕 왔어." 베냐민이 외치자 피에르도 거실로 들어왔다.

"방금 있었던 일 말야, 엄마 아빠한테 말해야 하지 않을까?" 피에르가 물었다.

"글쎄, 뭣하러?"

"길을 잃었잖아. 그것도 한참 동안이나."

"이미 돌아왔는데 뭘. 사탕 먹을래?"

닐스는 창가로 다가가 호숫가를 내다보며 엄마 아빠가 아직 그곳에 있다는 걸 확인한 뒤 텔레비전 쪽으로 갔다. 그러더니 망설임 없이 코드를 꽂은 뒤 텔레비전의 전원을 켰다. 베냐민은 닐스가 낮은 볼륨도 잘 들리도록 안락의자를 텔레비전 앞에 바짝 끌어다 놓은 뒤 치즈컬스가 담긴 그릇을 들고 앉는 모습을 말없이 지켜보았다. 닐스는 베냐민이 이해할 수 없는 엄청난 자신감을 가지고 감히 상상할 수도 없는 행동을 하고 있었다. 피에르와 베냐민은 닐스 뒤쪽의 러그 위에 앉아 사탕을 쏟았다.

"서류는 어떻게 됐어? 보냈어?" 베냐민이 물었다.

"응." 닐스가 대답했다.

"잘됐다."

베냐민이 씹던 빨간 레이스 카 사탕이 처음에는 이 사이를, 곧 입천장을 찔러댔다. 사탕을 뱉자 혀가 얼얼했다.

"형이 그 서류를 보낸 건 엄청 중요한 일이야." 베냐민이 말했다.

그러자 닐스가 베냐민을 쳐다보더니 곧 다시 텔레비전 화면으로 눈길을 돌렸다.

"이제 우리 가족이 안심할 수 있잖아."

그러자 닐스가 대답했다. "맞아. 너희 둘은 학교 두 군데는커녕 한 군데서도 합격 통지를 못 받을 테니까. 바보들."

베냐민과 피에르는 구부정한 자세로 텔레비전을 보고 있는 닐스의 뒤통수를 쳐다보았다. 베냐민이 소리 없이 일어났다. 그는 닐스의 약점을 잘 알았고, 그중에서도 제일 약한 곳이 어딘지도 알았다. 닐스는 정수리의 머리숱이 비어 있었다. 엉성한 머리카락 사이로 새하얀 두피가 들여다보이는 동전보다 조금 큰 땜통이었다. 엄마는 화상을 입지 않게 그 자리에 자외선

차단제를 발라주곤 했지만, 너무 많이 바르는 바람에 정수리에 반창고를 붙이고 다니기 일쑤였다. 베냐민과 피에르는 엄마에게 들키지 않을 만한 기회를 노려 닐스의 땜통을 놀리곤 했다. 베냐민은 닐스의 등 뒤로 다가가 조심스레 땜통 근처에서 손가락을 살살 돌려 얼마 남지 않은 머리카락을 그러모았다. 닐스가 흠칫 놀라 몸을 돌렸다.

"그만둬!" 닐스가 고함을 쳤다.

"똑똑하기도 하지, 우리 아가." 베냐민은 그렇게 말한 뒤 킬킬 웃으며 자리에 앉았다. 피에르와 베냐민은 잠시 가만히 있다가, 이번에는 피에르가 일어나서 똑같은 짓을 했다. 닐스는 등 뒤로 주먹을 거세게 휘둘렀으나 빗나가고 말았다. 그는 치즈컬스가 담긴 그릇을 들고 일어섰지만 피곤한 밤마다 늘 그렇듯 눈이 사시가 되자, 두 동생은 그 기회를 놓치지 않고 따라하며 형을 놀려댔다.

"죽여버린다, 둘 다." 닐스는 그렇게 말하고 자리에 앉았다.

베냐민은 매번 부모님의 싸움을 부모님 당사자보다 먼저 예견하곤 했지만 자기한테 무슨 일이 일어날지는 까맣게 몰랐다. 그는 다시 한번 손가락을 들고 형의 등 뒤로 슬슬 다가갔다. 피에르는 새어나오는 웃음을 감추느라 입을 가렸다. 손가락이 머리카락에 닿는 순간 닐스가 세차게 몸을 돌리면서 주먹을 날렸고, 이번에는 베냐민의 어깨에 강하게 명중했다. 닐스가 몸을 난폭하게 돌리는 바람에 무릎 위 치즈컬스 그릇이 굴러 떨어져서 바닥에 흩어졌다.

"이런 젠장!" 닐스는 난장판을 내려다보면서 고함을 쳤다.

더는 사태를 수습할 길이 없었다. 베냐민은 부엌을 향해 몇 발짝 움직였지만 닐스가 얼른 쫓아와 그의 두 팔을 붙잡았다. 덩치도 더 크고 힘도 더 센 닐스가 베냐민을 바닥에 짓눌렀다. 그는 왼손 하나로 베냐민의 양손 모두를 모아 쥔 다음 오른손 주먹으로 관자놀이를 후려쳤다. 귀가 징 울리고 의식이 한순간 사라졌지만, 닐스는 연신 그의 머리에 주먹을 날려댔기에 베냐민은 다시 정신이 들었다. 눈앞이 캄캄했고 들리는 것이라고는 머리통을 후려치는 둔탁한 타격음, 그리고 저 멀리서 피에르가 "그만해! 때리지 마! 형 그만 때려!" 하고 절박하게 외치는 목소리뿐이었다.

주먹질이 멈췄다. 닐스의 손아귀에서 풀려나는 게 느껴졌다. 그는 바닥에 쓰러진 채 닐스가 창밖을 힐끔 보고 계단을 달려 올라가는 모습을 보았다. 몇 초 뒤 현관문이 열리더니 엄마와 아빠가 술병과 접시, 잔을 들고 안으로 들어왔다. 쓰러진 모습을 보이고 싶지 않고, 방금 있었던 일을 들키고 싶지 않았던 베냐민은 몸을 일으키려 애를 썼다.

“닐스 형이 베냐민 형 머리 때렸어요!” 피에르가 소리질렀다.

엄마는 문간에 걸음을 멈춘 채 베냐민을 쳐다보았다.

“너희 둘이 이번엔 닐스한테 또 무슨 짓을 한 거야?”

“닐스 형이 텔레비전 봤어요.” 베냐민이 말했다.

“도대체 무슨 소리를 하는 거야? 형제 사이에 고자질하는 게 어디 있니?”

살짝 얼굴을 만져 보니 피가 나고 있었다.

“무슨 짓을 한 거야? 이번엔 또 형한테 무슨 못된 소리를 했어?” 엄마가 물었다. 두 사람이 대답하지 않자 엄마는 거실로 한 발짝 들어서서는 고함을 질러댔다. “대답해! 닐스한테 무슨 짓을 했는지 말하라니까!”

엄마는 곧 피에르를 향해 다시 물었다. “무슨 일이야?”

“숲속에서 놀다가 길을 잃었어요.”

“아니에요, 그런 적 없어요.” 베냐민이 끼어들었다.

“진짜에요. 몇 시간이나 헤매다가 울었단 말이에요.”

엄마는 경악과 혐오감이 담긴 표정으로 입을 반쯤 벌린 채 두 아들을 바라보았다.

“지긋지긋하고 버릇없는 자식들.” 그러더니 엄마는 돌아서서 복도로 나갔다. 계단을 오르는 엄마의 묵직한 발소리가 들렸다. 베냐민은 아직도 바닥에 쓰러져 있었다. 엄마가 닐스의 방문을 열었다가 다시 닫는 소리, 닐스가 웅얼웅얼 거짓말을 하는 소리가 들렸다. 그는 간신히 몸을 일으켰다. 피에르는 거실 바닥에 쌓인 사탕 무더기 앞에 앉아 있었다. 봉투 안에 딸려 들어온 10외레 동전을 한 켠에 밀어둔 다음 멀쩡해 보이는 라즈베리 젤리를 골라 입에 넣는 모습이 보였다. 베냐민은 피에르에게 덤벼들어 그를 바닥에 밀어 쓰러뜨렸다.

"안 돼, 유령 손은 하지 마!" 피에르가 비명을 질렀다. 베냐민은 무릎으로 피에르의 손을 바닥에 누르고서 동생의 가슴, 배. 겨드랑이를 간지럽혔다. 피에르는 웃으면서 빠져나가려고 몸부림치고 그만하라며 고함을 지르려 했지만, 일그러진 얼굴에서는 아무 말도 나오지 않았다.

얼마 뒤, 피에르의 얼굴에 불안한 표정이 스쳤다. "진짜 그만해, 베냐민 형. 나 또 바지에 오줌 쌀 것 같아." 베냐민은 피에르를 누른 무릎에 더 힘을 주고는 더 심하게 간지럽혔다. 곧 피에르의 웃음이 멎었다. 온 힘을 다해 빠져나가려 했지만 베냐민이 꼼짝 못 하게 짓누르고 있었다. 피에르는 간신히 한 손을 빼내 베냐민의 가슴이며 얼굴을 후려쳤다. 그렇게 소용없는 주먹질을 반복한 끝에 바닥에 또다시 오줌 웅덩이가 생기자 피에르는 울기 시작했다.

11장

| 오후 2시 |

마지막 굽이를 돌자 나무들 사이에서 붉은 목조주택이 나타난다. 제멋대로 잡초가 자란 뜰, 압도적일 만치 우뚝 솟은 전나무 때문에 집은 작디작게 느껴진다. 차 밑에서 길게 자란 풀이 부스럭거린다. 그는 식품저장고 앞에 차를 대고 시동을 끈다. 세 형제는 차 안에 잠시 가만히 앉아 바깥을 바라본다.

그들이 이곳에 돌아왔다.

그들은 문을 열고 에어컨으로 서늘하게 식은 차에서 내려 여름 한가운데로 발을 내딛는다. 별장의 소리가 그들에게 쏟아진다. 허공을 가르며 날아왔다 멀어지는 제비들의 날갯짓 소리, 차분한 호박벌과 안달이 난 말벌들. 온갖 곤충들이 꽃 한 송이에 한 마리씩 자리를 잡고 있다. 우듬지를 지나 전나무 숲 속을 휘돌다 온 바람이 마당에 거세게 불며 존재감을 알리고, 긴 여정에 지친 차는 바람을 맞아 삐걱삐걱 소리를 낸다.

"일단 집 안에 들어가서 별문제 없는지 살펴볼까?" 피에르가 묻는다.

"아니, 지금 바로 하는 게 좋겠어." 베냐민이 대답한다.

닐스도 피에르도 대답 없이 여행 가방을 꺼내 베냐민을 따라간다. 그렇게 세 사람은 나란히 집과 헛간 사이 작은 오솔길을 따라 숲속으로 들어간다.

베냐민의 숲.

베냐민 안에 깃든 이 숲을 그는 오랜 세월 언제나 가슴에 품고 살았다. 그는 이곳의 바위 하나, 배배 꼬인 오솔길이며 쓰러진 자작나무 하나하나까지 안다. 모든 것이 기억보다 더 가깝다. 한때는 끝도 없이 으스스했던 습지는 일곱 발짝이면 건널 수 있는 곳이다. 거대하고 신비롭던 바위는 이제 보니 그저 평범하다. 하지만 상상할 수 없을 만큼 커다란 가문비나무들만은 여전하다. 고개를 들어 나무 꼭대기를 올려다보면 머리부터 고꾸라질 것처럼 어질어질하다.

"이 길이 맞아?" 피에르가 묻는다.

"맞아." 베냐민이 대답한다. "그냥 쭉 걸어가면 돼. 저쪽 오르막을 지나야 해."

베냐민은 맨 뒤를 따라가며 발밑을 살피려 고개를 숙인 형제들의 뒷목을 빤히 본다. 셋은 커다란 짐승을 향해 다가가는 사람들처럼 건조한 숲속으로 한 발짝 한 발짝 느릿느릿 걸어 들어가고 있다. 베냐민은 모든 게 사라져 있기를 바란다. 철조망이 철거되었길, 건물이 없어지고 건물의 기반이 있던 자리에는 덤불이 자라났길. 하지만 당연히 그런 일은 일어나지 않았다. 변전소는 여전히 소나무 숲속 그 자리에 서 있고, 철조망도, 전신주도 그 자리에 있다. 오래전부터 있었던 것처럼, 그리고 영원히 그 자리에 있을 것처럼. 세 형제는 멀찍이 떨어진 곳에 걸음을 멈춘다.

"더 가까이 갈 필요는 없어." 피에르가 말한다.

"아니, 가야 해." 베냐민이 그렇게 말하고 걸음을 옮기자 형제들도 뒤를 따른다. 변전소 창문은 깨져 있다. 건물 외벽의 벽돌 사이엔 잡초가 자랐다. 높다란 전봇대에서 뻗어나와 전기를 실어 보내던 검은 전선들은 사라지고 없다.

"이제는 쓰지 않나 봐." 베냐민이 말한다.

"그래 보이네." 닐스가 말한다. "변전소가 너무 오래됐어. 지금 기준이랑은 안 맞겠지.”

베냐민이 고개를 들고 건물을 올려다보다 묻는다.

“그 소리 기억나?”

형제들은 대답 없이 변전소 건물만 물끄러미 바라본다.

“전류가 서글프게 웅웅거리던 소리, 기억나?”

“기억나.” 닐스가 중얼거린다.

베냐민은 마지못한 듯 높다란 철조망 쪽으로 걸음을 옮기는 형제들을 바라본다. 울타리 안쪽을 들여다본다. 문은 활짝 열려 있다. 끊어진 자물쇠가 아직도 부러진 다리처럼 대롱대롱 매달려 있다.

“누가 침입이라도 한 건가?” 베냐민이 묻는다. “이해가 안 되네. 이 안에 값나갈 게 뭐가 있어?”

“구리가 있잖아.” 닐스가 대답한다. “구리만큼 전도율이 좋은 물질이 없거든. 또 비싸게 팔 수도 있고.”

베냐민의 눈은 자그마한 건물을 둘러싼 철조망을 따라간다. 안으로 들어가는 철문에 눈길이 닿는 순간 어린 시절의 자신, 형제들에게서 벗어나 철조망 안쪽을 향하는 꼬마가 보인다. 그는 철조망에 이마를 댄다. 형제들의 거친 숨소리가 들린다. 둘은 베냐민 옆에 나란히 서 있다.

“무슨 일이 있었던 거지?” 베냐민이 말한다.

닐스와 피에르는 철조망 구멍 속에 집어넣은 두 손만 내려다본다. 두 사람의 자세만 보아도, 둘이 이곳에 있고 싶지 않다는 건 분명하다. 그러나 선택의 여지가 없다는 것도.

"평생 난 자책했어. 나한텐 형제가 둘이나 더 있었는데도." 베냐민이 말했다.

"우린 어렸어." 피에르가 말했다.

"맞아. 그리고 우린 형제였지. 아빠가 늘 했던 말 기억나? 형제만큼 단단한 유대관계는 없으니까, 형제가 있는 걸 고맙게 여겨야 한다는 말."

베냐민은 피에르와 닐스를 외면한 채 그저 깜깜한 변전소 입구만 고집스레 바라본다.

피에르가 주머니를 툭툭 두드리더니 담배를 한 대 꺼낸다. 손을 오목하게 오므려 바람을 막고 불을 붙이는 모습이 언뜻 보인다.

"그날 기억이 좀처럼 사라지지 않아." 닐스가 말한다.

어느덧 낮게 저문 해 덕분에, 변전소를 빙 둘러싼 선명한 초록색의 블루베리 덤불 위로 소나무가 검은 그림자를 던지고 있다.

"그날 오후 집으로 돌아왔을 때…." 닐스가 별안간 웃음을 터뜨린다. "난 해먹에 누워 음악을 들었어. 그러니까 평소와 다름없이 행동한다면 아무 일도 없었던 것처럼 할 수 있겠다고 생각한 거야. 난 네가 죽은 줄 알았어. 내 눈으로 봤으니까. 그 자리에 서서 그 모습을 전부 다 지켜봤지. 그때 난 후회나 두려움을 느낄 줄 알았어. 어쩌면 그랬는지도 모르고. 하지만 가장 강하게 느꼈던 감정이 뭔지 알아?"

베냐민은 대답 없이 가만히 닐스를 쳐다본다.

"안도감이었어."

"이런 젠장, 작작 좀 해." 피에르가 그렇게 말하더니 눈에 들어오는 돌 하나를 발로 찬다.

"얘기하기로 했으면 얘기해야지, 안 그래?" 닐스는 그렇게 말하더니 다시 베냐민을 본다.

"그렇게 행동한 건 미안해. 충격이 커서 그랬지만 변명의 여지는 없어. 나도 그런 내가 싫어. 하지만 그때 우리 사이가 어땠는지 잊어버린 거야? 너랑 피에르가 나를 죽도록 괴롭힌 거 기억 안 나? 아직도 그 시절 일기장을 다 보관하고 있어. 가끔 읽지. 그때 나는 매일같이 너희 둘이 죽기를 기도했는데, 드디어 소원이 이루어졌던 거야."

베냐민은 닐스를 가만히 쳐다본다. 약간 사시가 있는 눈. 어린 시절 수영장 모서리에서 넘어지는 바람에 생긴 관자놀이와 눈 사이의 상처가 보인다. 어린 소년처럼 매끈한 피부, 햇빛을 받으면 예쁘게 빛나는 짙은 갈색 눈. 문득 형이 못 견디게 사랑스럽다. 닐스에게 바짝 다가서고 싶었다. 나무 꼭대기를 향해 떨어져 허공으로 날아가 버리지 않게, 형이 자신을 꼭 안아주었으면 좋겠다. 형의 어깨에 한 손을 올리자 어찌나 말랐는지 티셔츠 안 울퉁불퉁한 뼈의 촉감까지 선명히 전해져 온다. 이상하고 낯선데도 그는 손을 떼지 않고, 닐스도 손을 뻗더니 베냐민의 어깨를 어색하게 토닥거린다. 서로가 고개를 끄덕이는 모습을 바라본다. 형이 부드럽게 미소 짓는다.

그들은 다시 한 줄로 숲을 걸어 나온다. 어린 시절 내달리던 빈터를 무거운 발걸음으로 터벅터벅 걷는다. 언덕 아래 마지막 가파른 비탈에서는 균형을 잃지 않으려 나무를 붙잡고 느릿느릿 내려간 뒤 눈부신 태양 속으로 비틀비틀 빠져나온다.

12장

| 빛의 호 |

미드소마• 전날이었다.

가느다란 다리가 달린 테이블 뒤에서 커피와 빵을 팔던 땅딸막한 아주머니들이 기억났다. 쩔렁쩔렁 소리가 나는 복권 추첨통을 들고 있다가, 아이들이 손을 가까이 뻗을 때마다 덮개를 탁 닫는 척하던 노인도 기억났다. 그러면 아이들은 야유하며 흩어졌다가 또 슬금슬금 다가왔다. 한 장에 5크로나였던 복

• 스웨덴에서 매년 6월 중순마다 열리는 세계 최대 규모의 하지 기념 축제

권 판, 거기서 1등을 해서 초콜릿 바를 경품으로 받았던 것, 종이 포장지 안에서 녹아 흐르던 초콜릿의 감촉도 기억났다. 여러 가족들이 커피 얼룩이 묻은 돗자리를 깔고 불편하게 앉아 보온병을 열던 것도 기억났다. 여자들이 미드소마의 기둥을 장식하면 남자들이 기둥을 세웠던 것도. 마침내 기둥을 똑바로 세우는 데 성공하자 사람들이 엄청난 환호를 보냈고, 여기저기서 들려오던 박수 소리는 바람에 묻혀 사라졌다. 평소보다 바람이 많이 불던 그날, 스피커가 오락가락해서 아코디언 음악은 멀리서 들려오는 것처럼 으스스한 느낌이 들었다. 바람이 우듬지를 후려치고 잎을 바스락거리자 몰리가 불안해한 것도 기억났다. 베냐민 가족은 군중으로부터 떨어진 한구석에 자리를 잡고 앉았다. 그들은 다른 사람들과 함께 있으면 언제나 사람들과 완전히 섞이지는 않은 채로 참여했다. 세 형제는 꼬질꼬질했지만 옷은 잘 차려입고 있었다. 엄마는 침을 묻혀 피에르의 머리카락을 정돈했다. 아빠가 돈뭉치에서 느릿느릿 지폐 몇 장을 꺼내 주자 아이들은 탄산음료를 사러 뛰어갔다. 아이들은 기둥을 돌며 춤을 추고 싶은 생각이 없었지만 사람들의 원 속에 있던 엄마가 손을 흔드는 바람에 작은 개구리 노래에 맞춰 춤을 췄다. 하지만 오래지 않아 하나둘씩 원을 빠져나가 돗자리 쪽으로 돌아갔고 몰리를 품에 안은 엄마 혼자 남아 어느 음악가에 관한 노래에 맞추어 앞뒤로 몸을 흔들었다. 얼마 뒤 지쳤지만 생기로 가득한 엄마가 돌아와 자리에 앉으면서 가성으로 목소리를 높였다.

"자, 그럼, 이제 가볼까?" 아빠가 벌떡 일어났다.

"좋아요, 가요!"

베냐민 가족에게는 미드소마 전통이 있었다. 매년 차를 몰고 유럽고속도로를 달려 도로변에 있는 펍에서 점심을 먹었다. 여름 내내 딱 한 번 하는 가족 외식이었다. 축제 전날이면 가족들과 청어 만찬을 즐기느라 텅텅 비어 있는 똑같은 술집에서였다. 엄마와 아빠는 고속도로가 내다보이는 창가의 좋아하는 테이블을 차지하고 앉았다.

"샤퀴테리 보드•가 있습니까?" 아빠가 종업원에게 물었다.

"죄송하지만 없습니다."

"살라미가 들어간 메뉴는 있을까요?"

"살라미요? 예, 피자에 살라미가 올라갑니다."

"그럼 살라미를 작은 접시에 담아 주시겠습니까?"

종업원은 혼란스러운 듯 아빠를 빤히 쳐다보았다. "네…. 그래도 될 것 같습니다."

• 나무 판 위에 치즈나 가공육, 크래커, 빵 등을 올려 내오는 전채

"잘됐군요, 그걸 우리의 샤퀴테리 보드로 하죠. 얼음처럼 차가운 보드카가 있습니까?"

"당연하지요." 종업원이 대답했다.

잠시 후 종업원이 긴 유리잔 바닥에 찰랑이는 보드카 두 잔을 가지고 돌아오자 엄마와 아빠는 한 모금 맛을 보았다. 아빠가 얼굴을 찌푸렸다.

"실온이군." 그러면서 아빠는 손을 흔들어 종업원을 불렀다.

"얼음 한 그릇 주시겠습니까?"

"보드카가 덜 차갑습니까?" 종업원이 물었다.

"그럼요. 좀 더 차가우면 좋겠습니다."

종업원이 사라지자 엄마와 아빠는 서로를 보며 미소를 지었다. 아마추어의 서투른 실수를 기꺼이 눈감아 주는 숙련된 술꾼의 태도였다. 잔에 얼음을 떨어뜨리자 얼음에서 빠작 소리가 났고, 엄마 아빠는 잔을 들고 술을 마셨다.

시간이 갈수록 말이 없어지는 그런 점심 식사였다. 대화가 점점 느려졌고, 엄마와 아빠는 천천히 음식을 먹으며 자꾸만 술을 주문했다. 아빠는 초조하게 종업원과 눈을 맞추려 시도했다. 이제 부모님은 보드카를 추가로 주문할 때 짧게 "여기." 하는 것 말고는 아예 말을 하지 않았다. 아빠는 평소 술을 마시면 께느른해지고 집중을 못 하지만 난폭하진 않은데, 오늘은 좀 달랐다. 베냐민은 아빠가 평소 같지 않게 짜증을 내고 있다는 사실을 알아차렸다. 종업원이 기척을 알아차리지 못하면 아빠는 딱딱한 목소리로 "여기요!" 하고 불렀다. 베냐민이 빨대로 탄산음료에 보글보글 거품을 일으키자 아빠가 그만하라고 했다. 잠시 후 베냐민이 한 번 더 빨대를 불자, 아빠는 빨대를 낚아채 반으로 꺾어버리려 했다. 하지만 플라스틱이 질겨서 부러지지 않자 아빠는 이까지 드러내고 힘을 주어 한 번 더 시도했다. 그래도 빨대가 멀쩡한 걸 보고는 빨대를 바닥으로 던져버렸다. 무릎 위 몰리를 보고 있던 엄마가 소란을 알아차리고 고개를 들었지만, 곧 다시 몰리에게로 눈길을 돌렸다. 베냐민은 감히 아빠를 쳐다볼 엄두가 나지 않아 꼼짝하지 않았다. 알 수가 없었다. 무언가 보통 때와는 달랐다. 지금부터는 조심해야 했다.

식사가 끝난 뒤 모두 차에 올라탔다. 최악의 사건은 가족 모두가 좁은 공간에 갇혀 있는 이런 때 일어나는 법이기에 베냐민은 차에 탈 때마다 늘 평소보다 더 바짝 경계했다. 엄마와 아빠가 가장 심하게 싸운 것도 늘 차 안에서였다. 아빠가 라디오 채널을 맞추려다가 운전대를 삐끗하거나, 엄마가 출구를 못 보는 바람에 아빠가 성이 나서 고함을 지르며 고개를 쭉 빼고 이미 지나쳐 멀어지는 출구를 돌아볼 때처럼.

"차분하게 하세요." 아빠가 주차장을 빠져나오자 엄마가 중얼거렸다.

"알았어요, 알았다고."

베냐민은 뒷좌석 가운데, 그의 지정석에 앉아 있었다. 여기서는 앞자리의 부모님, 도로, 양쪽의 형과 동생을 모두 다 살펴볼 수 있었다. 그는 한가운데에서 말없이 상황을 통제하는 사령관인 셈이었다. 시골길로 접어들던 아빠가 운전대를 지나치게 꺾는 바람에 갓길 너머 묘목 덤불에 차가 스치면서 잔가지들이 앞 유리창을 세게 긁었다.

"조심!" 엄마가 외쳤다.

"알았다니깐."

아빠가 기어를 내리자 엔진이 길고 거친 소리를 냈다. 기어를 올리는 순간, 차가 요동치면서 뒷좌석에 탄 세 아이의 머리가 왼쪽에서 오른쪽으로 흔들렸다. 베냐민은 백미러 속 아빠가 차를 앞뒤로 왔다갔다 하면서 눈을 깜박이는 모습을 집중해서 지켜보았다. 감히 무슨 말도 할 수 없었다. 자신이 운전자라도 된다는 듯 가만히 앉아 집중하는 게 할 수 있는 일의 전부였다. 뒷좌석 유리창을 통해 차가 도랑을 향하는 게 보였다. 피에르는 태연하게 뒷좌석 바닥에 있던 만화책을 집어들어 읽고 있었다. 하지만 닐스는 유리창에 이마를 댄 채 차가 위험천만하게 도로 이쪽저쪽으로 움직이는 모습을 유심히 지켜보고 있었다. 고속도로가 좁아지더니 자갈길이 되었고 길 양옆에 키 큰 가로수가 줄지어 나타났다. 아빠는 숲속을 향해 속도를 높였다. 이제 집까지는 얼마 남지 않았다. 가파른 언덕을 오를 때, 베냐민은 이제 트랙터 도로로 접어들어 별장 쪽으로 내리막길을 내려가기만 하면 되니 집에 오는 데 가까스로 성공했다고 생각했다.

마지막 커브를 도는 순간, 울퉁불퉁한 자갈길 위에서 아빠가 중심을 잃어버렸다. 차가 길 위로 미끄러지자 아빠는 반대 방향으로 운전대를 돌렸지만 결국 차는 길 건너편 도랑에 처박히고 말았다. 베냐민은 몸이 앞으로 쏠려 기어 시프트 위로 엎어졌고, 형과 동생은 뒷좌석 바닥으로 떨어졌다. 아빠는 당황해 주변을 둘러보았다. 도로를 벗어나는 순간 엄마는 몰리를 꽉 끌어안았고, 몰리가 다치지 않았는지 얼른 확인한 다음 뒷좌석을 돌아보았다.

“다들 괜찮니?”

세 형제는 다시 몸을 일으켜 자리에 앉았다. 차가 기울어지는 바람에 세 아이는 오른쪽으로 쏠려 있었다. 아빠가 시동을 걸었다.

“뭐 하는 거예요?” 엄마가 물었다

"여기서 빠져나가야지요." 아빠가 대답했다.

"못 나가요, 사람을 불러야 해요."

"말도 안 되는 소리."

아빠는 엔진에서 굉음이 날 때까지 가속 페달을 밟아 도로로 돌아가려 했다. 흙과 돌이 마구 튀어 올라 차 바닥에 부딪혔지만 차는 꿈쩍하지 않았다.

"젠장!" 아빠는 고함을 지르며 다시 가속 페달을 밟았다. 피에르가 자기 쪽 문을 열었다.

"문 닫아! 제기랄, 좋은 말로 할 때 문 닫으라고!"

아빠가 고함을 지르는 바람에 베냐민이 피에르 쪽으로 몸을 뻗어 문을 닫았다. 엔진이 사납게 울부짖자 엄마는 엔진 소리에 묻히지 않도록 크게 고함을 질렀다. "안 된다니까!"

아빠가 후진 기어를 넣자 이번에는 차가 제대로 도랑에서 빠져나왔다. 아빠가 자갈길 한가운데에 멈춰 서자 피에르는 다시 문을 열었다.

"여기서부터는 걸어갈래요."

"저도요." 베냐민도 거들었다.

백미러로 보이는 아빠의 표정이 험상궂어졌다.

"빌어먹을, 방금 내가 뭐라고 했냐!"

아빠가 뒷좌석을 향해 몸을 반쯤 돌려 세 아이를 마구잡이로 두들겨 패기 시작했다. 몰리가 엄마의 품에서 뛰어내리더니 차 밖으로 나가겠다며 허둥거렸다.

"시동이 켜져 있을 땐 문 열면 안 된다고 했지!"

아빠의 주먹이 날아오는 순간 세 아이는 머리를 감쌌다. 베냐민은 어깨를 몇 대 맞았고 피에르는 허벅지를 세게 맞았다. 하지만 아빠의 주먹이 날아오는 경로에 앉아 있었기에 주먹을 피할 수 없어 얼굴을 몇 대나 얻어맞은 닐스야말로 가장 피해가 컸다. "그만해!" 엄마는 고함을 지르며 아빠의 팔을 붙잡으려 했지만, 아빠는 그 순간 이곳이 아닌 다른 곳, 누구도 다가갈 수 없는 어딘가 다른 곳에 있었다. 피에르는 본능적으로 도망치려고 차 문을 더듬었지만, 베냐민은 정반대의 본능으로 피에르 쪽 문을 꽉 닫은 다음 동생과 함께 쏟아지는 아빠의 주먹을 맞았다.

"닫았어요, 아빠! 문 닫았다고요!" 베냐민이 외쳤다.

주먹이 한 번 더 날아오고, 아빠가 뭐라고 짓씹듯 중얼거리는 소리가 나더니 차 안이 조용해졌다. 주먹질이 멈추자 베냐민은 용기를 내 손가락 사이로 아빠를 슬쩍 보았다. 아빠는 가만히 앉아 운전대를 내려다보고 있었다. 아빠가 기어를 1단으로 바꾸어 차를 출발시키자 세 아이는 앞을 바라보며 똑바로 앉아 느슨하게 운전대를 잡은 아빠가 트랙터 도로를 따라 별장 앞에 차를 세우기까지 하는 모든 동작 하나하나를 지켜보았다. 세 아이 중 누구도 문을 열 엄두를 내지 못했다.

"난 좀 누워야겠구나." 아빠가 그렇게 말하며 차에서 내렸다. 베냐민은 앞좌석 사이로 아빠가 진입로 양옆에 늘어선 나무를 짚고 균형을 잡더니 넓은 보폭으로 불안정하게 돌계단을 올라 사라지는 모습을 지켜보았다. 엄마가 차에서 내리더니 닐스 쪽 문을 열고 아이들에게 내리라는 시늉을 했다. 모두 차에서 내려 모여 섰다. 엄마는 술을 너무 많이 마시면 늘 그렇듯이, 별안간 아무것도 이해하지 못하게 된 세계에서 뭔가를 애써 이해하려는 것처럼 멍한 눈빛으로 일그러진 미소를 짓고 있었다.

"다들 괜찮니?"

엄마가 닐스의 얼굴을 부드럽게 어루만졌다.

"우리 아가." 엄마가 닐스의 턱에 난 상처를 살폈다. "아빠랑 이야기해 볼게. 너희한테 사과하실 거야. 하지만 먼저 아빠가 눈 좀 붙이셔야지. 알겠니?"

셋은 고개를 끄덕였다. 엄마는 균형을 잡고 서려고 차 후드를 붙잡은 뒤 따뜻한 미소를 지으며 피에르를 보며 빰을 토닥거렸다. 피에르를 한참이나 바라보면서도, 엄마는 그가 눈물이 잔뜩 고인 채로 덜덜 떨고 있다는 걸 알아차리지 못했다.

"엄마 아빠는 잠시 낮잠을 자야겠다. 그다음에 정식 가족회의를 하자꾸나."

그러더니 엄마가 몰리를 베냐민에게 안겼다.

"잠시 몰리 좀 돌봐줄 수 있지?"

그렇게 엄마는 느릿느릿 집을 향해 걸어갔다. 잠깐 무언가 생각났다는 듯 걸음을 멈췄다가, 다시 식품저장고를 지나 돌계단을 올라가 버렸다. 엄마가 집 안으로 사라지고 나서야 피에르는 울음을 터뜨렸고, 베냐민과 닐스가 양옆에서 동생을 안아주었다. 닐스가 베냐민에게로 손을 뻗는 바람에 차 옆에서 셋이 서로를 부둥켜안게 된 그 순간, 베냐민은 아주 오랜만에 세 형제가 함께라는 생각을 했다.

몰리가 사라진 건 그때였다. 몰리는 차에서 내린 뒤로 제정신이 아니었다. 불안하게 낑낑거리고 길을 초조하게 오락가락하더니, 문득 도망치기로 마음먹기라도 한 듯 숲속으로 달려가 버렸다. 베냐민은 처음에는 "우리 아기, 예쁜 아기야."라고 어르듯 불렀지만, 나중에는 엄하게 "당장 돌아와!" 하고 외쳤다. 세 형제 모두 몰리를 불렀지만 개는 더는 이곳에 있고 싶지 않다는 듯 언덕 위로 내달렸다.

그렇게 해서 그날 오후 세 형제는 겁에 질린 개를 찾아 숲으로 들어가게 되었던 것이다. 마침내 셋은 몰리를 찾았다. 베냐민이 개를 안아 올렸을 때, 몰리는 겁에 질린 눈빛을 하고 있었다. 갈비뼈 안에서 세차게 뛰는 심장이 느껴졌다.

셋은 계속 걸었다. 그날 엄마는 피에르에게 하얀 셔츠를 입히고 청바지 안에 밑단을 잘 정리해 넣어주었지만, 그때는 이미 셔츠 자락이 허리춤에 아무렇게나 삐져나와 있었던 것이 기억났다. 늙은 사람의 손가락처럼 생긴 나무뿌리 위를 걸었던 것이 기억났다. 소나무 숲 어딘가에서 뻐꾸기가 울었던 것, 셋이서 뻐꾸기 소리를 흉내 냈던 것도 기억났다. 나무껍질을 뜯어내서는 호수를 향해 비탈을 따라 흐르는 냇물에다 띄워 보냈던 것도 기억났다. 그렇게 셋은 계속 언덕을 올랐다. 그 누구도 딱히 원했던 일은 아니었지만, 또 누가 나서서 그러자고 한 것도 아니었지만, 셋은 마침내 변전소로 이어지는 좁다란 길 앞에 서 있었다. 저 멀리, 마치 사람의 장기에서 나는 것 같은, 전기가 낮게 그르릉거리는 소리는 다가가면 다가갈수록 더 크고 요란해졌다. 곧 꼭대기에 햇빛이 반사되어 반짝 빛이 나는 거대한 철골 구조물이 눈앞에 나타났다.

셋은 고무가 입혀진 기둥 사이를 지나 철조망 쪽으로 다가간 뒤 변전소 입구를 바라보았다.

"저 안은 어떻게 생겼을까?" 베냐민이 말했다.

"아마 그냥 전선만 잔뜩 있을걸." 닐스가 대답했다.

"안에 들어가 볼까?"

"안 돼, 위험할지도 몰라."

셋은 철조망에 손을 댄 채 나란히 서 있었다.

"나 감전된 적 있어." 베냐민이 입을 열었다. "아빠한테 감전되면 어떤 기분이냐고 물어봤더니 아빠가 네모난 건전지를 꺼내서 핥아보라고 했어."

"어떻게 됐어?" 피에르가 물었다.

"혀가 따끔해서 한동안 말이 안 나왔지만 시간이 지나니까 괜찮아졌어."

"그래도 진짜 감전되면 그 정도로 안 끝날걸." 닐스의 말이었다. "콘센트에 포크를 찔러 넣으면 죽을 수도 있잖아."

베냐민은 변전소 입구의 손잡이를 밀어보았다. 그 순간 문이 열렸다.

"우리 말고도 먼저 들어가 본 사람이 있나 봐!"

그는 게이트 안, 건물 앞 풀밭으로 들어가더니 철조망 반대편으로 갔다. 한 손으로 철조망을 부여잡은 뒤 나머지 둘에게 흐느끼는 척 "꺼내줘! 부탁이야!" 하고 소리쳤다. 그다음에는 품에 안겨 있는 몰리를 내려다보고는 부드럽게 개의 머리에 손을 얹은 다음, 두 형제를 향해 몰리를 내밀며 얼굴을 일그러뜨렸다.

"최소한 몰리라도 데려가 줘. 아무 죄 없는 몰리라도 풀어달란 말야!"

그 말에 피에르가 낄낄 웃었다.

"이제 돌아가자." 닐스가 말했다.

"아직 안 돼. 그냥 안이 어떻게 생겼는지만 보고 올게."

베냐민은 건물 안으로 몇 발짝 다가가서 문간에 섰다. 안을 슬쩍 들여다보았지만 보이는 건 흐릿한 윤곽이 전부였다. 손으로 벽을 더듬으니 스위치가 잡히기에 불을 켰다. 천장 조명에 불이 들어오며 순식간에 변전소 안이 환히 밝아졌다. 내부는 생각보다 작았으나 사람이 서 있을 만한 자리는 있었다. 안쪽 벽에는 바닥에서 천장까지 이어진 굵직한 검은 케이블이 빽빽하게 들어차 있었다. 이 공간 전체에 강렬한 전류가 벽을 타고 끊임없이 흐르는 것만 같았다. 시내에 있는 베냐민 가족의 집 지하에 놓인 세 개의 큼지막한 세탁 건조기가 떠오르는 소리였다.

"전기가 통할까?" 베냐민이 소리 높여 물었다.

"당연하지! 아무것도 만지지 마." 닐스가 말했다.

베냐민은 돌멩이를 하나 주워서 조심스레 케이블을 향해 던져 보았다.

돌은 바닥에 떨어졌고, 아무 일도 일어나지 않았다. 그래서 그는 조금 더 큰 돌을 주워 던졌다.

"전기가 끊어졌나 봐. 돌을 던져 봤는데 아무 일도 없었어."

"돌은 전도체가 아니니까 그렇지! 그래도 케이블에는 전류가 흐를 수도 있다고!" 닐스가 외쳤다.

베냐민은 천천히 케이블 앞으로 다가가서는 한 발짝하고도 반쯤 떨어진 자리에서 한 손을 들어올렸다.

"만지지 마! 농담하는 거 아니야. 죽을 수도 있다니까!" 닐스가 외쳤다.

"아냐, 아무것도 안 만질게."

케이블 쪽으로 손을 가까이 가져가자 잡음 같은 소리가 지직 하고 일었지만 손을 내리자 다시 사라졌다.

다시 손을 가져가자 케이블과 손 사이에 거의 보이지 않을 정도로 작은 불꽃이 튀었다. 손을 가까이 가져갈수록 소리는 커졌다. 태어나서 처음 들어보는 소리였다. 영화 속, 큰 사고가 일어난 뒤 방사능 수치를 탐지하는 장면이 떠오르는 소리. 손을 가까이 가져갔다가 거두었다가 하면 소리를 조절할 수 있었다. 이제야 닐스 말대로 전기가 무시무시한 위력을 갖고 있다는 사실이 실감났다. 케이블에 손을 대면 크게 다칠 게 분명했다. 그때 이런 생각이 머리를 스쳤다. 지금이 내가 죽음에 가장 가까이 다가온 순간이구나. 베냐민은 몸을 돌려 형과 동생을 찾았다.

"이거 보여?" 그는 눈앞에 튀는 불꽃을 올려다보며 외쳤다. "불꽃이야, 꼭 마법 같지!"

"그만해! 지금 당장 그만둬!" 닐스가 외쳤다.

베냐민은 커졌다 잦아들었다 하는 소리에 귀를 기울이고, 눈앞에 이는 불꽃을 보면서 손을 위아래로 움직였다. 미소를 지으며 형과 동생의 눈을 마주 보는 찰나, 눈앞이 파랗게 변했다.

정신이 들었을 때는 멍했다.

첫 몇 초 동안은 마치 중력의 영향에서 벗어난 것처럼 자유로운 기분이었다. 베냐민은 몸을 일으켜 앉은 뒤 주위를 둘러보았다. 다음 순간 아픔이 찾아왔다. 등이 타들어 가는 느낌이 팔을 타고 퍼졌고, 그제야 현실감이 쏟아져 들어왔다. 그는 철조망 바깥을 내다보았다.

형이랑 동생은 어디 있지?

하늘을 보니 해가 저물고 있었다. 여기 얼마나 쓰러져 있었던 걸까? 일어서려 했지만 다리가 버텨주지 않아 베냐민은 포기하고 다시 앉았다. 그때, 잊고 있던 무언가가 떠올랐다. 희미한 전율이 일더니 온몸에 소름이 쫙 끼쳤다.

몰리.

몰리는 몇 미터 떨어진 자리에 쓰러져 있었다. 몰리가 분명했다. 그을린 살갗, 부자연스러운 자세. 그는 몰리 쪽으로 기어가 죽은 몰리를 들어서 무릎 위에 올렸다. 생명이 빠져나간 몰리의 얼굴, 마치 깊은 잠을 자고 있어서 흔들어 깨우면 다시 눈을 뜰 것처럼 반쯤 입을 벌리고 있는 얼굴을 바라보았다. 하지만 깨울 수 없었다. 다친 몸을 만지면 아플지도 모르니까. 그는 몰리가 죽어 쓰러져 있던 자리로 가서 개를 품에 꼭 안았다. 숨이 점점 가쁘고 무거워져 오더니 문득 처음 듣는 소리가 들려왔다. 그제야 베냐민은 그 소리를 내는 사람이 자신이라는 걸 알았다. 세상이 조금씩 사라지고 있었다. 베냐민은 평생 현실에서 떨어져 나오는 것만 같은 이 기분과 사투를 벌여왔다. 언제나 매달릴 수 있는 진짜 장소, 진짜 사물을 찾아 헤맸다. 하지만 지금 이 순간 베냐민은 처음으로 깜깜한 곳에 앉아 바깥을, 초록색 직사각형 모양의 현실을 내다보았다. 눈을 질끈 감은 채로 자신이 바깥으로 나가지 못하기를, 바깥세상 역시도 깜깜한 어둠에 물들기를, 사라져 버리기를, 그렇게 현실에서 떨어져 나가 영영 어둠에 갇히기를 바란 뒤 눈을 떴다.

아마 한동안 의식을 잃었던 것 같다. 다시 올려다본 태양은 아까보다 조금 더 낮게 내려와 있었으니까. 그는 일어서서 비틀거리며 문을 나섰다. 빛 속으로 발걸음을 내딛었다. 철조망을 지나쳤다. 다시 궁금했다. 형이랑 동생은 어디 있지?

베냐민은 개를 품에 안은 채 숲을 건넜다. 도대체 어떻게 집까지 온 것인지는 기억나지 않았다. 그저 깜깜해진 호수가 보였던 게 기억났다. 바람 한 점 없이 잔잔한 수면이 기억났다. 금방이라도 주저앉을 것 같은 다리로 걸었던 것, 돌계단 위에 가운 차림으로 서 있던 엄마가 보였던 게 기억난다. 눈물 때문에 엄마의 윤곽선이 한껏 번져 있었던 것도, 집을 둘러싼 녹음이 안개 낀 듯 흐릿해 보였던 것도 기억났다. 엄마가 마당으로 몇 발짝 다가오더니 충격을 받은 얼굴로 그를 바라보던 것이 기억났다. 그다음에 엄마가 마당에 쓰러져 절망의 울음을 토해냈던 것, 호수가 그 울음에 메아리로 응답했던 것까지.

13장

| 정오 |

무스 울타리는 여기서 끝이 난다. 고속도로는 점점 좁아지고, 갈수록 상태도 나빠진다. 얼기설기 때운 아스팔트와 예기치 못할 때 나타나는 움푹 파인 구덩이, 그리고 도로 위로 납작하게 눌려 붙은, 로드킬을 당한 동물의 피투성이 사체. 간간이 목재를 실어 나르는 은색 화물차가 나타나는 것 말고는 반대쪽 차선은 텅 비어 있다. 라디오 기지국이 하나씩 사라진다. 그들은 스웨덴 반대쪽의 숲속으로 점점 더 깊이 들어가고 있고, 대화는 점점 더 잦아들고, 마침내 시골의 도로를 벗어날 무렵

엔 다들 말이 없다. 차는 다시금 자갈길에 접어든다. 숲을 헤치고 5킬로미터를 더 가면 도착할 것이다. 달달 흔들리는 백미러를 통해 먼지가 뒤에서 신호탄 연기처럼 피어올라 차 양옆으로 퍼지는 모습이 보인다. 별장이 가까워질수록 숲을 이룬 가문비나무들은 점점 더 훤칠해진다.

조심스레 자갈길을 달리던 그는 뒷좌석의 닐스가 갑자기 집중한 듯 몸을 앞으로 기울인 채 정면을 뚫어지게 바라보고 있는 모습을 본다. 별장은 가족이 언젠가 돌아오는 날까지 아무것도 변하지 않도록, 어느 비밀스러운 후원자가 지켜주기라도 했던 것 같은 모습이다. 길에 파인 요철 때문에 차는 예전과 똑같은 자리에서 털썩 요동친다. 갓길에 서 있는 출구 표지판 역시 예전과 똑같은 각도로 기울어져 있다. 정말 그때로부터 며칠이, 몇 년이라는 세월이 지난 게 맞을까? 어쩌면 모든 게 그대로 멈춰 있었던 건 아닐까? 숲속의 시간이 어떠한 이유로건 원래처럼 흘러가지 않은 건지도 모르겠다.

오른쪽 차선으로 쭉 달리고 있자니 반대쪽 차선에서 다가오는 자신의 모습이 보인다. 문득 이쪽을 향해 낡은 볼보 245 한 대가 달려온다. 앞좌석에는 미드소마 축제를 위해 차려입은 엄마와 아빠가 타고 있다. 그리고 그는 차 안, 뒷좌석 가운데에 앉아 있다. 모든 것이 별일 없이 진행되고 있는지 확인하려 집중한 눈빛으로.

다음 순간, 열린 차창 너머로 엔진 소리가 나면서 바이크를 탄 닐스가 다가온다. 바이크의 연료 탱크가 햇빛에 반사되어 빛난다. 식료품점 일을 마치고 돌아오는 닐스는 슬프고 외로운 모습으로 금세 그를 지나쳐 현실과 별장을 연결하는 좁다란 자갈길을 따라 돌아가고 있다. 그리고 저기, 숲속. 길을 잃은 베냐민과 피에르가 서로에게 바짝 붙어 달리고 있다. 겁에 질려 바짝 긴장한 채로 바이크의 엔진 소리에 의지해 집을 찾아 달린다.

차는 언제나 눈부신 햇빛 때문에 앞이 잘 보이지 않는 언덕 꼭대기에 이른다. 산마루를 넘자마자 그는 다시 자신의 모습을 본다. 깡마른 다리에 반바지를 입고 웃통을 벗은 어린 그가 길가에 서 있다. 며칠간 일 때문에 도시로 갔던 엄마를 마중하러 혼자 자갈길에 나와 서 있다. 아이를 지나치는 순간 어린 베냐민의 맑은 눈이 그의 눈과 마주치지만, 아이는 마치 모르는 사람의 얼굴을 보듯 아무런 흥미 없는 눈빛으로 그를 바라보고는 몸을 돌려 엄마를 마중할 언덕 위로 올라간다.

그렇게 한 명 한 명, 한때 베냐민이었던 아이들이 나타난다.

베냐민과 형제들은 별장에 거의 다다른다. 작은 트랙터 도로로 접어든다. 사고가 나고 일주일 뒤, 가족이 이곳에서 보낸 마지막 날 아침이 떠오른다. 그날 아침 식탁에서 세 형제는 갑작스러운 결정을 전해 들었다. 집으로 돌아간다는 결정이었다. 모든 것이 다급하게 이루어졌다. 큼직한 여행 가방이 열린 채로 거실에 놓여 있다. 아빠는 집 안을 돌아다니며 불이며 난방기를 껐다. 아빠가 마지막 짐을 차에 싣고 문이 잠겼는지 확인하는 사이 엄마는 차 후드에 기대 담뱃불을 붙인 뒤 호수를 바라보며 멍한 표정으로 담배를 피웠다. 베냐민이 엄마 발치에 놓인 핸드백을 들어주려 하자 엄마가 저리 가라며 손을 흔드는 바람에 그는 엄마 옆에 가만히 서 있었다. 엄마는 베냐민을 한번 내려다보더니 다시 호수로 눈길을 돌렸다.

"그 일이 일어난 날." 엄마가 집게손가락으로 담배를 톡톡 치면서 입을 열었다. "오후에 잠에서 깼는데 다시 잠이 오지 않더라. 침대에 누워서 십자말풀이를 하고 있었지…."

그러더니 엄마는 하늘을 가리켰다.

"갑자기 불이 다 나가버렸어. 깜짝 놀라 위를 올려다봤지. 무슨 일일까? 그러다 몇 초 만에 다시 불이 들어오더라."

엄마는 느릿느릿 고개를 저었다.

"그땐 무슨 일인지 영문을 몰랐지만 이젠 알겠어."

엄마가 미소를 지었다.

"그 일을 아름다운 일이라고 생각하기로 하자. 작은 작별 인사였다고 말이야. 불이 꺼지고, 그 애는 가버렸지."

엄마는 헛간 쪽으로 다가가 벽에 담배를 문질러서 끈 다음, 반쯤 피운 담배꽁초를 담뱃갑 안에 쑤셔 넣은 뒤 차에 올랐다.

아주 오랜 세월 동안 이곳을 찾은 이가 아무도 없었음이 분명하다. 타이어 자국 사이로 풀이 길게 자라 있다. 덤불이 차 바닥면과 양옆을 긁어댄다.

좁다란 언덕길에 또 차 한 대가 나타난다. 아까 그 오래된 볼보 245는 마지막 날 가족이 별장을 떠나던 그때처럼 짐을 가득 싣고 있다. 운전석에 앉은 아빠, 그 옆에 앉아 공허한 눈으로 눈앞의 도로만 보고 있는 엄마가 보인다. 세 형제는 뒷좌석에 어깨를 나란히 하고 바짝 붙어 앉아 있다. 베냐민은 볼보가 지나갈 공간을 만들기 위해 오른편으로 붙는다. 아주 잠깐, 뒷좌석 한가운데에 앉은 어린 자신이 보인다. 아이의 쓸쓸하고도 예리한 눈은 차 안팎에서 일어나는 일을 빠짐없이 관찰하고 있다. 볼보는 베냐민을 지나쳐 언덕을 올라가고, 그는 차가 시야에서 사라질 때까지 백미러로 그 모습을 바라본다. 마지막 굽이를 돌자 나무들 사이에서 붉은 목조주택이 나타난다. 제멋대로 잡초가 자란 뜰, 압도적일 만치 우뚝 솟은 전나무 때문에 집은 작디작게 느껴진다. 차 밑에서 길게 자란 풀이 부스럭거린다. 그는 식품저장고 앞에 차를 대고 시동을 끈다. 세 형제는 차 안에 잠시 가만히 앉아 바깥을 바라본다.

그들이 이곳에 돌아왔다.

2부

자갈길 너머

14장

| 오전 10시 |

그는 유럽고속도로 양옆으로 솟은 거대한 전봇대를 올려다본다. 차창 밖으로 검은 전선들이 보인다. 여름 공기 속에 느슨하게 늘어진 전선은 곡선을 그리며 솟아오르고, 길가에 늘어선 100미터 높이의 철제 구조물 꼭대기에서 정점을 찍은 뒤 다시금 아래 초원을 향해 절하듯 머리를 숙인다.

한번은 베냐민의 집 누전차단기에 불이 난 적이 있었다. 불은 간신히 껐지만 합선을 고치기 위해 전기공을 불러야 했다. 전기공은 복도에 선 채로 패널의 나사를 풀어 통통한 손에 모아 쥐면서 능숙한 솜씨로 몇 초 만에 첫 번째 덮개를 떼어냈다. 두 번째 덮개를 열려는 순간, 갑자기 부엌 쪽에서 거센 바람이 불어오는 바람에 전기공의 등 뒤에서 부엌문이 쾅 하고 닫혔다. 그러자 수리공은 본능적으로 손에 든 걸 전부 바닥에 내던지더니 총기 강도의 습격이라도 받은 것처럼 양손을 번쩍 들었다. 베냐민은 당황했다. 복도 바닥에 흩뿌려진 나사며 연장을 다시 주워 모으는 전기공에게 방금 한 행동에 대해 묻자 그는 이렇게 대답했다. "직업병입니다. 전기공은 굉음이 들리는 즉시 손에 쥔 모든 걸 내던지거든요."

감전될지도 모른다는 두려움. 어린 시절 베냐민은 그 두려움을 몰랐다. 사고가 있기 전 베냐민은 전기가 늘 궁금했다. 어느 날 수영 수업을 마친 뒤 다른 아이들은 모두 학교로 돌아갔지만, 그는 말을 풀어놓은 목초지에 쳐둔 전기 철조망 언저리를 어슬렁거렸다. 철조망 앞에 서서 가느다란 철사를, 그리고 보호막 코팅이 된 노란색 경고판 속 철사를 만지는 손에 새빨간 번개가 사방에서 날아드는 그림을 한참이나 쳐다보았다. 그러다 베냐민은 큰맘 먹고 양손을 철조망 가까이 가져갔다. 철사에 닿지 않게 양손을 구부렸다가 철조망을 꽉 쥐었다. 곧바로 전류가 흘러들어와 겨드랑이까지 타고 올라가더니 멈췄다. 몸에 전류가 흘러간 뒤 미묘한 쾌감이 들었던 게 기억난다. 잠깐이지만 그에게 늘 부족하던 에너지를 전류가 채워준 기분이었다. 온몸이 짜릿했고, 전류가 몸을 타고 흐를 때는 마치 어떤 목소리가 "움직여!" 하고 속삭인 것만 같았다.

피에르는 왼쪽 차선을 따라 고속도로를 운전하고 있다. 규정 속도를 준수하는 앞 차 때문에 속도를 낮춰야 할 때마다 피에르는 바짝 다가가 붙어 헤드라이트 불빛으로 위협했다. 앞 차가 겁을 먹고 멀찍이 떨어진 다른 차선으로 옮겨가면 다시 가속 페달을 밟아 엔진음을 우렁차게 울리며 속도를 냈다.

"식당이다!" 지평선 쪽에서 식당 표지판이 나타나자 피에르가 그쪽을 가리키며 갑자기 고함친다.

"드디어 나왔군." 뒷좌석에 타고 있던 닐스가 중얼거린다.

이곳은 여느 패스트푸드 식당과 다름없는 곳이다. 종업원들은 가슴에 금색 별을 달고 있다. 여러 개 단 사람도 있고 하나도 없는 사람도 있어서 한눈에 보아도 우수한 이들과 그렇지 못한 이들을 가려낼 수 있다. 직원들이 게으르기 짝이 없어 부끄럽기라도 하다는 듯, 금전등록기 사이를 닭처럼 바삐 오가는 이상하리만치 어린 점장을 빼면 다들 이름표를 달고 있다. 점장은 경직된 태도로 이리저리 돌아다니며 업무를 분담시키고 상황을 정리하다가, 때로는 그저 가만히 서서 공허한 미소를 지은 채 손님들을 바라보기도 한다.

세 형제는 햄버거와 감자튀김을 주문한 뒤 출구 바로 앞 테이블에 앉는다. 닐스가 휴대폰을 꺼낸다.

"사고는 너희 둘이 쳤는데 수습은 또 내가 하겠지. 우리 분명 경찰한테 수배 중일 거다."

"어이쿠." 피에르는 웃으며 응수한다.

"아니, 그렇게 넘어갈 일이 아니야. 심각한 상황이라고."

닐스가 그 말을 남기고 식당 바깥으로 나가자, 베냐민은 강풍이 부는 주차장으로 걸어 나간 형이 한쪽 귀에 휴대폰을 가져다 댄 뒤 고속도로의 소음 때문에 다른 쪽 귀를 손바닥으로 막는 모습을 본다. 피에르는 자기 몫의 햄버거 위에다가 감자튀김을 쏟아붓고는 흰색의 작은 케첩 봉지들을 한 줄로 나란히 늘어놓는다. 케첩 하나를 다 먹고 나면 곧바로 다음 케첩을 뜯을 작정인 것처럼.

"솔직히 우리가 별장으로 돌아갈 줄은 꿈에도 생각 못했어." 피에르가 말한다.

"그러게." 베냐민은 그렇게 말했지만, 다음 순간 번뜩 떠오르는 생각에 고개를 든다. "못 갈 건 또 뭐야?"

"사고가 있었으니까. 형한테는 정말 힘든 일이었잖아."

베냐민은 피에르가 분주히 손을 놀려 음식을 먹는 모습을 바라본다. 피에르는 감자튀김을 세 개 집어서 케첩을 듬뿍 찍는다. 케첩에 흥건해져 그의 입 안으로 들어가는 감자튀김이 꼭 튤립 같다.

“이해가 안 돼. 형이 왜 감전을 당한 거지? 전선에 닿아야 감전되는 것 아니야? 형은 아무것도 안 건드렸잖아.”

“나도 몰랐어. 지난 10년 동안 아무리 생각해도 알 수 없었지. 그런데 드디어 알게 됐어.”

“무슨 일이 일어났던 건데?” 피에르가 묻는다.

그래서 베냐민은 피에르에게 아크 현상이 무엇인지 알려준다. 강한 전류가 흐르는 곳에서는 공기 중에 전하가 생기기도 한다. 온도가 수천 도까지 올라갔다가 너무 뜨거워지면 방전되면서 번개처럼 불꽃이 발생한다.

“그럼 그때 형한테 그 현상이 일어났다는 거야?” 피에르가 묻는다.

“그래. 전기공 말로는 내가 살아남은 게 천운이래.”

“형이 전기공이랑 얘기를 해봤어?”

“응, 여러 명.”

“왜?”

“나한테 무슨 일이 일어났던 건지 이해하고 싶었거든.”

피에르는 고개를 설레설레 저은 뒤 바깥, 8차선 고속도로를 마주하고 있는 잡초투성이 둔덕 위에 서서 휴대폰으로 통화를 하고 있는 닐스 형을 바라본다.

"매년 전기안전위원회에 감전 신고가 몇 건 들어오는지 알아?" 베냐민이 묻는다. "50건이래. 하지만 실제로 감전을 당한 사람은 몇 명이게? 2만 명이 넘는대. 하지만 아무도 신고를 안 하지. 왠지 알아?"

"부끄러워서?"

"맞아. 부끄러운 거야. 그 사람들은 전기공이잖아. 전기를 완벽히 이해하고 있어야 하는 사람들이니까."

"굉장하네." 피에르는 쥐가 뜯어 먹은 것처럼 가장자리에만 잇자국이 난 햄버거를 내려놓는다. 감자튀김을 집어 들고 프레첼 스틱처럼 갉아 먹더니 손으로 잡고 있던 끄트머리는 테이블 위 냅킨 위에 놓는다. 베냐민은 피에르가 냅킨 위에 감자튀김 끄트머리를 나란히 늘어놓은 것을 알아차리고 묻는다.

"왜 끝부분은 안 먹어?"

"역하잖아. 내 손은 이것저것 만져서 더러워."

피에르가 감자튀김 끄트머리를 먹지 않고 버리는 모습을 보면서, 베냐민은 문득 동생을 향한 따스한 애정이 파도처럼 밀려오는 걸 느낀다. 테이블 위 소복한 감자튀김 무더기가 쌓여갈수록 피에르 역시 마음의 짐을 안고 살고 있다는 생각이 들어서다. 이런 별난 버릇에는 사연이 담겨 있기 마련이다. 베냐민은 어린 시절 있었던 일에 아무 상처도 입지 않은 것 같은 피에르가 늘 놀라웠다. 동생은 그저, 그때 일어난 일을 전부 훌훌 털어버린 것처럼 아무렇지 않아 보였다. 어쩌면 그 일 때문에 더 강해졌으려나? 그러나 동생이 감자튀김 끄트머리를 쌓고 있는 모습을 보고 있자니, 베냐민은 어쩌면 피에르에게도 그 사건이 남긴 흔적이 있는지도 모르겠다는 생각이 처음으로 들었다. 자기 손이 닿은 것을 입에 넣지 않으려 하는 성인 남자는 아마 자기 자신과 관련된 모든 게 싫은 것이리라.

뒤따르는 침묵 속에서 식당 안 소음은 훨씬 더 증폭된다. 종이컵에 우두둑 얼음을 붓는 기계가 내는 불규칙한 리듬의 불안한 소리. 화장실 안에서 켜졌다가 꺼졌다가 하는 핸드드라이어 소리. 돌풍이 불 때마다 고속도로를 쓸고 가는 바람 소리. 어느 손님이 소프트 아이스크림을 주문하자 작은 모터가 피아노의 가장 왼쪽에 있는 건반만큼 낮은 소리를 내며 돌아가고, 그 순간 베냐민은 다시 어린 시절의 변전소에서 케이블로 가득한 벽을 마주 보고 서 있다. 곧바로 그 이미지를 머릿속에서 지우려 애쓰지만, 그 장면은 잠깐은 사라질지 몰라도 다시 돌아오리라는 걸 그는 안다. 예상치 못한 큰 소리를 들을 때마다 그는 그때의 폭발을 떠올리게 된다. 비행기 화장실에서 변기 물을 내릴 때 순간적으로 큰 소리가 나며 밸브가 닫힐 때처럼. 밝은 빛을 볼 때도 마찬가지다. 깜깜한 겨울에 고속도로를 운전하다 문득 맞은편 차선에서 다가오는 밝은 헤드라이트 불빛을 보면 폭발 직전 방 안이 하얗게 밝아지던 순간이 떠오른다. 서늘한 바닥, 축축한 어둠 속에서 깨어나 빛이 있는 곳을 가늘게 뜬 눈으로 바라보며 주위를 두리번거리던 기억.

피에르와 대화를 시작한 뒤 처음으로 베냐민은 동생이 눈을 맞출 때 시선을 피하지 않는다.

"도저히 이해가 안 되는 게 하나 있어." 베냐민이 말한다.

"어떻게 날 그 자리에 그냥 버리고 갈 수가 있었어?"

피에르는 마시던 탄산음료를 내려놓고는 손끝을 냅킨에 문질러 닦으며 미소를 띤 채 고개를 젓는다.

"형은 그렇게 생각해? 난 형을 버리고 간 적 없어."

"깨어나니 아무도 없었어. 내가 그럼 그 상황을 어떻게 해석해야 해?"

"아직도 그때 무슨 일이 일어났는지 모르는구나? 난 형을 내버려 두지 않았어. 바로 달려갔지. 그런데 형에게 손대는 순간 나도 감전됐어."

"아니잖아."

"아니라고?"

"그럴 리 없어." 베냐민이 말한다.

"그때 형은 의식이 없었잖아. 사람이 감전되면 몸에도 전류가 흐르니까 형에게 손을 댄 순간 나까지 감전된 거야. 그래서 기절했지. 정신을 차렸더니 닐스 형이 숲속으로 뛰어가고 있는 게 보였어. 난 형을 깨우려고 했지만 형은 깨지 않았지. 닐스 형이 도움을 구하러 간 거라고 생각했어. 그래서 나도 따라 달려갔지. 별장에 도착해서야 닐스 형을 따라잡았어. 그런데 닐스 형은 해먹에 누워버렸고 난 도저히 뭐가 어떻게 되어가고 있는지 이해할 수가 없었어."

"그래서?" 베냐민이 물었다. "그다음에 어떻게 했는데?"

"베냐민 형에게 다시 돌아가야 한다고 소리를 질렀지. 하지만 닐스 형은 싫다는 거야. 공황 상태가 되어서 엄마 아빠를 찾아다니는데 어디 있는지 보이지도 않고. 그래서 나 혼자 변전소로 돌아갔어."

"아니야, 그럴 리가 없어. 변전소에서 깨어났을 땐 나밖에 없었어."

"그거야 내가 길을 잃었으니까. 형을 찾으려고 미친 듯이 달리다가 완전히 길을 잃었어. 형이 어디 있는지도 몰라, 집으로 돌아가려면 어떻게 해야 하는지도 몰라."

베냐민은 주먹으로 이마를 짚는다.

"기억 안 나?" 피에르가 말한다. "형이 몰리를 데리고 집에 돌아갔을 때 난 그 자리에 없었잖아. 숲속에서 형을 찾아다니고 있었으니까."

베냐민은 눈을 감는다. 미드소마 전날. 그가 몰리를 안고 집으로 돌아간다. 죽은 몰리는 돌계단 앞 마당에 누워 있다. 어머니가 몰리를 안아 올리다가 그대로 쓰러져 버린다. 몰리를 안고 비명을 지른다.

닐스.

그래, 닐스 형은 멀찍이 거리를 두고 호수로 내려가는 비탈에 선 채 말없이 이 모습을 바라보고 있다. 어머니가 베냐민을 올려다본다. 아주 사소한 부분들이 기억난다. 어머니의 윗입술과 아랫입술 사이에 늘어져 있던 한 줄기 콧물 같은 것. 열린 가운 틈으로 어머니의 하얀 가슴이 들여다보인 것도. "무슨 짓을 한 거야?" 어머니는 베냐민을 향해 분노와 절망을 오가는 고함을 계속해서 질러댔다. "무슨 짓을 한 거냐고!"

그런데 피에르는 어디 있지? 피에르를 찾아보지만 그는 어디에도 보이지 않는다.

"넌 거기 없었구나." 베냐민이 말한다.

"그래, 난 숲속을 뛰어다니고 있었어. 그러다가 결국은 포기하고 바위에 걸터앉았지. 한참 뒤에 엄마의 비명이 들렸어. 생전 처음 듣는 목소리로 '무슨 짓을 한 거야, 무슨 짓을 한 거냐고?' 이 말만 반복해서 외치고 있는 거야. 그래서 난 비명이 들리는 쪽으로 달렸어. 집에 도착했더니 모든 게 난장판이 되어 있었지. 완전히…." 피에르는 고개를 설레설레 저었다. "혼돈 그 자체."

"그래." 베냐민은 식탁 위를 내려다본다. "그다음에는 어쨌는데?"

"기억 안 나. 씻고 싶었던 것만 기억나. 엄마 아빠한테 들키기 싫었거든. 나도 손이랑 팔에 화상 입고. 몇 주나 갔었잖아."

"몰라. 기억 안 나."

"욕실에서 손을 씻는데 피부가 벗겨지는 거야. 그 자리에 서서 세면대에 떨어지는 피부 조각조각을 내려다보는데, 바깥에서는 엄마가 비명을 지르고 있지. 귀가 터지는 줄 알았어. 전쟁이라도 난 것처럼."

"전혀 몰랐어. 네가 날 구하러 왔던 줄 몰랐어. 날 찾아다닌 줄도 몰랐어."

그 말에 피에르는 어깨만 으쓱한다.

"왜 이런 이야기를 한 번도 안 한 거야?"

"아는 줄 알았어." 피에르가 대답한다. "또 부모님이 형 상태가 안 좋다면서, 그날 있었던 일은 형 앞에서 이야기하지 말라고 하셨지."

그 장면들이 문득 베냐민의 머릿속으로 밀려들어 온다. 그가 몰리를 안고 비틀거리며 숲속을 걸었던 장면, 잠잠한 호수를 바라보았던 장면, 별장으로 돌아왔던 장면이. 돌계단 위에 선 어머니가 보인다. 반쯤 벌린 입, 공허한 눈, 눈앞에 펼쳐진 상황을 이해하기 직전의 순간이다. 거기에 이제는 숲속에 있는 어린 남동생의 모습까지도 떠올릴 수 있다. 동생이 길을 잃고 포기했을 때, 소나무 숲을 뚫고 어머니의 비명이 들려온다. 그러자 그 어린 소년이 화상 입은 두 팔을 몸 옆에 축 늘어뜨린 채 다시 집을 찾아 달린다. 어머니가 내지르는 슬픔의 절규가 이끄는 길을 따라, 집으로 달려가는 일곱 살짜리 소년이 있다.

베냐민과 피에르는 일어서서 재킷을 입는다. 닐스 몫의 햄버거는 피에르가 챙긴다. 식탁에서 떠나면서 베냐민은 피에르가 깔끔한 피라미드 모양으로 쌓아놓은, 자기혐오의 작은 징후처럼 보이는 감자튀김 끄트머리들을 쳐다본다.

모두 차에 오른다. 닐스가 가져온 냉동식품이 녹아서 차 안에서는 소고기 피에로기 냄새가 희미하게 풍긴다. 그들은 점점 좁아져 시골길로 이어지는 고속도로를 달린다. 무스 울타리는 여기서 끝이 난다. 고속도로는 점점 좁아지고, 갈수록 상태도 나빠진다. 얼기설기 때운 아스팔트와 예기치 못할 때 나타나는 움푹 파인 구덩이, 그리고 도로 위로 납작하게 눌려 붙은, 로드

킬을 당한 동물의 피투성이 사체. 간간이 목재를 실어 나르는 은색 화물차가 나타나는 것 말고는 반대쪽 차선은 텅 비어 있다. 라디오 기지국이 하나씩 사라진다. 그들은 스웨덴 반대쪽, 숲속으로 점점 더 깊이 들어가고 있고, 대화는 점점 더 잦아들고, 마침내 시골의 도로를 벗어날 무렵엔 다들 말이 없다. 그들은 또다시 웜홀을 통과하고 있다.

15장

| 졸업 파티 |

아빠는 창가에 서서 광장을 내려다보고 있었다. 손목시계를 확인한 뒤 식탁으로 돌아와 앉아 무릎 위를 내려다보았다. 아빠는 옷을 차려입고 있었다. 피부색과 구분되지 않는 살구색 로퍼를 신고, 정장 바지는 언제나처럼 주름지지 않게 마지막 순간에 입을 요량으로 부엌에 걸어두었는데, 행사가 있는 날의 아침이면 몇 시간이고 집 안을 속옷 차림으로 돌아다니는 바람에 닐스와 엄마가 질색하는 버릇이었다. 아빠는 낡아서 찌그러진 데다가 누렇게 변색된 학생모를 쓰고 있었다.

"젠장." 아빠는 다시 창가로 돌아가서 광장을 내려다보려고 유리창에 얼굴을 바짝 붙였다. 베냐민은 만약 누군가 광장에서 우연히 이쪽을 올려다본다면 아빠의 모습이 어떻게 보일까 하는 생각을 해보았다. 양손을 유리에 대고 볼을 짓누른 채 눈을 크게 뜨고 아래쪽을 내려다보는 모습이겠지. 동물원의 우리 속에 갇혀 있다는 사실을 이제야 깨달은 동물처럼.

"말이 돼? 제 졸업 파티에 늦는 놈이 어디 있냐?"

그날 아침, 온 가족이 졸업식 전통대로 닐스를 비롯한 졸업생들을 맞이하려 학교 운동장에 모여 기다렸다. 아빠는 피에르와 베냐민도 졸업식 행사에 참여할 수 있게 학교를 하루 빠져도 된다고 허락해 주었다. 졸업식은 중요한 행사였으니까. 피에르는 닐스가 세 살 때 유아용 변기에 앉아 카메라를 보고 웃고 있는 사진을 플래카드 삼아 들고 있기로 했다. 그 사진을 보면 베냐민은 엄마가 자주 이야기하곤 하는 가족의 일화 하나가 떠올랐다. 어느 날 피에르가 용변을 보고 난 뒤에 베냐민이 변기를 비워주었다는 이야기다. 화장실에 가보니 베냐민은 엄마의 표현대로라면 마치 "무슨 닭고기 케밥처럼" 피에르의 똥을 한 손에 들고 있었다고 한다. 그 이야기를 하면서 엄마는 소리 없이 한참을 웃었고, 베냐민은 이 이야기가 나올 때마다 자리를 피해버리곤 했다.

비가 내리기 시작하자 모여 있던 가족들은 커다란 우산 아래로 옹기종기 모였다. 교장 선생님 직한 말 많은 남자가 확성기를 들고 나와서는 10부터 1까지 카운트다운을 했고, 카운트다운이 끝나는 순간 문이 활짝 열리며 졸업생들이 조그만 아스팔트 운동장으로 쏟아져 나와 야단법석을 떨며 자기 가족을 찾아 달렸다. 닐스만 빼고 모두가. 베냐민은 곧바로 닐스를 찾아냈다. 형은 미소를 지은 채 차분한 걸음으로 유아용 변기에 앉은 자기 사진을 향해 똑바로 다가오고 있었다.

"축하한다!" 닐스가 다가오자 엄마는 망설이듯 한 주먹을 휘두르며 외쳤다. 엄마와 아빠가 닐스를 끌어안아 주었다. 형의 목에 걸린 파란색과 분홍색 리본에는 꽃나무 가지, 곰 인형, 조그만 샴페인 병들이 매달려 있었다. 다른 사람들의 사랑으로 묵직해진 가슴, 형을 응원하는 사람들이 있다는 증거이기도 했다. 베냐민으로서는 집, 그들이 사는 아파트에서 언뜻 엿본 것이 고작인 우정 말이다. 닐스는 학교에 갔다 돌아오면서 친구를 데리고 올 때가 많았고, 때로는 네다섯 명이나 되는 친구들이 건물 입구로 몰려들어 왁자하게 복도를 걸어오기도 했다. 닐스는 얼른 친구들을 자기 방에 밀어 넣고 문을 닫았지만 베냐민은 지나치는 형의 친구들, 여드름으로 얼굴이 폭발할 것 같은, 다리가 너무 길어 갈비뼈 밑에서 바로 허벅지가 시작되는 것만 같은 거대하고 말없는 인간들을 유심히 관찰했다.

닐스는 성적표가 담긴 갈색 봉투를 가지고 왔다. 아빠가 봉투를 열고 결과를 보는 순간, 그곳 학교 운동장에서 핵폭탄 같은 실망감이 폭발했다. 아빠는 엄마에게 성적표를 건넨 뒤 엄마의 어깨너머로 성적을 한 번 더 읽어보며 예상대로라는 듯 고개를 주억거렸다. 아빠는 종이를 접어 가슴 안쪽 주머니에 집어넣었지만, 베냐민은 부모님의 눈에 자리 잡은 낙담을 볼 수 있었다. 어쩌면 닐스의 성적이 부모님이 동생들에게 떠들어 댄 것만큼 대단치 않을지도 모른다는 가능성은 지난 봄 내내 느껴왔다. 닐스는 학교 친구들과 트럭에 타고 마을을 돌며 퍼레이드를 해야 한다며 금세 가버렸다. 최대한 일찍 오겠다고 약속하고 작별 인사를 나눈 뒤, 닐스는 곧장 친구에게로 가서 서로를 끌어안았다. 그 바람에 각자가 목에 걸고 있던 샴페인 병들이 부딪쳐 쩔렁거렸다. 두 사람은 어깨동무를 한 채로 트럭 앞에 길게 늘어선 줄로 다가갔다. 트럭에는 잎이 무성한 자작나무 가지와 천이 걸려 장식되어 있었고, 옆면에는 스프레이 페인트로 되바라진 문구가 쓰여 있었다. 인파 속으로 사라지는 닐스를 향해 아빠가 외쳤다.

"우린 집에서 기다리마!"

그다음에는 엄마가 담뱃불을 붙였고, 모두 우산을 쓴 채 집을 향했다. 통근열차 철로 아래 터널을 지나 큰길을 향해, 작은 가족은 시위대라도 되듯이 허공에 플래카드를 든 채 광장을 가로질렀다.

그게 두 시간도 전의 일이었고, 그때부터 아빠는 사라진 아들이 행여나 보일까 수시로 창밖에 눈길을 주며 이리저리 돌아다녔다. 간이식탁으로 다가가 음식을 확인하기도 했다. 얇게 썬 모르타델라 소시지와 순무가 몇 접시 있었다. 럼피쉬 캐비아를 올린 데블드 에그• 네 개. 그리고 핀란드산 에멘탈 치즈만 따로 담은 접시도 있었다. 에멘탈 치즈는 닐스가 가장 좋아하는 음식으로, 오늘 파티의 메인이었다. 닐스는 저녁마다 TV 앞에 앉아서 치즈를 한 조각 잘라 버터를 두껍게 바른 다음 둥글게 말아 한입에 집어넣는 걸 좋아했다. 기름진 치즈와 기름진 버터를 함께 먹는 걸 보는 것만으로도 속이 부대껴 왔던 피에르와 베냐민은 그럴 때마다 우웩 소리를 내며 거실을 떠나버렸다. 그러면 닐스는 어두운 거실, TV에서 나오는 차가운 빛 속에 혼자 앉아 치즈를 잘라 먹곤 했다.

엄마는 소파 위에 웅크려서 테이블 쪽으로 몸을 뻗는 수고

• 완숙으로 삶은 달걀을 세로로 잘라 노른자를 빼낸 뒤, 노른자에 여러 재료를 섞어 흰자의 속을 채운 애피타이저

를 할 필요 없도록 무릎 위에 재떨이를 놓은 채로 담배를 피우고 있었다. 잡지를 읽던 엄마는 아빠가 은 식기를 만지작거리다가 바닥에 포크 하나를 떨어뜨리자 고개를 들었다.

"샴페인은 냉장고에 넣어둬요. 벌써 미지근해졌겠다." 엄마는 그 말을 남기고 다시 잡지를 읽었다.

학생들을 잔뜩 태운 트럭이 광장으로 들어오며 별안간 음악이 울려 퍼지자 아빠는 황급히 창가로 다가가 유리에 얼굴을 바짝 대고 바깥을 보았다. 그러나 트럭이 시야에서 사라져 버리자 아빠는 "젠장." 하고 내뱉더니 자세를 바꾸었다. 베냐민의 귀에 엘리베이터가 그들의 집이 있는 층에 멈춰 서는 소리, 문을 따고 들어오려는 열쇠가 짤랑거리는 소리가 났다.

"형 왔네요." 베냐민이 말했다.

"아냐, 아니야. 닐스가 탄 트럭이 아니었어." 아빠는 바깥만 보면서 말했다.

그때 문이 열리더니 닐스가 "저 왔어요!" 하고 외쳤다.

아빠는 문 쪽으로 달려갔다.

"잘 왔다!" 아빠가 고함을 치더니 고개를 돌렸다. "베냐민." 아빠는 목소리를 낮추더니 형에게 인사하라는 시늉을 했다. 아빠가 다시 고개를 돌려 "피에르!" 하고 부르자 피에르가 곧장 방에서 나왔다.

"죄송해요. 트럭이 시내를 온통 누비고 다니는 바람에 중간에 내릴 수가 없었어요."

닐스의 말에 아빠는 "괜찮다." 하더니 샴페인 병을 들어 장미 껍질을 뜯어내듯 은박지를 벗긴 다음 샴페인이 터질 때를 대비해 병을 멀찍이 들고 얼굴을 찌푸린 채로 코르크를 돌려댔다.

"핑크 샴페인이란다!" 아빠가 외쳤다.

다섯 식구는 거실 한가운데 모여 아빠가 샴페인 잔 세 개를 채우는 모습을 지켜보았다. 아빠는 안경을 벗은 뒤 잔의 테두리를 톡톡 두드리고 헛기침을 했다.

"우리 뛰어난 졸업생을 위해 건배하자." 아빠는 잔을 높이 들었다. "우린 네가 정말 자랑스럽다."

엄마, 아빠, 닐스가 잔을 부딪치더니 샴페인을 들이켰다.

"너무 미지근해." 그러더니 엄마가 베냐민을 향해 "얼음 좀 갖다주겠니?" 했다.

피에르가 자기 접시에 데블드 에그를 하나 담자 아빠가 마음에 안 든다는 듯 야단을 쳤다. "제발, 오늘만큼은 닐스 형한테 양보해라."

"괜찮아요. 피에르가 먼저 먹어도 돼요." 닐스의 다정한 말투는 귀에 설어서 가짜 같았다.

15분 뒤 닐스는 또다시 외출 준비를 했다. 친구들을 만난 뒤 저녁에는 파티에 간단다. 그는 복도에 서서 신발을 신으려고 허리를 굽혔고 아빠는 부엌 입구에 서 있었다.

"닐스." 그러더니 아빠가 에멘탈 치즈 접시를 흔들어 보였다. "안 먹으면 후회할걸."

"와, 맛있겠네요."

"다녀오거든 오늘 밤에 같이 먹게 남겨놓으마. 오늘이 네 마지막 밤이잖니."

"좋아요." 닐스가 대답했다.

문이 닫히더니 닐스는 가버렸다. 아빠는 그 자리에 서서 문을 바라보며 가만히 서 있었다. 그다음에는 학생모를 벗어 복도 테이블 위에 두더니 방으로 들어갔다. 그렇게 또다시 닐스가 집에 들어오기만을 기다리는 시간이 시작됐다. 내일 아침이면 닐스는 중앙아메리카에서 9개월 동안 자원봉사를 하러 떠나기로 한 터여서 한 시간 한 시간이 소중했다. 베냐민은 졸업하자마자 이렇게 곧바로 집을 떠나는 건 단 하루도 필요 이상으로 집에 머물고 싶지 않다는 마음을 피력하는, 엄마 아빠에 대한 위험한 도발이라고 받아들였다. 하지만 엄마 아빠는 잠시 휴식 기간을 가지면서 생각을 정리하고 세상 구경을 하고 싶다는 닐스의 말을 믿는 것 같았다. 베냐민은 아이들의 침실로 향하는 복도를 걸어 조심스레 닐스의 방문을 열었다. 여행 가방 세 개는 이미 다 챙겨서 차곡차곡 쌓여 있었다. CD 보관대도, 책꽂이도 텅 비어 있었다. 벽에는 예전에 닐스가 영화 포스터를 붙여두느라 사용한 접착제 때문에 대칭으로 남은 기름 자국 말고는 아무것도 없었다. 완전히 끝난 것이다. 닐스는 봄에 집으로 돌아오겠다고 했지만, 방을 이렇게 철저히 비운다는 건 영영 떠난다는 의미라는 걸 베냐민은 알았다.

베냐민은 자기 방으로 갔다. 오후였지만 저녁처럼 느껴졌다. 엄마는 다시 소파에 앉아 잡지를 읽고 있었고, 아빠는 서재의 안락의자에 앉아 독서 중이었다. 베냐민은 침대에 누웠다. 잠깐 눈을 감는다는 것이 잠들어 버렸다. 눈을 뜨자 깜깜했다. 라디오 겸용 시계를 보았다. 10시 12분. 창문을 열어두고 잠든 탓에 한기가 느껴졌고, 몸을 일으켜야겠다는 생각이 들었지만 도저히 일어나지지가 않았다. 그는 집 안에서 나는 소리에 귀를 기울였다. 거실에서 TV 소리가 났지만 말소리는 들리지 않았다. 닐스 형은 집에 왔을까? 갑자기 엄마의 찢어지는 듯 높은 목소리가 들렸다.

"그거 그만 좀 안 할래?"

아마 피에르가 또 얼음을 씹어 먹은 것일 테지. 엄마가 싫어하는 줄 알면서도 피에르는 그 습관을 버리지 못했다. 거실을 나온 피에르가 쪽모이 마루를 지나 자기 방으로 들어가는 발소리가 들렸다. 다시 방을 나서는 소리가 나더니, 다음 순간 피에르는 베냐민의 방 문간에 서 있었다. 그는 손가락 사이에 담배를 끼운 채로 거침없이 방 안에 들어와서는 베냐민의 방과 이어진 작은 발코니로 나갔다. 얼마 전부터 몰래 담배를 피우기 시작한 피에르는 점점 더 대담해졌다. 때로 엄마가 불시 점검 삼아 피에르의 손가락 냄새를 맡아보았지만, 그는 걸리지 않으려고 담배를 피울 때마다 손에 식초를 몇 방울씩 떨어뜨렸다. 늘 가방 안에 식초병을 가지고 다니다가 집에 돌아오는 길의 엘리베이터 안에서 손에 발랐다. 그래서 계단에서도, 피에르의 옷에서도 언제나 톡 쏘는 식초 냄새가 진동했다. 엄마는 끝까지 알아차리지 못했지만, 한 번은 엄마가 영문을 모르겠다는 듯이 피에르의 방에 들어갈 때마다 음식 냄새가 난다고 말하기도 했다.

베냐민은 피에르가 발코니에서 능숙하게 담배를 피우는 모습을 바라보았다. 성냥불에 바람이 닿지 않게 한쪽 손을 오므리는 모습, 재킷의 지퍼를 채우는 동안 별일 아니라는 듯이 입술에 담배를 물고 있는 모습, 두 팔을 난간에 걸치고 담배를 빨아들였다가 코로 연기를 내뿜는 모습. 인생의 슬픔을 문득 떠올리며 얼어붙은 것만 같은 눈빛을 할 때, 아니면 창 너머 고층

빌딩들을 바라보며 또 한번 담배를 빨아들인 다음 쓰디쓴 표정을 지을 때마다, 피에르가 훨씬 어른처럼 보였다. 베냐민의 눈에 동생은 더 이상 어린애나 10대 청소년이 아니었다. 수많은 인생 경험을 가진 사람 특유의 무게를 지고 있는 것처럼 보였다. 피에르는 가면 갈수록 베냐민을 피했고, 둘이서 함께 겪은 일들에 관해 대화하려 들지도 않았다. 언젠가 엄마와 아빠가 집 안에서 심하게 언쟁을 벌이다가 점점 격해지는 바람에 몸싸움으로 번진 적이 있었다. 복도를 빠르게 달려가는 소리, 문을 벌컥 열어젖히는 소리. 엄마가 분노한 아빠로부터 도망치려 했던 것이다. 아빠는 문을 열어젖히고는 문틈에 한 손을 집어넣고 고함을 질러대다가 미친 사람처럼 웃었었다. 베냐민은 피에르를 잡아끌어 벽장 안에 함께 들어간 뒤 문을 닫았다. 바깥에서는 싸움에 점점 불이 붙으면서 몸싸움을 벌이는 소리, 고함을 비롯해 도저히 상상조차 하기 어려운 장면들을 베냐민의 상상 속에 불어넣는 그런 소리들이 들려왔고, 두 형제는 벽장 바닥에 앉아 서로를 끌어안았다. 피에르가 울자 베냐민은 동생의 귀를 막으면서 "듣지 마." 하고 속삭였다.

둘은 함께였다.

예전의 둘 사이를 언뜻 떠올리게 하는 순간들이 간혹 있곤 했다. 이른 아침 부엌에서 둘은 잠옷 차림으로 나란히 서서 각자가 마실 우유에 초콜릿 시럽을 짜 넣었다. 그러다 피에르가 시럽을 흘리면 베냐민은 아빠 흉내를 내며 충격적이라는 말투로 "어떻게 이렇게 칠칠치 못할 수가!" 하고 속삭였다. 그러면 동생은 엄마가 갈등을 해결하는 방법을 흉내 냈다. "난 이만 자러 가야겠네요." 둘은 키득키득 웃었다. 자고 일어나 엉망이 된 머리로 다시 입을 다물고 나란히 서서 초콜릿 우유를 젓고 있던 그 순간만큼은 둘은 함께였다.

하지만 그러다 학교에 가면 피에르는 완전히 다른 사람이 되고 말았다. 학교에서 두 아이는 우연히 마주칠 때도 서로 아는 척하지 않았다. 쉬는 시간에, 수업 사이사이에, 복도에서, 사물함 쪽에서 갑자기 싸움이 나는 소리 쪽으로 가보면 피에르가 어느 후배 학생을 벽에 밀어붙인 뒤 위압적인 자세로 몸을 숙여 이마를 맞대고 있는 모습이 보이곤 했다. 베냐민은 그 모습을 자세히 보고 싶지 않았기에 언뜻 보고 지나칠 뿐이었으나, 그때 알게 된 동생의 폭발하기 쉬운 본성이 머리를 떠나지 않았다. 잊을 수가 없었다. 청소년 센터에서 만나는 남학생들한테서, 광장을 몰려다니거나 때때로 지하철에 올라타 열차 한 량을 오도 가도 못하게 해버리는 불량배들한테서 보았던 본성. 베냐민으로서는 이해할 수도, 속할 수도 없는 종류의 남성성이 그들 안에 깃들어 있었다. 그런데 이제 그는 이러한 본성이 자신의 가족이자 갈수록 무분별한 행동을 일삼는, 목공수업에서 만든 표창들을 책가방 속에 넣고 덜거덕거리며 다니는 피에르한테도 있다는 사실을 서서히 이해하기 시작했다. 어느 날 오후 베냐민은 동생이 체육관 뒤에서 친구들과 어울려 담배를 피우며 벽에 표창을 던져대는 모습을 보았다. 또 한번은 동생이 엄마 허락도 없이 제 손으로 머리를 탈색하고 왔다. 어딘가 잘못된 것인지 피에르의 머리는 샛노란 색이 되어버렸고, 그는 바로 다음 날 거의 보라색에 가까운 새까만 색으로 머리를 다시 염색했다. 바뀐 건 고작 머리카락 색뿐인데도 사람들이 피에르를 보는 시선이 달라졌다. 운동장 건너편에서도 눈에 띄는 엄청나게 새까만 머리, 그리고 곧 금방이라도 이쪽을 급습할 태세가 되어 있는 것만 같은 방어적인 눈빛. 복도에서 끊임없이 들려오는, 가방에 넣어온 표창이 날아가 꽂히는 소리며 후배 학생들을 사물함에 밀어붙이는 소리.

베냐민은 쉬는 시간마다 몰래 피에르를 관찰하기 시작했는데, 그렇게 멀리서 동생을 지켜보고 나서야 그는 저 자신의 모습을 보게 되었다. 컴컴하고 혹독하게 추운 한겨울 오후 2시였다. 얼어붙은 아스팔트 위에서 포스퀘어•를 하는 아이들의 입

• 네 구역으로 나눠진 경기장에서 상대방 영역으로 공을 보내며 점수를 얻는 운동

에서 입김이 뿜어져 나왔다. 테니스공을 던지려 해도 눈 범벅이 된 장갑에 공이 들러붙어 떨어지지 않았다. 베냐민은 아주 얇은 재킷을 입고 모자도 쓰지 않은 피에르가 놀이를 하는 아이들 한구석에서 벌겋게 얼어붙은 손을 청바지 주머니에 꽂고 서 있는 모습을 보았다. 베냐민은 문득 화가 치밀었다. 왜 엄마 아빠는 걔한테 더 따뜻한 외투를 안 사준 거지? 왜 걔한테는 모자도 장갑도 없는 거야?

다시 교실을 향해 돌아가던 길에야 베냐민은 자기도 몸이 꽁꽁 얼었다는 사실, 자기가 입고 있는 재킷 역시 동생이 입은 것과 마찬가지로 얇아빠졌다는 사실을 깨달았다. 그는 서서히 모든 단서를 하나로 꿰어 맞췄고, 그렇게 주변을 관찰함으로써 점점 자기 자신을 알아갔다. 불결하기 짝이 없는 집 안. 변기 주변 바닥에는 오줌 방울이 말라붙어서 아빠가 슬리퍼를 신고 화장실에 들어갈 때마다 발에 우둑 밟히는 소리가 났다. 열린 창으로 바람이 들어오면 침대 밑 먼지 덩어리가 슬슬 굴러다녔다. 아이들 방의 침구는 누렇게 변하기 전까지는 갈지 않았다. 개수대에는 더러운 접시가 잔뜩 쌓여 있고, 수도꼭지를 틀면 접시 사이사이에 숨어 있던 날파리들이 날아올랐다. 욕조에는 부둣가에 남는 조수 간만의 흔적처럼 둥그렇게 때자국이 묻어 있고, 복도 신발장 옆에는 쓰레기 봉지가 무더기로 쌓여 있었다.

베냐민은 집뿐 아니라 그 안에 사는 사람들도 마찬가지로 더럽다는 사실을 깨닫기 시작했다. 남들과 자신을 비교하다 보니 차츰 퍼즐 조각이 맞춰졌다. 수업 시간에 베냐민은 샤프로 손톱 밑의 때를 긁어냈다. 시간을 때우기 좋을 뿐 아니라 결과가 금세 나타나는 것도 좋았다. 금속 촉으로 손톱 밑을 살살 긁으면 더러운 때가 쏙 밀려 나왔다. 그렇게 빼낸 손톱 때는 책상 위에다 모아두었다. 하지만 어쩌다 친구들의 손톱을 보면 다들 깨끗했다. 누군가가 손을 관리해 주고 손톱 밑이 깨끗한지, 손톱은 잘 깎았는지 확인하는 모양이었다. 수업 시간에 종종 베냐민의 책상 위로 몸을 기울이던 미술 선생님은 입에서는 커피 냄새가, 스웨터에서는 사과 향의 세제 냄새가 풍기는 사람이었다. 한번은 선생님이 베냐민더러 수업 후 잠시 남으라고 했다. 그는 베냐민의 책상 옆에 쪼그리고 앉더니, 지난번에 도와주느라 가까이 왔더니 너한테서 땀 냄새가 심하게 나더라며, 간섭하고 싶지는 않지만 너 역시 10대 아이들이 어떤지 알 것이다, 그들은 상대에게 못되게 굴 기회를 호시탐탐 노리고 있다, 그러니 언젠가는 친구들이 너의 몸에서 냄새가 난다고 놀리게 될 거라고 했다. 베냐민은 미술 선생님 말을 새겨들었다. 양말과 속옷은 매일 갈아입기. 샤워도 매일 아침 하기. 그날 저녁 베냐민은 자신의 위생 상태를 확인했다. 아무도 안 볼 때 셔츠 안에 손을 넣어 겨드랑이 밑을 훔친 다음 손가락 냄새를 맡아보았다. 처음으로 자신의 땀 냄새를 맡아본 것이다. 그 순간, 남들 눈에 자기가 어떻게 보이는지 확실히 알 수 있었다.

바깥 발코니에서 피에르는 엄지와 중지로 담배를 털었다. 담뱃불은 반딧불이처럼 난간 너머로 날아갔다. 피에르는 방 안으로 들어와 발코니 문을 조용히 닫은 뒤 몇 발짝 만에 방 안을 가로질러 다시 나가버렸다. 동생이 떠난 방 안에는 식초 냄새가 남았다.

베냐민은 그대로 침대에 누워 있었다. 주차장의 가로등이 깜박거리더니 하나씩 켜지고, 블라인드 사이로 들어온 불빛이 벽에 좁다란 가로 줄무늬를 냈다. 창턱에 둔 작은 조명은 희미한 점 같은 불빛들을 천장에 흩뿌렸다. 텔레비전의 자연 다큐멘터리에서 본 적 있는, 초록색 바다에 둥둥 뜬 야광 해파리를 닮은 불빛이었다.

그는 교외의 밤이 내는 소리에 귀를 기울였다. 두 마리 개가 서로를 향해 신경질적으로 짖어대는 소리, 젊은 남자들이 지하철을 놓치지 않으려 광장을 가로질러 달리는 소리와 남자들이 웃는 소리가 들렸다. 그리고 반마일쯤 떨어져 있는 큰 고속도로에서 들려오는, 희미하지만 더 커다란 소음도. 자리에서 일어나야 할 것 같았다. 오후와 저녁이 통째로 흘러가 버렸다. 피곤하고 졸렸지만 이렇게 많이 자다니 조금 이상했다. 침대에서 몸을 일으켜 앉은 뒤 서서히 일어서자 오한이 느껴져 벽장으로 가서 스웨터를 꺼냈다. 문밖에서 아빠가 잘 준비를 하는 기척이 들렸다. 아빠는 집 안에서 일어나는 일들을 단 한순간도 놓치고 싶지 않다는 듯 복도로 나와서 양치질을 했다. 아빠는 큰 욕실 옆에 딸려 있는 작은 화장실에 들어가서는 당신이 볼일 보는 소리가 너무 크다는 사실을 뒤늦게 깨달았다. 그제야 마치 다른 누가 화장실 문을 열어놓기라도 한 것처럼 짜증스레 문을 쾅 닫았다. 세면대에 침을 몇 번 뱉는 소리, 물을 트는 소리. 그렇게 잘 준비가 끝났다. 복도를 걷는 묵직한 발소리가 들렸다. 반쯤 열린 문틈으로 아빠가 잠옷을 입고 지나가는 모습이 보였다. 아빠는 걸음을 멈추더니 고개를 숙이고 바닥을 내려다보았다.

"잘 자요!" 아빠가 집안을 향해 외쳤다.

"잘 자요." 거실에서 엄마가 대답하는 소리가 들렸다.

아빠는 그 자리에 잠시 더 서 있었다. 마치 엄마의 말투 속에 혹시라도 아빠와 함께 조금 더 시간을 보내고 싶다거나 샌드위치를 곁들여 술 한잔하자거나 말하고 싶은 기색이 있는지 찾는 것 같았다. 그러나 짤막하고 퉁명스러운 엄마의 대답에 아빠도 오늘 밤엔 그럴 기회가 없다는 사실을 깨달은 모양이었다. 아빠가 자기 방에 들어가는 소리가 들렸다. 몇 년 전부터 엄마 아빠는 각방을 썼다. 엄마 말대로라면 아빠가 코를 시끄럽게 골아서 그렇단다. 베냐민은 어둠 속에 누운 채 반복되는 익숙한 소리에 귀를 기울였다. 엄마가 곧바로 텔레비전 볼륨을 낮추고 집안 조명을 하나하나 끄자 거실이 어두워졌다. 엄마는 아빠가 잠자리에 들기만 하면 매번 이렇게 했는데, 불을 켜 놓거나 소리를 내면 잠을 못 이루고 30분 뒤 일어난 아빠가 말동무를 찾아 방 밖을 탐욕스러운 눈길로 내다보기 때문이었다. 그때마다 엄마는 순식간에 텔레비전을 껐고 거실은 칠흑같이 어두워졌다. 아빠는 거실까지 아예 나오는 법은 없었다. 복도로 몇 발짝 내딛다가 걸음을 멈췄다. 그러다가 다시 방으로 돌아갔다. 엄마는 어둠 속에 잠시 더 앉아 있다가 다시 텔레비전을 켰다.

베냐민은 눈을 떴다. 침대에 누워 있었는데, 다시 누운 기억이 없었다. 그사이 잠이 들었나 보다. 라디오 겸용 시계를 향해 몸을 뻗어 시간을 확인했다. 12시 12분. 엘리베이터가 움직이는 소리가 들리자, 베냐민은 깜깜한 엘리베이터 통로 속에서 위로 끌려 올라오는 작고 외로운 철제 상자를 상상했다. 그는 밤이면 가만히 누워서 건물 엘리베이터가 작동하는 소리를 듣곤 했다. 그는 엘리베이터가 내는 소리들을 하나하나 알아들을 수 있었다. 문이 닫히는 소리, 엘리베이터가 움직이는 소리, 누가 실수로 비상 버튼을 누르는 바람에 얼빠진 듯 비상벨이 울리는 소리, 엘리베이터가 도착할 때 나는 작게 쿵 하는 소리. 분명 닐스 형이겠지. 그 순간 베냐민은 오늘이 닐스가 집에 돌아오는 익숙한 소리를 듣는 마지막 밤이라는 사실을 깨달았다. 엘리베이터에서 내려 집을 향하는 나직한 발소리, 논리적인 성격을 보여주듯 엘리베이터에서 내리기 전부터 열쇠를 찾는 쩔렁거리는 소리. 닐스는 늘 준비되어 있고 싶어 하는 사람, 열쇠를 찾아 뒤적이느라 문 앞에서 시간을 낭비하기를 싫어하는 사람이었다. 현관문이 열렸다가 닫혔다. 문 너머 노란 불빛 속에 서 있는 형이 보였다. 바깥세상에서 돌아온 형은 반짝이고 있었다. 흐린 6월의 밤. 트럭 짐칸에 올라타고 쏘다니는, 쌀쌀한 야외 파티에서 맥주를 들이켜고 덤불 속에서 서로의 몸을 더듬는, 열차 플랫폼에서는 텅텅 빈 소리가 울리고 사람이 미어터지는 빨간 버스들이 교외로 쏟아져 들어오는 바깥세상. 도저히 닿을 수 없을 것 같은 빛을 내뿜으며 서 있는 형은 이미 이곳을 떠난 사람이자 한때 이곳에 살았던 전설이었다. 엄마가 형을 맞이하러 나오더니 형을 데리고 부엌으로 갔다. 베냐민의 귀에 두 사람의 대화는 흐릿하게 토막토막 들리는 게 전부였다. 냉장고가 열렸다 닫히는 소리가 나는 걸 보니 에멘탈 치즈를 꺼낸 모양이지? 식탁 앞에 앉으려 의자를 끌어내느라 의자 다리가 바닥을 긁는 소리가 난다. 세 겹의 벽 너머에서 두런두런 들려오는 말소리에서, 두 사람이 나누는 이야기 내용은 알아듣기 힘들지만 말투만은 또렷이 들린다. 부드럽게 발음하는 모음들, 참을성 있는 침묵. 베냐민은 갈수록 차분해지다가, 또 서글퍼진다. 심장이 뛴다. 지금이라도 부엌으로 달려 들어가 닐스더러 떠나지 말아달라고 애걸하고 싶다. 다른 선택지는 없다고, 이곳에 머물러 달라고, 형이 떠나면 앞으로 무슨 일이 일어나게 될지 정말로 모르겠다고 말하고 싶다. 그는 닐스가 집을 떠나는 즉시 무언가가 단숨에, 영영 무너져 버릴 것임을 알았다. 식구 중 한 사람이 사라지면 어떻게 가족이 다시 하나가 될 수 있을까? 그는 닐스가 여행을 떠난다는 것은 베냐민 자신에게도 위험을 초래한다는 사실을 알았다. 형이 사라진다는 건 그의 어깨를 잡고 제자리에 붙들어 주던 손이 현실에서 사라져 버린다는 뜻이었다. 이제 베냐민에게 이 가족이 실제로 존재한다고, 베냐민 역시도 이 가족의 일원이라고 안심시켜 주는 사람이 하나 줄어들 것이다. 저녁 식탁에서 눈빛을 교환하면서 너는 존재한다고, 그 일은 일어났다고 말없이 확인해 줄 사람이.

그는 그대로 누워 있었다. 등이 매트리스를 짓누르는 감각을 느꼈다. 지금 나는 땅에서 얼마나 멀리 떨어져 있는 걸까. 3층. 10미터, 어쩌면 12미터. 만에 하나 건물이 무너져 콘크리트를 뚫고 추락한다면 이 높이에서는 살아남지 못할 것이다. 그는 천장을 보고 누운 채로 무언가 매달릴 것을 찾아 이불이며 베개를 그러쥐었다. 그러지 않으면 천장을 향해 날아가 버릴 것 같아서. 시속 100미터의 속도로 자유낙하해 그대로 물속, 야광 해파리가 있는 곳으로 날아가 버릴 것 같아서.

일어나야 했다, 달려 나가야 했다. 그러나 그 어떤 상황에서도 방해해선 안 될 대화가 이루어지는 지금 어떻게 그럴 수 있을까? 지금 엄마와 닐스 형이 하고 있는 것과 같은 대화가 식구들 사이에서 이루어질 수 있게, 그래서 서로 사랑할 수 있게, 모든 게 괜찮아질 수 있게, 상황을 낫게 만드는 것이야말로 베냐민이 할 일이었다. 벽을 타고 낮게 전해지는 따뜻한 말들, 낙관으로 가득한 부드러운 노랫소리, 충만한 사랑 때문에 베냐민은 차마 침대에서 일어날 수가 없었다. 닐스가 무슨 말을 하자 엄마가 웃는 소리가 들렸다. 그러다가 또 다른 소리가 들렸다. 문 여는 소리. 아빠가 일어났구나! 오늘도 자다 깨어 말벗 삼을 사람을 찾아 집 안을 돌아다니려고. 그러나 화를 내거나 고함을 지르는 소리가 들리지 않는 걸 보니 엄마는 아직 아빠가 깬 걸 모르는 것 같았다. 부엌에서 이루어지는 대화는 아직까지도 화목하고, 차분하고, 친밀했다. 그러다가 알 수 없는 소리가 났다. 쪽모이 마루 위로 무언가 굴러가는 소리가 들리더니 복도를 지나가는 닐스가 문틈으로 보였다. 닐스가 여행 가방 여러 개를 끌고 나가고 있었다. 이해되지 않는 일이었다. 형은 내일 떠나기로 했잖아? 다 함께 아침을 먹고 나서 헤어지기로 했잖아? 무슨 일이지?

시계를 보았다. 7시 20분.

일어날 시간이었다!

이제 잠옷 차림이 아니라 완전히 옷을 차려입은 아빠가 베냐민의 방 밖을 지나갔다.

"다 챙겼니?" 묻는 소리가 들렸다.

"네." 닐스가 대답했다.

여행 가방을 옮기는 소리, 문이 열리는 소리. 베냐민은 비명을 지르고 싶었지만 아무 말도 나오지 않았다.

"잘 가라, 내 아들." 아빠가 말했다. "몸 잘 보살피고. 시간이 나면 전화하려무나."

그렇게 문이 닫혔다.

16장

| 오전 8시 |

하늘에 구멍이 뚫린 듯 폭우가 미친 듯 쏟아져 차를 휩싼다. 곧이어 강풍이 잇따른다. 갑작스레 하늘이 어두워지는 모습, 호텔 건물 위 깃대에 달린 삼각깃발이 팽팽해지는 모습, 인도를 걷던 사람이 비바람을 버티려 몸을 숙이는 모습을 보며 베냐민은 강풍의 징조를 읽는다. 도시 하나를 날릴 만한 세찬 바람이자 이름을 붙여 마땅한 그런 종류의 강풍이다.

그리고 강풍은 도착했을 때만큼이나 금세 지나가 버렸다. 세 형제는 차에서 내리고 폭풍우가 지난 뒤 공기는 맑다. 그들은 묘지를 가로지른다. 묘비에는 흙탕물이 튀어 있고 도랑에는 아직도 물이 흐른다. 그들이 걷고 있는 좁은 자갈길 양옆을 죽은 자들이 가득 메우고 있다. 베냐민과 닐스가 나란히 걷고 피에르는 약간 뒤처져서 죽은 자들의 이름을 크게 읽으며 따라온다. 때로는 형들에게 죽은 이들에 대해 좀 더 자세히 알려주거나 묘비에 새겨진 시를 읽어주기도 한다. 특히 피에르가 관심을 갖는 건 어린 나이에 죽은 자들이다.

"열두 살이라니!" 피에르가 외친다.

묘비를 눈여겨보며 걷던 그는 걸음을 멈추고 뒤에서 또 한 번 소리를 지른다.

"이런, 젠장, 여기 일곱 살짜리도 있어!"

낮은 담장 너머에 회색 콘크리트 건물이 하나 있다. 화장장이다. 오래전 베냐민도 학교 체험학습 삼아 화장장에 가본 적 있었는데, 그때 영영 잊지 못할 것들을 보았다. 관을 태우기 전에 보관하는 냉장실과 냉동실을 보았다. 나란히 줄을 서서 사라지길 기다리는 시체들. 공장이라도 되듯 지게차로 이리저리 옮겨지던 관들. 직원들이 시신을 옮기면서 이곳이 마치 과일 도매시장이기라도 한 것처럼 자기들만 아는 전문 용어를 쓰면서 웃고 고함지르는 모습. 아이들은 화장로에서 뿜어져 나오는 뜨거운 열기와 노란 불빛을 받으며 줄을 서서 관이 불 속으로 들어가는 모습을 지켜보았다. 조그만 유리창을 통해 나무와 천과 살을 하나로 녹이고 파괴하는 성난 불꽃을 바라보았다. 화장장 관리자는 학교 급식에서 쓰는 큰 그릇처럼 생긴 스테인리스 스틸 용기와 유해를 퍼내는 기다란 손잡이가 달린 삽을 가져왔다. 화장로 옆에는 불에 타지 않은 물질들을 넣어두는 바구니가 있었다. 치아를 때웠던 아말감, 관을 고정했던 못 같은 것들. 직원은 마치 사탕 봉지라도 되는 양 바구니를 내밀어 아이들에게 보여주었다. 베냐민은 골반 뼈에 박았던 나사, 보철물, 인슐린 펌프와 심박 조율기 잔해 같은 죽음이 남긴 잡동사니가 재에 덮인 것을 보았다. 직원이 아이들에게 지금부터는 보고 싶지 않으면 보지 않아도 된다고 하자 아이들 몇몇은 고개를 돌려 벽을 쳐다보았지만, 베냐민은 관리자가 남은 유골을 긁어모아 용기에 집어넣는 모습을 유심히 바라보았다. 원래의 모습을 알 수 있을 만큼 멀쩡한 뼈들도 있었다. 관리자는 삽으로 큰 뼛조각들을 분리했다. 이 용기에 담긴 뼈가 분쇄기로 들어갔다가 고운 가루가 되어 유골단지에 들어가자, 베냐민은 유골단지 안에 들어가는 것이 지금까지 생각했던 것처럼 재가 아니라는 사실을 그제야 깨달았다. 그건 뼈를 부순 가루였다.

세 형제는 화장장 입구로 들어간다. 로비처럼 생긴 작은 대기 공간이 있지만 카운터에는 아무도 없다. 피에르가 호출 벨을 누르자 어딘가 먼 곳에서 벨이 울린다. 베냐민은 주변을 둘러본다. 마치 일터인 동시에 사적인 공간인 것 같은, 사무실이자 휴게실 같은 공간이다. 카운터 위에는 펼쳐진 연감과 물어뜯은 흔적이 남은 연필이 놓여 있고, 벽에는 하키 팀의 사진이 걸려 있다. 화장장 안쪽 공간에서 한 남자가 나오는 순간, 이곳에서 죽음을 취급하는 방식은 검은 옷을 입은 늘씬한 직원들이 남편을 잃은 아내에게 커피를 내어주는 장례식장에서 하는 것과는 상당히 다르다는 것을 알 수 있다. 남자는 옆면에만 간신히 원래의 색이 남아 있는 청바지 차림으로 열쇠 꾸러미를 쩔렁이며 다가온다.

"어머니의 유골을 받으러 왔습니다." 닐스가 노트북 가방에서 서류철을 꺼내 카운터에 서류를 올려 놓고 그중 하나를 남자에게 주자 그는 컴퓨터에 뭐라 입력하기 시작한다.

침묵.

"예, 여기 있네요. 하지만 오늘 오후에 매장하는 일정이 아니었습니까?"

"아니오. 변동사항이 있었습니다." 남자의 말에 닐스가 대답한다. "오늘 아침에 매장을 취소해 달라고 전화했었는데요."

"이상하군요. 여긴 그런 내용이 없네요."

"확인도 받았습니다."

남자는 컴퓨터에 무언가 입력하면서 모니터 쪽으로 바짝 몸을 기울이고 정보를 찾아본다. 옆방에서 라디오 소리가 들리고, 더 먼 곳 어딘가에서 마치 격납고 안에서 총을 쏘는 소리 같은 텅텅 소리가 메아리치더니 격한 말소리가 뒤따른다. 어쩌면 저곳에 있는 사람들에게 유별난 문제, 예를 들면 관이 너무 커서 화장로에 들어가지 않는 그런 일이 일어난 게 아닐까 하고 베냐민은 상상한다.

"어떤 분과 통화하셨습니까? 저는 아니었어서요." 남자가 말한다.

"기억이 안 납니다. 하지만 조금 전이었습니다."

"정말입니까? 그럴 리가 없는데."

닐스는 다시 종이 무더기를 넘겨서 서류를 여러 장 꺼내 카운터 위에 나란히 늘어놓는다.

"이건 지역 행정위원회에 제출한, 우리가 유해를 수령해서 직접 장례를 치를 것이라는 통지문입니다. 서류를 작성해서 오늘 아침 이메일로도 보냈습니다."

남자는 서류에는 손도 대지 않은 채로 상체만 기울여 읽어본다.

"이건 통지문이 아닙니다. 신청서예요. 지역 행정위원회의 승인을 받으셔야 합니다."

"뭐라고요?"

"갑자기 이렇게 찾아와서 무작정 유해를 가져갈 수는 없어요. 개인적으로 유해를 뿌리려면 신청하시고 허가를 받아야 합니다. 유골을 뿌릴 장소를 밝히고 지도도 첨부하셔야 하고요. 바다에 뿌릴 예정이시면 해도海圖가 필요하고요. 그러면 행정위원회에서 신청서를 확인하고 일주일 뒤에 연락해서 결과를 알려주거든요. 절차는 이렇게 됩니다."

"일주일이나 기다릴 수는 없는데요. 오늘 반드시 해야만 합니다."

"승인 없이는 유해를 내드릴 수 없다니까요."

"일단 서류라도 제대로 읽어보시면 안 되겠습니까? 무슨 수작을 부리려는 게 아닙니다. 그냥 저희가 시간에 좀 쫓겨서 그럽니다."

그러자 남자가 서류를 모아 하나로 쌓으며 말했다. "이 동네에는 이런 말이 있지요. '모든 일에는 때가 있고, 한번에 하나씩 해라.' 다른 일도 아니고 이런 일에선 서두르면 안 되세요."

그러자 닐스가 갑자기 웃음을 터뜨리더니, 서류를 착착 모아 서류철에 집어넣고 닫았다.

"상황을 말씀드리겠습니다. 저희는 원래 오늘 어머니를 묻어드릴 계획이었습니다. 그리고 어제, 저희 형제들은 어머니가 살던 집에 새 입주자가 들어와서 살림살이를 다 내다버리기 전 귀중품이라도 있는지 살피러 갔습니다. 그런데 책상 서랍 맨 위 칸에서 '만일 내가 죽거든 읽거라.' 라고 적힌 편지를 발견한 겁니다."

닐스는 다시 서류철을 열더니 봉투를 꺼내 남자에게 건넨다.

"전부 읽어볼 필요는 없지만, 이 부분만 보시죠." 그가 마지막 단락을 가리킨다.

"여기, 어머니가 여기 묻히고 싶지 않다고 대놓고 쓰셨습니다. 즉 제가 지난 2주를 꼬박 투자해서 준비한 장례식을 어머니께서 원치 않으신다는 겁니다. 오늘 오후 어머니를 이곳에 묻을 수 있다면 다른 누구보다 제가 가장 기쁘겠습니다만, 마지막 소원이라니 들어드리려는 겁니다. 그러니 오늘 매장은 취소하고 유해를 받아가야겠습니다."

남자는 소리 없이 입술을 움직이며 편지를 읽어 본다.

"아하, 이래서 계획이 수포로 돌아갔다는 것이군요."

"맞습니다." 닐스가 대답한다. "고단한 밤이었지요."

"알 만합니다." 남자는 그렇게 말하더니 편지를 다시 닐스에게 돌려주었다. "죄송하지만, 그래도 유해를 드리는 건 불법입니다."

남자는 두 손을 카운터 위에 놓았다. 소매를 걷어 올린 탓에 테두리가 흐릿하게 일그러진 문신들이 드러나 보인다.

"망자에 대한 존중의 문제 아니겠습니까." 남자가 말한다.

방 안은 조용하다. 닐스는 서류철을 내려다본다. 피에르가 앞으로 나오더니 책상 옆, 남자의 맞은편에 선다. 목을 움츠린 피에르의 자세, 목이 졸린 것처럼 잦아든 목소리만으로도 베냐민은 동생이 하려는 일을 예측한다.

"그럼 잠시 유골단지를 보기라도 하겠습니다." 피에르가 말한다.

"그거야 안 될 이유가 없죠." 남자가 대답한다.

"어디 있지요?"

"유해 보관실에 있습니다. 잠시 기다리십시오."

남자는 컴퓨터로 무언가를 검색하더니 숫자 몇 개를 중얼중얼 외우며 일어나서 걸어간다. 뒷방 어딘가에서 열쇠가 짤랑거리는 소리가 나더니 잠시 후 그가 돌아온다. 유골단지는 녹색 구리로 만들어진 것이다. 미끈하고 둥근 모양에, 뚜껑에는 횃불 모양으로 된 작은 손잡이가 달려 있다. 남자가 카운터 위에 유골단지를 내려놓자마자 모든 일이 엄청나게 빠르게 일어난다. 피에르가 유골단지를 낚아채 베냐민에게 넘기더니 카운터 위를 뛰어넘어 가서 남자를 바닥에 쓰러뜨리고 몸으로 그를 제압한다.

"빌어먹을 쥐새끼 같으니."

남자는 일그러진 얼굴로 빠져나오려 몸부림을 치지만 피에르가 팔로 남자의 목을 세게 짓누르고 있다.

"무슨 짓이야, 피에르." 닐스는 동생을 살짝 흘겨보더니 마음을 정했는지 서류철을 집어 들고 돌아선 뒤 바깥으로 나간다. "정신병원이 따로 없네." 그렇게 혼잣말을 남기고는 닐스는 사라진다. 베냐민은 제자리에 서서 꼼짝도 할 수가 없다. 밖으로 나가는 닐스를 보면서도 따라갈 수가 없다. 화장터 직원을 폭행하는 피에르를 보면서도 끼어들 수가 없다. 그가 할 수 있는 일이라고는 제자리에 가만히 서서 눈앞에서 펼쳐진 불가해한 장면을 바라보는 게 전부다. 그는 피에르의 분노를 바라본다. 그게 무슨 의미인지 알 수 없다. 그 분노가 가진 힘이 얼마만큼인지 감을 잡을 수 없고, 피에르가 어떤 짓까지 할 수 있는지 모르겠다. 피에르는 한쪽 무릎으로 남자의 등을 누른 채로 남자의 귓가를 향해 몸을 수그린다.

"우리 어머니가 돌아가셨단 말이야." 피에르가 속삭인다.

"이거 놔요!" 남자가 고함을 친다.

"시끄러워." 피에르가 낮은 목소리로 을러댄다. "우리 어머니가 돌아가셨는데, 우리가 유해를 가져갈 자격이 없다고?"

얼굴이 바닥에 짓눌린 남자가 그대로 엎어져 있는 걸 보니,

피에르가 남자의 관절을 꺾은 게 분명하다. 잠시 후 남자는 저항을 포기한다. 몸부림도 멎는다.

"금방 놔줄 거야." 피에르가 말한다. "제자리에서 꼼짝하지 마. 알았어? 한 발짝이라도 움직이면 또 두들겨 패줄 테니까."

피에르는 손아귀 힘을 서서히 풀고 몸을 일으킨다. 남자는 바닥에 그대로 쓰러져 있다.

"쥐새끼 같은 놈."

피에르는 중얼거리면서 카운터를 뛰어넘어 바깥으로 나오더니 베냐민을 향해 "가자, 형." 하고 말한다.

피에르가 베냐민에게서 유골단지를 받아들자, 둘은 밖으로 나와 부리나케 자갈길과 묘비들을 지나 발걸음을 옮긴다. 비에 흠뻑 젖은 차가 눈에 들어온다. 좁은 길에 허술하게 주차해 놓은 차의 오른편 바퀴들은 인도에, 왼쪽 바퀴들은 묘지에 걸쳐져 있다. 피에르가 트렁크를 열고 안에 유골단지를 집어넣는다. 뒷좌석에 앉은 닐스를 지나치던 베냐민은 형이 시멘트 빛깔 하늘을 멍하니 올려다보고 있다는 사실을 알아차린다. 모두 차에 오르자 차가 출발한다.

"아버지 무덤은 어떡해?" 베냐민이 묻는다.

"거기까지 들를 시간은 없어. 사람들이 금세 쫓아올 거야." 피에르가 말한다. "그래도 나가는 길에 그쪽을 지나서 가자."

베냐민은 대시보드에 올려놓았던 튤립 다발을 집어 들고 거칠거칠한 줄기를 손가락으로 쓸어본다. 부모님은 봄의 시작을 알리는 튤립을 좋아했다. 기억 속 아주 오랜 옛날부터, 3월에서 5월 사이 매주 금요일이면 아버지가 튤립 한 다발을 사왔다. 튤립은 부엌 식탁에 놓인 채 어머니의 퇴근을 기다렸다. 아버지는 묘지의 가장 키 큰 자작나무 아래 묻혀 있었다. 오래전부터 정해둔 자리였다. 세 형제는 차에 탄 채 천천히 나무 옆을 지나치며 아버지의 묘비, 당신의 생을 요약하는 몇 가지 상징물이 새겨진 단단한 돌을 바라본다.

"저 구덩이 보여?" 피에르가 묻는다.

아버지의 무덤 옆 흙에 원통형 구덩이가 파여 있다. 유골단지가 딱 들어갈 만한 크기다. 관리인들이 주어진 일을 한 것이다. 어머니가 이곳 흙 속에 묻히기로 한 오늘 오후를 위해 모든 준비가 되어 있었다. 숲 쪽에서 안개가 밀려오고, 육중한 자작나무가 아버지의 무덤 언저리로 잎을 축 늘어뜨리자, 베냐민은 전생같이 느껴지는 아주 오래전의 기억을 하나 떠올린다. 부모님의 침실 벽을 따라 쌓여 있던 상자들. 막 이사했을 때였나? 부모님은 상자에서 물건을 꺼내다가 갑자기 침구도 깔지 않은 침대로 달려들어가 서로 침대 오른쪽을 차지하겠다며 웃고 다투었다. 소리를 지르고 싸우는 척하고 굴러다니다가 입을 맞추었다. 닐스는 꼴사납다는 듯 자리를 떠났지만 베냐민은 단 한 순간도 놓치고 싶지 않아 그 자리에 가만히 있었다. 아버지의 묘비를 보고 있자니 베냐민의 머릿속에는 결국 어머니가 오른편을 차지할 뻔했다는, 그렇게 함께 그 자리에 죽어 누워 있을 뻔했다는, 그러나 어머니의 편지 때문에 모든 것이 바뀌었다는 생각을 한다. 몇 시간만 지나면 새로운 지시를 받은 관리인이 그곳으로 돌아가 구덩이를 메울 테고, 그렇게 어머니의 복수는 완성되고, 아버지의 고통은 영원해질 거라고.

세 형제, 그리고 어머니의 박살 난 뼛가루가 들어 있는 구리 단지를 실은 차가 묘지를 빠져나와 곧 다시 여정을 시작한다. 그들은 교외를, 외곽 동네를, 수없이 많은 빨간 신호등을 지나쳐 고속도로에 오른다. 그는 유럽고속도로 양옆으로 솟은 거대한 전봇대를 올려다본다. 차창 밖으로 검은 전선들이 보인다. 여름 공기 속에 느슨하게 늘어진 전선은 곡선을 그리며 솟아오르고, 길가에 늘어선 100미터 높이의 철제 구조물 꼭대기에서 정점을 찍은 뒤 다시금 아래 초원을 향해 절하듯 머리를 숙인다.

17장

| 탈출한 사람들 |

그날 아침은 스키 여행을 가자는 약속으로 시작했다. 베냐민이 스무 번째 생일을 맞은 날로부터 2주가 지난 3월의 어느 일요일. 그는 부엌에 앉아 아빠가 당신 몫의 아침 식사를 만드는 모습을 지켜보고 있었다. 머리가 사방으로 뻗친 아빠는 지나간 아침 식사가 남긴 다채로운 흔적들을 품은 옅은 색 가운을 입었고 안경은 줄에 매달아 가슴 앞에 늘어뜨리고 있었다. 끓는 물 안에 달걀이 너무 세게 떨어져 깨지자 아빠는 "젠장" 하고 중얼거렸다. 토스트가 튀어나오는 순간 주전자에서 삐 소리가 나는 바람에 허둥거리면서도 아빠는 차근차근 식사 준비를 마친 뒤 쟁반을 들고 베냐민의 방에 딸린 작은 발코니로 향했다. 베냐민도 곧바로 뒤를 따랐다. 상쾌한 찬 공기와 희미한 바람이 잦아든 뒤에야 햇빛이 가져오는 온기. 바깥에 앉기에는 쌀쌀한 아침이었지만 아빠는 개의치 않았다. 아까운 봄을 놓치면 안 된다고 아빠는 늘 말했다.

"네가 해를 마주 보고 앉으렴. 정말 따뜻하구나." 아빠가 말했다.

"아니에요. 아빠가 그쪽으로 앉으세요."

"진심이냐?" 아버지가 물었다.

다른 식구들이 잠에서 깨어나기 전 그곳에 아빠와 단둘이 앉아 점점 더 선명해지는 아침을 바라보고 있었던 게 기억난다. 아빠는 타르와 사약 냄새를 풍기며 김을 뿜어내는 차를 마시고, 눈으로 뒤덮인 주차장과 그 뒤로 호수를 둘러싸고 펼쳐진 숲을 바라보았다. 잠시 눈을 감더니 고개를 뒤로 젖혔던 아빠의 모습, 달걀을 집어 들어 껍질을 벗길 때면 달걀에서 나는 김이 사라지는 방향을 보고 바람이 어디서 불어오는지 알 수 있었던 것이 기억난다.

"오늘은 우리 둘이서만 뭘 좀 해볼까?" 아빠가 물었다.

"좋아요. 뭘 할까요?"

"글쎄다. 크로스컨트리 스키를 타러 갈까?"

베냐민은 당황해서 아빠를 쳐다보았다. "크로스컨트리 스키요? 집에 스키가 있어요?"

"그럼, 당연하지. 아직 어디 있을 거다. 아마 지하실 어딘가에 있겠지."

전생처럼 느껴지는 먼 옛날이지만, 어린 시절 베냐민은 아빠와 둘이서 스키를 타러 가곤 했다. 검은 숲 사이로 골짜기가 내려다보이도록 광활하게 펼쳐진 하얀 트랙 위에 서면 아빠는 감동에 젖어 잠시 가만히 선 채 풍경만 바라봤었다. 점심 도시락으로는 캐비아가 비어져 나와 랩에 들러붙은 호밀빵 더블 샌드위치와 오렌지를 챙겼다. 두 사람은 추위에 곱은 손가락으로 오렌지 껍질을 벗겼다. 점심을 먹은 다음에는 계속 스키를 탔다. 낮은 해를 등지고 다이아몬드 눈가루가 반짝반짝 빛나는 언덕을 빠르게 활강해 아무도 없는 숲속으로 들어갔다. 숲속은 고요해서 죽은 듯했지만, 스키 트랙 위에는 짐승의 발톱과 발굽 자국이 남아 있었다. 아무도 눈길을 주지 않는 사이에도 숲이 비밀스러운 삶을 살아냈다는 증거인 것 같았다. 집에 돌아올 때쯤이면 두 사람의 뺨은 장밋빛으로 달아올라 있었다. 소파 위에 드러누우면 아빠는 베냐민의 발이 따뜻해질 때까지 미트볼을 빚듯 손으로 꾹꾹 눌러주었다.

"다시 스키를 타러 간다면 정말 신나겠는데요." 베냐민이 말했다.

"그렇지?"

"아빠랑 저 둘만 말이에요."

"그래, 너랑 나 단둘이서." 아빠가 대답했다.

베냐민은 지하실에서 아빠의 스키는 찾았지만 그가 타던 스키는 찾지 못했다. 어차피 지금은 너무 작지 않을까? 둘은 베냐민이 신을 새 부츠와 스키를 사러 가기로 했다. 그렇게 두 사람은 눈 속으로 주차장을 가로질러 쇼핑센터를 향하는 자갈길을 걸었다. 여름철이면 노숙인들이 모여 서로 대거리를 해대던, 지금은 물이 나오지 않는 분수를 지나치던 순간, 아빠가 별안간 한 손으로 머리를 짚었다. 아빠가 비틀비틀 앞으로 나가더니 원을 그리며 한 바퀴 돌아 제자리로 돌아왔다. 베냐민은 아빠를 붙들었다.

"왜 그러세요?"

"아무것도 아니다. 갑자기 머리가 아파서 말이야." 아빠는 이마에 주름살을 만든 채 잠시 그 자리에 서서 눈이 쌓인 바닥을 내려다보다가 떨어뜨린 모자를 주우려 몸을 굽혔다. 아빠가 쓰러진 건 그때였다. 베냐민은 아빠에게로 달려들어 떨리는 손으로 아빠를 모로 눕혔다. "무슨 일인지 모르겠구나. 뭔가 머리 안에서 터져버린 것 같아." 아빠가 중얼거렸다.

아빠가 뇌졸중을 일으킨 아침은 그렇게 시작되었다.

앰뷸런스가 도착했고 응급구조사들이 보인 무심한 태도 덕분에 베냐민도 마음을 가라앉혔다. 죽어가는지도 모르는 사람을 다루는 상황에서 이토록 느려터질 수가 없었다. 응급구조사들은 앰뷸런스에서 내려 아빠를 살펴보더니 아무렇지도 않게 앰뷸런스 뒷문을 열어 번쩍이는 금속제 들것을 꺼냈다. 아빠더러 직접 올라가 누우라고 한 뒤 배 위에 벨트를 채워 고정했다. 아빠는 눈을 크게 뜬 채 주변에서 일어나는 일들을 모두 관찰하고 있었다. 응급구조사 중 한 사람이 아빠의 팔에 한 손을 얹고 나서야 아빠는 다시 관심을 이쪽으로 돌려 그의 눈을 똑바로 바라보았다.

"선생님께서는 뇌졸중을 일으키셨습니다." 응급구조사가 말했다.

"그래요?" 아빠는 마치 그게 무슨 흥미로운 사실이라도 된다는 듯 되물었다.

앰뷸런스에 같이 타고 갈 수는 없다고 했다. 베냐민은 한쪽에 비켜선 채 그들이 아버지를 앰뷸런스에 싣는 모습을 바라보았다. 아빠와 베냐민의 눈이 마주쳤다. 아빠가 베냐민의 손을 잡더니 깃발처럼 흔들었다. "우리 오늘 스키 타러 가려고 했는데."

문이 닫히고 앰뷸런스는 호기심 어린 눈으로 이쪽을 바라보는 군중들 사이를 지나 느릿느릿 광장을 빠져나갔다.

잠시 후, 피에르와 베냐민, 그리고 엄마가 응급실의 아빠 침상 옆에 모여 섰다. 의사가 전해준 소식은 명확했다. 다 괜찮아졌다는 것이다. 뇌출혈이 약간 있었지만, 촬영 결과 뇌 기능 손상은 없다. 산소포화도는 아직 낮아서 살짝 우려된다. 며칠간 입원해 경과를 보아야겠지만 별문제가 없으면 곧 퇴원할 수 있으리라는 것이었다.

시외에 살던 닐스는 한 시간 뒤에 병원에 도착했다. 가발을 쓴 여자와 함께였다. 베냐민은 그 여자가 누구인지 알았다. 예전에, 약 반년 전에 닐스가 부모님 집에 그녀를 데려와 일요일 저녁에 식사를 함께했던 적이 있다. 식사를 시작하고 몇 분이 흐른 뒤 여자가 말했다. "왜 가발을 썼는지 궁금하시지요?" 사실이었다. 그녀가 쓰고 있는 가발은 거의 흰색에 가까운 밝은 금발인데다가 앞머리까지 달린 특이한 모양이어서 결코 진짜 머리카락으로는 보이지 않았다. 여자는 중요한 건 바로 그거라고 했다. 병 때문에 머리카락을 잃었단다. 대머리를 부끄러워하는 세상에서 자신은 정반대로 행동하기로 했단다. 단 한 치의 부끄러움도 느끼지 않는다고 한다. 그래서 가발이며 머리카락이 없는 것 모두 자기 정체성의 일부로 만들기로 했다는 것이다. 그녀는 말이 빨랐고 끼어들 틈을 주지 않았기에, 베냐민은 엄마가 오래지 않아 참을성을 잃으리라는 걱정이 들었다. 여자는 말을 하는 내내 테이블 위 닐스의 팔을 쓰다듬고 기다란 손톱으로 슬슬 긁기도 했다. 닐스가 물병에 물을 채우러 일어났을 때, 베냐민은 자신의 형이 여태까지 본 적 없는 자신감에 가득 찬 채 꼿꼿이 서서 부엌을 돌아다니는 모습을 보았다.

식사가 끝날 무렵 여자는 가발을 벗더니 테이블 위에 올려놓았다. 그때 그녀는 아무 설명을 하지 않았고 다른 사람들도 아무런 말을 하지 않았지만, 불편한 침묵이 식탁 위를 뚜껑처럼 덮어버린 것만 같았다. 도자기 그릇에 식기가 부딪히는 소리만 울려 퍼지는 가운데 저마다 테이블 위 촛불에 반사되어 반들반들 빛나는 그녀의 대머리를 슬쩍 훔쳐보았다. 여태 굳게 잠겨 있던 가족의 내밀한 공간에 선을 넘는다는 개념을 마치 인간의 형상으로 만들어 놓은 듯한 여자가, 그것도 대머리라서 가발을 쓰는 여자가, 이제는 가발을 벗어 던지고 자리에 앉아 있었다. 어쩌면 그녀는 동요를 일으키거나 깊은 인상을 주고 싶었는지 모른다. 어느 정도는 성공했지만, 그녀가 자리를 떠나자 그건 그저 시럽을 휘젓는 정도의 효과를 남겼을 뿐이었다. 곧바로 모든 것이 예전으로 돌아갔기 때문이다.

닐스 손을 잡고 병원을 찾아온 가발 쓴 여자는 식구 한 명 한 명을 껴안았다. 베냐민은 닐스를 몇 달 만에 만난 것인데도 그 여자가 같이 있던 덕분에 상상했던 것보다 재회가 덜 어색했던 것 같다. 아빠는 쇼크 상태였다. 침대 옆으로 바퀴 달린 카트가 지나가자 아빠는 여름철 별장에서 저녁 식사가 끝나고 모두의 접시에 남은 음식을 깨끗이 먹어치우던 그때처럼 카트를 유심히 쳐다보았다. 그러더니 아들들에게 시선을 돌렸다.

"앰뷸런스가 무섭더라." 아빠가 말했다.

"그랬을 것 같아요." 베냐민이 대답했다.

피에르가 아빠에게 주스 잔을 건네자 아빠는 천장을 올려다보면서 생각에 잠긴 듯 빨대로 주스를 빨아 마셨다.

"그래도 앰뷸런스 안에 있던 사람들은 친절했어."

"무슨 이야기를 했어요?" 피에르가 물었다.

"온갖 질문을 하고 내 상태를 확인한다며 바보 같은 일들을 잔뜩 시키던걸."

"어떤 일들이요?"

"웃어보라더던데. 당연히 할 수 있었지. 그다음에는 손을 뻗고 그대로 5초 동안 버티라고 했어. 그다음에는 내 발음이 새는지 확인하겠다며 간단한 문장을 따라 하라고 했어."

"무슨 문장이었는데요?" 베냐민이 물었다.

아빠는 대답했지만 베냐민은 무슨 말인지 알아들을 수가 없었다. 세 아들이 얼른 눈빛을 주고받았다.

얼마 뒤, 아빠는 피곤해서 쉬어야겠다고 했고, 아빠가 잠들자마자 식구들은 병원을 나섰다. 엄마는 내일 다시 오겠다고 했다. 하지만 베냐민은 병원에 남아 잠든 아빠를 지켜보기로 했다.

낮이 지나가고 일찍 해가 지자 병실 안은 어둑어둑해졌다. 복도로 나가는 문 밑으로 따뜻한 노란색 줄무늬가 한 줄 생겨 있었고 누군가가 문 앞을 지날 때마다 검은 그림자가 그 위를 가로질렀다. 잠에서 깬 아빠는 간신히 침대에 몸을 일으켜 앉더니 딸기 주스를 마시고 싶다고 했다. 저녁이 지나갔고, 둘은 함께 앉아 있었고, 바깥에는 조용히 비가 내렸다. 어쩌면 마지막 대화를 더 유익하게 쓸 수도 있었을 것이다. 시간이 지난 뒤 돌아보면 그때 말할걸 하고 아쉬워할 말들, 그리고 그때 물을걸 했던 질문들이 베냐민에게는 당연히 있었다. 정리해야 하는 기억도 있었다. 오래전 아빠가 했던 말이나 행동 중 지금까지도 도저히 이해가 안 되는 것들도 있었다. 그러나 두 사람은 예전에도, 그때도, 과거 이야기는 나누지 않았다. 둘 다 그런 대화를 하는 법을 몰랐으니까. 어쩌면 불필요한지도 몰랐다. 어쩌면 오로지 베냐민과 아빠 단둘이서 함께할 수 있는 것 중 가장 아름다운 것은 아마 이런 침묵인지도 몰랐다. 엄마가 없는 지금, 엄마의 영향력이 미치는 범위를 벗어난 두 사람은 마침내 탈출한 사람들처럼 힘을 회복하며 함께 침묵을 한껏 맛보는 중이었으니까. 대화를 나누지는 않았지만 그럼에도 주의 깊게 방 안을 둘러보다가 눈이 마주치면 서로에게 미소 지었던 그날, 둘은 행복했던 것 같다.

"바보 같지." 아빠가 말했다.

"뭐가요?"

아빠는 두 손을 들어 병실 안을 손짓했다. "이거 말이다."

"맞아요." 베냐민이 대답했다.

"우리 둘한테도 참 아쉽게 됐다." 아빠는 그렇게 말하더니 촉촉한 눈으로 베냐민을 바라보았다. "우리 같이 사냥하러 가기로 했는데."

아빠는 피곤하다며 옆으로 누웠고, 그렇게 잠든 지 한 시간 뒤 두 번째 뇌졸중이 찾아왔다. 아빠가 숨을 날카롭게 헉 들이마시더니 미간에 한 줄기 주름이 잡혔고, 다음 순간 기계가 삑삑거리기 시작하면서 병실 안이 갑자기 분주해졌다. 북새통이 벌어지는 내내 베냐민은 벽에 붙어 서 있었다. 의사가 다가와 그를 복도로 불러내더니 아빠가 이번에는 이겨내지 못할 거라고 했다. 베냐민이 식구들에게 전화를 걸었고, 모두가 차례차례 아빠의 침상 위로 찾아와 모였다. 피에르가 맨 마지막이었다. 발소리를 쿵쿵 울리며 병실 안에 들어온 피에르는 아빠의 목숨을 구하기 위해 고군분투하는 사람이 아무도 없음에 충격을 받은 모양이었다.

"의사는 없어?" 피에르가 물었다.

"의사가 할 수 있는 일이 아무것도 없다는구나." 엄마가 대답했다.

난장판 속에서 누군가 침대 머리맡을 높여 놓은 모양인지 아빠는 머리를 높이 두고 누워 있었다.

"왜 저렇게 누워 계세요?"

"그건…." 엄마는 입을 다문 뒤 마치 이것으로 다 설명할 수 있다는 듯 한 손으로 손짓을 해 보였다.

닐스와 가발 쓴 여자는 그늘진 한쪽 벽에 기대어 서 있었다. 여자의 가발에서 희미한 빛이 뿜어져 나오는 것 같았다. 치마 속에 집어넣어 입은 얇은 블라우스에는 젖꼭지가 도드라져 보였다. 병실 안, 아빠의 맥박을 재는 듯한 기계 옆 의자에는 간호사도 한 명 앉아 있었다.

베냐민은 침대 옆으로 다가가 아빠의 머리에 한 손을 댔다. 아빠는 변해버렸다. 순식간에 더 마르고, 볼이 움푹 들어가고, 두 눈썹은 악몽이라도 꾸고 있는 것처럼 괴롭게 일그러져 있었다. 베냐민이 아빠의 어깨를 살짝 흔들며 속삭였다. “아빠, 저 여기 있어요.”

그는 아빠의 가슴에 머리를 대고 심장 소리에 귀를 기울였다. 눈을 감자 별장과 호수로 이어지는 작은 오솔길이 보였다. 아빠는 보트 창고 옆에 서서 엉킨 그물을 풀고 있다. 농어 네 마리 때문에 그물이 엉망진창으로 엉켜버린 것이다. 베냐민은 그물에 달린 고리를 붙잡은 채로 농어가 튀어나오면 양동이를 들어 받치면서 아빠를 돕고 있다. 자작나무 사이로 빛나는 태양이 아빠의 흰색 티셔츠에 드문드문 빛을 던지고, 하던 일에 집중하고 있던 아빠가 문득 고개를 들더니 마치 여태 그의 존재를 잊고 있다가 이제야 막 알아차린 것 같은 표정을 짓는다. 둘은 서로에게 미소를 보낸다 “아빠를 도와주다니 착하구나.” 아빠와 베냐민 둘뿐이다. 바람이 자작나무를 스치며 버스럭거린다.

어느 뜨거운 오후의 호숫가. 아빠와 베냐민은 나란히 타월을 깔고 물가에 누워 있다. 방금 수영을 하고 돌아와 해를 쬐며 누워 있는 중이다. 아빠가 어깨를 만져봐도 되느냐고 묻는다. 베냐민은 이유가 궁금하고, 아빠는 대답해 준다. “네가 아직 이 자리에 있다는 걸 알면 안심이 되니까.” 그렇게 아빠의 손이 그의 어깨에 닿더니 그를 부드럽게 땅에 내리누른다. 눈을 감자, 걱정이 모두 사라진다.

그는 물가를 따라 사우나를 향하는 아빠 뒤를 바짝 따라가고 있다. 아빠가 피에르와 닐스를 소리쳐 부른다. 같이 사우나 할까? 다들 싫단다. 그 순간 베냐민의 가슴 속에 아주 작은 불꽃이 인다. 한동안 아빠와 나 둘만의 시간을 보낼 수 있겠구나. 두 사람은 사우나에 들어간다. "네가 창가에 앉으려무나." 아빠가 말한다. "호수를 실컷 내다보렴." 아빠는 물을 퍼서 난로 위에 끼얹을 때는 유심히 귀를 기울여야 한다고, 그러면 돌들이 속삭이는 소리가 들린다고 말하더니, 손가락을 하나 들어 올린다. 물이 증기로 변하며 쉭 하는 소리와 탁탁 튀는 소리가 나자 아빠는 나지막이 돌을 향해 응원의 말을 한다. "서로 잘 돌보거라. 너무 뜨거워지면 밖으로 나간다고 약속해 주렴." 아빠와 베냐민은 창밖의 호수를 배경으로 팔을 쭉 뻗어 손 크기를 잰다. "나는 너야." 아빠가 말한다.

베냐민은 아빠의 가슴에 고개를 대고 아빠의 심장이 뛰는 소리에 귀를 기울였다. 자꾸만 별장에서 있었던 새로운 기억들이 떠오르는 바람에 그는 아주 오랜만에 그곳으로 돌아가고 싶은 충동을 느꼈다. 호숫가로 내려가 보트에 괸 물을 비우고 아빠의 머리카락이 바람에 날리는 모습을 보고 싶었다. 심장 모니터를 올려다보았다. 아빠의 맥박은 35였다. 말이 안 된다.

맥박이 35인데 살아 있을 수가 있나? 35는 34로, 다시 33으로 떨어졌다. 간호사는 식구들에게 보이지 않게 모니터를 돌려버렸다. 몇 초 뒤, 간호사가 고개를 끄덕이더니 짤막하게 말했다.
"지금입니다."

엄마는 곧바로 선언했다. "방금 아빠가 돌아가셨구나."

베냐민이 고개를 들자, 아빠에게 다가가려다가 마음을 바꾼 것처럼 병실 한가운데에 청바지 주머니에 양손을 꽂은 채 서 있는 피에르가 보였다. 조명이 어두워서 피에르의 우는 얼굴은 꼭 웃는 얼굴처럼 보였다. 닐스가 천천히 아빠에게 다가갔다. 닐스의 여자친구가 따라와 침대 반대쪽에 서더니 가발을 벗어 옆에 내려놓고 아빠의 이마에 입을 맞추었다. 그때 플래시가 번쩍하며 벽을 비추었다. 닐스가 작은 카메라를 꺼내 침대 발치에 서서 연속으로 셔터를 눌러댈 때마다 플래시로 방안이 환하게 밝아졌다.

베냐민은 아빠를 바라보았다. 그리고 바로 그 순간, 아빠의 임종을 지킨 그 순간에야 그날 아침 아빠가 스키 여행을 하러 가자고 약속한 게 무슨 의미였는지 알 수 있었다. 그 기억을 떠올리자 어째서 아빠를 그토록 깊이 사랑할 수밖에 없었는지 알게 됐다. 아빠와 단둘이 있을 수 있는 기회. 수년간 그를 지탱해 온 것은, 그를 삶에 붙잡아 놓은 것은 바로 그런 순간들이었다. 창이 열리면서 오로지 베냐민과 아빠 단둘만이 나눌 수 있는 무언가가 나타나던 순간들. 두 사람이 함께 계획을 세우고 들뜬 마음으로 함께할 일들을 속삭이던, 탈출이 가까워지던 순간들.

곧 그 일이 일어날 것이다.

곧 우리 둘만 있게 될 것이다. 나와 아빠 둘만.

18장

| 오전 6시 |

텅 빈 거리를 지나 시내를 벗어난 그는 도시 위로 높이 뻗은, 차 한 대 지나다니지 않는 5차선 콘크리트 고가도로를 달린다. 렌터카는 그에게는 익숙하지 않은 차종이었다. 와이퍼인 줄 알고 깜박이를 켜기도 한다. 스틱 기어나 클러치 다루는 법도 잘 모른다. 파란불에서 가속 페달을 밟을 때, 아빠가 실수로 3단 기어 대신 1단 기어를 넣는 바람에 차가 신음 같은 것을 내며 앞으로 튀어나갔던 것, 그때 엄마가 작작 좀 하라며 소리를 질렀던 것이 떠오른다. 오래지 않아 차는 들판과 초원과 어스름

한 빛에 부드러운 빛을 내는 전기 철조망이 있는 시골길을 달리고 있다. 아침의 빛 속에서 기다란 갈대가 들어찬 작은 호수를, 문득 등장한 샛노란 유채밭을, 농장의 소똥 냄새를, 트랙터가 면밀하게 사각으로 구획해 놓은 곡식밭과 그 사이에 자리한 새하얀 처마널이 달린 빨간 집들을 지나친다.

그는 한 시간 가까이 GPS에서 흘러나오는 여성의 안내 음성에 따라 운전한다. 감정이라고는 없는 여자의 목소리에는 내키지 않는 경고가 묻어 있는 것 같기도 하다. 정말 그 일을 하실 겁니까? 그는 작은 마을들을 지나, 건성으로 만든 벼룩시장 간판을 지나, 옹이진 나무 둥치들을 양옆에 두고 나 있는 도로를 달린다. 포장도로는 마치 대저택을 향하는 기다란 입구처럼 점점 더 좁은 길로 이어진다. 빠른 속도로 언덕을 넘자마자 마치 그를 기다리고 있었던 듯 도로 한가운데 서 있는 말사슴 한 마리가 보인다. 온 힘을 다해 브레이크를 밟자 타이어가 미끄러지며 가까스로 몇 미터를 남겨놓고 멎는다. 사슴은 겁을 내지도, 아스팔트에 발굽 소리를 울리며 숲으로 도망가지도 않는다. 그저 가만히 운전석을 들여다볼 뿐이다. 난폭하게 브레이크를 밟으며 시동이 저절로 꺼진 탓에 베냐민은 다시 시동을 켠다. 사슴은 소음에 아무런 반응을 보이지 않고, 엔진 소리가 높아져도 도망치려는 기색이 전혀 없다. 키가 2미터, 어쩌면 그 이상인 것 같기도 한 거대한 짐승이다. 이렇게 큰 말사슴이 있다는 것을 처음 알았다. 사슴은 다리를 떡 벌린 채로 마치 그의 길을 막는 데는 무슨 이유가 있다는 듯, 이 너머에 있는 무언가를 지킬 작정인 듯 침착하게 서 있다. 적갈색 털. 머리 위에 겨울나무 같은 거대한 뿔이 두 개 달려 있다. 우듬지 너머로 다가온 먹구름 덕분에 어스름한 아침 빛 속 사슴의 눈은 사랑스럽기 그지없다.

거대한 동물과 눈을 마주치고 있으니 이상한 기분이 든다. 베냐민은 아빠와 형제들과 차를 타고 달리던 어느 겨울밤을 떠올렸다. 눈보라가 휘몰아쳐 도로는 새하얗게 변해 있었고, 길 양쪽에 우거진 숲속에는 눈을 묵직하게 인 전나무, 그리고 습기에 부푼 자작나무들이 서 있었다. 그때, 한겨울의 도로 위에 갑자기 초상화처럼 얼어붙은 어린 무스 한 마리가 나타났다. 너무 빠른 속도로 달리고 있었기에 아빠는 브레이크를 밟을 겨를이 없었다. 무스는 차와 충돌하더니 옆쪽으로 튕겨 나가 뒤로 사라져 버렸다. 아빠는 차를 세우고 무스를 살펴보려 눈밭으로 나갔다. 아이들은 차 안에서 아빠를 기다렸다. 비상등이 숲을 노란색으로 물들였다. 잠시 후 아빠가 돌아왔다. 무스가 없어졌다고 했다. 다들 차에서 내려 갓길을 살펴보았다. 무스를 발견한 건 한참 뒤였다. 어린 무스는 숲속을 향해 몇 미터 비틀거리며 걸어가다 쓰러진 모양이었다. 베냐민은 무스의 눈을 기억한다. 모든 게 끝났다는 것을 조용히 확신하며 울고 있었던 것처럼, 축축하게 젖어 빛나고 있던 눈. 무스는 일어나려 시도하지 않고 그 자리에 누운 채 길가에 선 네 사람을 바라보았고, 넷은 그 눈길을 마주 보았다. 아빠가 트렁크를 뒤지더니 타이어 지렛대를 가지고 돌아왔다. 아빠가 저걸로 뭘 하려는 걸까? 아빠는 세 아들에게 등을 돌리고 서서 이쪽을 보지 말라고 했다. "고개를 들고 있거라. 별을 보렴." 그 말에 셋은 고개를 들었다. 세 형제의 입에서 입김이 뿜어져 올라왔고, 밤은 청명했으며, 다음 마을은 멀리 떨어져 있었기에 눈앞을 흐리게 할 조명 하나 없던 그 밤. 마치 온 우주가 사방에서 그의 관심을 갈구하기라도 하는 것처럼 별들이 신호를 보내고 있었다. 하늘이 그에게 바짝 다가와 있어 우주와 뺨을 맞대고 있는 기분이었다. 은하수는 우주가 팽창하는 소리를 냈다. 활시위를 당길 때 힘을 받은 나무 활이 삐걱거리는 소리처럼 지상까지 들리던 그 소리. 언제나 한쪽에 밀려나 있는 것 같은 기분으로 살던 어린 베냐민도, 그 순간만큼은 세 사람이 세상의 중심에 서 있는 것 같다고 생각했다. 아빠가 타이어 지렛대를 들고 숲 속으로 사라진 뒤, 세 아이가 고개를 들고 삐걱거리는 하늘을 올려다보며 서 있던 그때.

아빠가 다시 도로로 뛰어올라 와 고함을 쳤다. "가자, 얘들아." 아빠가 서둘러 차로 가더니 지렛대를 트렁크에 던져 넣었다. 베냐민은 아까 무스가 누워 있던 자리를 보았지만, 이제는 빛나던 두 눈이 보이지 않았다. 아이들이 뒷좌석에 올라타 말없이 앉자 아빠는 피 묻은 두 손으로 운전대를 두 번 쾅쾅 치더니 집에 돌아가는 내내 아이처럼 엉엉 울었다.

베냐민은 차에서 내려 숲과 그를 번갈아 바라보는 말사슴 쪽으로 천천히 다가간다. 사슴은 베냐민이 가까이 올 때까지 가만히 있다. 베냐민이 망설이며 사슴의 주둥이에 한 손을 올려 본다. 사슴은 그의 눈을 가만히 들여다본다. 차분하게 내쉬는 숨이 베냐민의 손가락 사이로 따뜻한 공기를 뿜는다. 여름날 새벽의 찬 공기가 사슴의 폐를 드나들며 따뜻하게 데워진 덕분이다. 베냐민은 얼음 같은 물에 빠져 의식을 잃었다가 따뜻한 물이 두 손에 울컥 쏟아지며 정신을 차렸던 것이 기억난다. 기분이 좋아서, 물이 더 쏟아졌으면 좋겠다고, 이 물이 그를 계속 따뜻하게 해주었으면 좋겠다고 생각했다. 나중에야 그는 자신이 폐에 들어찬 물을 토해낸 거라는 사실을 알았다. 다시 토해내기 전 폐가 물을 따뜻하게 데워주었다는 사실을.

사슴은 베냐민의 손에 콧김을 뿜어내더니 걸음을 옮긴다. 처음에는 아스팔트 위로 망설이듯 몇 걸음을 내딛을 뿐이지만,

도랑에 도착한 뒤에는 자신감 있게 나무 사이를 누비기 시작한다. 잠시 후 사슴이 이쪽을 향해 몸을 돌린다. 사슴은 베냐민을 한 번 본 뒤 다시 걸어가기 시작한다. 베냐민은 사슴이 사라질 때까지 계속 바라본다.

다시 차에 오르고, 운전대를 잡고, 방금 펼쳐진 드라마를 숨죽이고 지켜본 GPS 속 여자는 다시금 부드러운 목소리로, 나중에는 조금 더 힘이 실린 목소리로, 우회전, 좌회전, 다시 우회전, 그렇게 안내를 시작하고, 곧 베냐민은 형의 집에 도착한다. 끝이 뾰족한 하얀 울타리가 둘러싼 집을 올려다본다. 경적을 두 번 울리며 그는 어쩌면 출입문 언저리에 있는 유리창에 사람의 기척이 비칠지도 모른다고 생각한다. 닐스는 몇 년 전부터 이 집에 살고 있지만 베냐민은 오늘 처음 와 봤다. 형의 집은 생각보다 작은 단층집이고, 집 앞에 조그만 뜰이 하나 있다. 뜰에는 사과나무 한 그루가 홀로 서 있다.

잠시 후 닐스가 어깨에 가방을 메고 어제 보았던 봉투를 들고 나온다. 어머니 집 냉동고에 들어 있던, 1인분씩 포장된 냉동 피에로기 상자가 잔뜩 든 봉투다. 손에는 그릇도 하나 들고 있다. 닐스가 조그만 포치 계단에 서서 날카롭게 휘파람을 불자 곧 고양이 한 마리가 벽에 붙어 슬금슬금 다가온다. 닐스가 무릎을 꿇고 바닥에 그릇을 놓자 고양이는 그릇 주변을 빙빙 돌다가 코로 한 번 쿡 찔러보더니 가버린다. 고양이는 엄청나게 뚱뚱해졌다. 세 형제가 시외에 있는 고양이 보호소에 가서 고양이를 데려온 날이 떠오른다. 이 고양이의 털색을 어떻게 표현하면 좋을지 고민하고 있을 때, 얼굴이 염증으로 벌겋게 트고 갈라진 보호소 운영자가 "우유를 너무 많이 넣은 커피색"이라고 했었다. 그 표현이 딱 맞아떨어진다는 생각에 베냐민은 웃었다. 느릿느릿 차를 향해 다가온 닐스는 트렁크에 짐을 싣고 불룩한 식료품 봉투는 뒷좌석에 던져놓은 뒤 베냐민 옆 조수석에 탄다.

"적어도 먹을 게 떨어질 일은 없겠지."

베냐민의 말에 닐스는 그의 기분을 살피려는 듯 이쪽을 흘낏 보지만, 베냐민이 미소를 짓자 형도 웃음을 터뜨리며 머리카락을 손으로 쓸어내린다.

"피에로기는 하나만 먹고 멈출 수가 없어서 문제야." 그가 말한다.

고개를 들어 다시 집 쪽을 보니 고양이가 다시 밥그릇 쪽으로 다가가고 있다.

"별일 없었지?" 닐스가 묻는다.

"응, 말사슴을 봤어."

"말사슴?"

"응. 길 한가운데에 서 있기에 급브레이크를 밟았지. 몇 미터 남기고 아슬아슬하게 세웠어."

"어휴."

"그래, 큰일 날 뻔했어."

말이 없는 두 형제 사이로 에어컨의 희미한 소음만 울린다. 베냐민은 양손으로 운전대를 잡고 바깥의 우듬지 위 맑은 하늘에 먹구름이 무더기로 몰려오는 것을 본다. 그는 닐스의 집 진입로를 빠져나와 차를 돌려 왔던 길로 천천히 나아간다.

"가능하다면 방향을 돌리십시오." GPS 여자가 말한다.

하지만 너무 늦었다. 이제는 빠져나갈 수도, 움직이는 차를 멈출 수도 없다. 베냐민이 형을 흘끗 바라본다.

"가자." 그가 말한다.

"그래, 가자." 닐스도 대답한다.

그렇게 둘은 이른 아침 잠든 집들을 지나 달린다. 밭들 사이로 뻥 뚫린 도로로 나오자 베냐민은 자신들이 폭풍을 향해 똑바로 달리고 있다는 사실을 알아차린다. 먹구름이 비에 푹 젖어 무거워진 듯 낮게 걸려 있다. 차가 달리고 있는 도로엔 아직 해가 빛나고 있지만, 시내가 난장판이리라는 덴 의심의 여지가 없다. 시계를 본다. 지금까지 그의 삶에는 아무 일도 일어나지 않았는데, 별안간 모든 일이 한꺼번에 일어나는 것만 같다. 수많은 일들을 오늘 하루 안에 해내야 하는데 시간이 별로 없다. 언덕을 넘자마자 아스팔트 위에 타이어가 미끄러진 자국 두 개가 보인다. 그는 속도를 늦추고 방향을 바꾸며 "여기야!" 외친다. 휴대폰만 들여다보고 있던 닐스가 고개를 든다. 베냐민은 차를 후진시켜 타이어 자국을 보여준다.

"여기서 브레이크를 밟았어! 사슴 때문에."

닐스가 몸을 내밀어 바깥을 살펴본다. "세상에, 그래. 진짜 세게 밟았구나."

베냐민은 도로 위에 평행하게 새겨진 두 개의 검은 선을 바라본다. 숲을 바라본다. 손을 코끝에 대고 킁킁 냄새를 맡는다. 아직도 손가락에서 희미하게 사슴의 체취가 풍긴다. 그렇게 베냐민은 다시 운전을 시작한다.

"진짜 있었던 일이었어." 베냐민이 중얼거린다.

"뭐라고?" 닐스가 묻는다.

"아, 아무것도 아니야."

하지만 아무것도 아닐 리 없다. 말사슴이 숲속으로 사라지자마자 베냐민은 방금 있었던 일이 진짜인지, 아니면 전부 자기가 상상한 것인지 의심하기 시작했으니까. 그는 알 수 없었고, 분간할 수도 없었고, 닐스에게 그 이야기를 하는 자신의 목소리를 듣고 있을 때조차도 그 이야기를 완전히 믿을 수 없었으며, 믿을 만한 이야기 같다고 생각지도 않았다. 그래서 닐스의 집을 떠날 무렵에 그는 그 모든 일이 전부 자신의 상상이라고 확신하고 있었다. 하지만 아스팔트 위 바퀴 자국을 보니 현실이 그에게 신호를 보내는 것 같았다. 그 일이 진짜 일어났다고. 조수석에는 형이 탔고, 등 뒤에는 해가, 눈앞 저 멀리엔 폭풍이 기다리는, 애써 몰아내지 않아도 되는 침묵. 그는 아주 오랜만에 처음으로 불안감이 가시는 것을 느낀다.

"이 일을 하게 되어서 다행이다." 베냐민이 말한다.

"나도 그렇게 생각해." 닐스가 대답한다.

베냐민은 라디오를 튼다. 아는 노래가 나오자 리듬에 맞춰 운전대를 살살 두드리며 박자를 맞춘다. 그들은 여전히 차 한 대 없는 높다란 고가도로를 달려 대도시로 향하고 있다. 마치 이 5차선 도로가 오롯이 그들을 위해, 이 중요한 여정을 위한 뻥 뚫린 길을 열어주기 위해서만 만들어진 것 같다. 도시로 들어가자 카페 주인들이 셔터를 열고 바깥에 내어놓은 의자를 고정했던 케이블을 풀고 있다. 둘은 피에르의 집 밖에 서서 잠시 기다린다. 결국 닐스가 피에르에게 전화를 건 다음에야 동생은 작은 여행 가방과 정장 가방을 들고 내려와 뒷좌석에 던져 넣는다.

"똥 덩어리가 둥둥 떠다니게 될 모양인데." 차에 오르던 피에르가 먹구름을 쳐다보더니 말한다.

"표현 한번 끝내준다." 닐스가 말한다.

"고마워." 피에르가 대답한다.

베냐민은 웃는다.

그는 이중 주차된 차들 사이를 조심조심 빠져나온다. 피에르는 휴대폰을 만지작거리다가 베냐민에게 자기 휴대폰을 차 오디오에 연결해 달라고 한 뒤 베냐민도 아는 노래를 튼다.

"우리 여정에 잘 어울리는 주제곡 같아서." 피에르가 씩 웃으며 말한다. 루 리드의 「퍼펙트 데이」를 들으며 베냐민은 지금부터 하려는 온갖 일들과 눈앞에 도사리고 있는 엄청난 무게를 생각한다. 그리고 이 음악을 매개로, 이 아이러니 속에서 안전하게 하나가 되는 세 형제를 생각하며 미소를 짓는다.

후렴 부분이 가까워지자 셋은 모두 숨을 크게 들이마셨고, 피에르가 "볼륨 높여!" 하면서 차창을 열자 셋은 모두 웃으며 후렴을 따라 부른다.

"아, 너무나 완벽한 날이야. 이날을 함께해서 기뻐."

피에르는 양손으로 브이 자를 그리며 머리 위로 두 팔을 번쩍 든다. 닐스는 당연히 그만큼 들떠 보이지 않았지만, 베냐민이 슬쩍 보니 닐스 역시 있는 힘껏 큰 소리로 노래를 따라 부르는 중이다.

그는 형제들을 보면서, 자신이 그들을 사랑하고 있다고 생각한다.

셋은 도시를 헤치며 공동묘지가 있는 남쪽으로 향한다. 어머니의 유해를 가지러 가는 세 형제. 노래는 고물 스피커를 통해 이 운명적인 아침 속으로 울려 퍼진다. 갑자기 신호등이 빨간불로 바뀌는 바람에 베냐민이 급브레이크를 밟는다.

"아이고, 조심해!" 피에르가 외친다.

"또 사고 나면 곤란해." 닐스가 말한다.

그 말에 피에르는 휴대폰에서 눈길을 든다. "뭐? 또라니, 무슨 소리야?"

"베냐민이 아까 말사슴을 한 마리 칠 뻔했거든."

"이런 젠장." 피에르가 말한다.

"아슬아슬했지." 베냐민이 말한다.

그는 시골길에서 말사슴을 마주했던 잊지 못할 순간을 생각한다. 숲을 향해 가다가 마치 그가 따라오기를 기다리는 것처럼 돌아보았던 것을 생각한다.

"우리 어렸을 때, 그 무스 기억나?" 베냐민이 묻는다.

"뭐?" 닐스가 말한다.

"아버지가 무스를 치었을 때 말이야." 베냐민은 말을 잇는다. "찾으러 갔는데 무스는 숲속에 누워 있었어. 그래서 아버지가 타이어 지렛대로 때려 죽였잖아."

음악이 끝난다. 차 안이 침묵에 잠긴다. 피에르는 창밖만 바라본다.

닐스가 베냐민에게로 고개를 돌린다.

"아버지가 무스를 치었다고?"

"왜 그래, 기억 안 나? 아버지가 우리를 길가에 세워 놓고선 별을 올려다보고 있으라고 했잖아. 그 장면을 보여주기 싫어서. 그러다 아버지는 집에 오는 내내 우셨고."

닐스는 고개를 숙여 휴대폰에 인터넷 브라우저 창을 차례차례 띄우고는 메뉴를 살펴본다. 베냐민은 놀란 눈으로 처음에는 닐스를, 그다음에는 백미러를 통해 피에르를 본다. 피에르는 헛기침을 하고 그의 눈길을 피해 창밖을 본다.

"기억 못 하는 거야?"

아무도 대답이 없다.

뒤에서 경적 소리가 난다. 신호가 파란불로 바뀌어 있다. 베냐민은 기어를 1단으로 바꾸고 출발한다. 세상이 어두워지고, 그는 도로를 살피려 눈을 가늘게 뜬다. 하늘에 구멍이 뚫린 듯 폭우가 미친 듯 쏟아져 차를 휩싼다. 곧이어 강풍이 잇따른다. 갑작스레 하늘이 어두워지는 모습, 호텔 건물 위 깃대에 달린 삼각깃발이 팽팽해지는 모습, 인도를 건던 사람이 비바람을 버티려 몸을 숙이는 모습을 보며 베냐민은 강풍의 징조를 읽는다. 도시 하나를 날릴 만한 세찬 바람이자 이름을 붙여 마땅한 그런 종류의 강풍이다.

19장

| 생일 선물 |

엄마는 시내에서도 가장 붐비는 거리에 살았다. 고층 건물 사이로 이어지는 큰 4차선 도로, 엄마 집 창밖 신호등에 트럭이 멈춰 설 때면 브레이크 소리에 공기가 진동했다. 디젤 버스가 줄지어 멈춰서고, 지하철 입구를 휘도는 바람 때문에 쓰레기통이 엎어지는 곳. 에스컬레이터는 언제나 고장 나 있었고 검은 고무 위에 테이프로 붙은 빨간 안내장에 따르면 수리 요청 중이라고 했다. 콘크리트 바닥에는 껌 자국이 수천 개가 붙어 있었다. 서투른 스웨덴어로 행선지를 외쳐대는 불법 택시들이 줄줄이 지나갔다. 길가에 한 줄로 늘어선 카페 차양은 지나가는 차들이 일으키는 바람에 언제나 펄럭거렸다. 베냐민은 파란불을 기다리며 2층의 엄마 집 창문 두 개를 올려다본다. 천장에 검은 헬륨 풍선들이 끈을 허공에 늘어뜨린 채 매달려 있는 모습이 보였다. 부엌 창문으로 엄마의 모습이 언뜻 보이는 것도 같았다. 저 안에서 개수대 위로 몸을 구부리고 있는 사람이 엄마일지도 모른다. 꼭 모르는 사람 같기도 했다. 그곳에 사는 척하고 부엌일은 시늉만 하는 사람.

아빠는 시내를 싫어했기 때문에 주문한 물건을 찾으러 시장에 갈 때가 아니면 시내로 나가는 법이 없었고, 나갈 때마다 언짢아져서 돌아왔다. 엄마가 이곳으로 이사한 것은 마치 아빠에 대한 반발, 적어도 지금까지 아빠와 함께 살아왔던 삶에 대한 반항처럼 느껴졌다. 장례식을 마치고 고작 일주일 뒤 엄마는 살던 아파트를 내놓고 베냐민과 피에르더러 지금이야말로 독립하기 딱 좋은 시점이라고 통보해 왔다. 엄마는 자신이 지금까지 아빠의 선택에 좌우되던 죄수였으며, 드디어 자유를 찾아 원하는 삶을 살 수 있기라도 한 것처럼 이사를 서둘렀다. 오랫동안 가족이 함께 쓰던 가구는 폐기하거나 보관 창고에 들어가는 신세가 되었다. 그런 가구들은 침실이 하나뿐인 엄마의 새 아파트에는 들어가지 않을 터였다. 아빠가 살아생전 그렇게 오랜 시간을 보냈던, 벽 하나가 보기 좋게 책으로 가득 차 있던 서재도 사라졌다. 엄마의 새집에 처음 가본 날, 베냐민은 말없이 집 안을 돌아다니기만 했다. 엄마의 집에 남아 있는 물건들에 차마 시선을 줄 수가 없었다. 예전 집에 있다가 없어진 물건들이 자꾸만 떠올라서였다.

현관 비밀번호를 잊어버리면 엄마가 얼마나 짜증을 내는지 알면서도 베냐민은 호출 버튼을 눌렀다. 잠시 후 인터폰에서 지직거리는 소음이 나더니 문이 열렸다. 차가운 빛깔의 조명 속을 걸어 엘리베이터를 향했다. 엄마가 이 아파트로 이사한 지 3년이 되었고, 그사이 엄마가 베냐민을 불러 함께 식사하기도 했지만 저녁 식사는 예의 바른 긴장 속에서 이어졌고, 음식을 먹으며 나직하게 이어지는 대화와 식기가 부딪치는 소리 사이에는 침묵이 감돌았으며, 커피를 마실 때쯤이면 엄마는 다시 혼자만의 세계로 돌아가 신문과 연필 한 자루를 꺼냈다. 엄마는 담배를 피우면서 여행 면 여백에 메모를 하며 여행지의 이름을 소리 내어 중얼거렸다. "란사로테, 아니야. 테네리페, 아니야. 샤름엘셰이크… 모로코… 가본 적 없는 곳이네. 재미있겠어." 그러다가 여행지를 정하면 엄마는 불과 며칠 뒤 비행기 표 한 장을 사서 떠나버렸다. 언제나 혼자 떠났다가 일주일 뒤에 돌아왔고, 여행을 가서 무엇을 했느냐고 베냐민이 조심스레 물어보면 늘 이렇게 대답했다. “모르겠구나.” 햇볕을 쬐며 누워 있었다고 했다. 운이 좋으면 괜찮은 대화 상대를 만나기도 했지만 그저 혼자일 때도 있었다고 했다. 언제 한번은 여행에서 돌아온 엄마가 여행 내내 아무와도 대화를 나누지 않았다고 말한 적도 있었다. 베냐민 생각에 이는 실패나 고독의 증거이기에 털어놓기에는 부끄러운 일로 느껴졌지만, 어머니는 아무렇지 않아 보였다. 심지어 그 사실에 들뜬 것 같기도 했다. 7일 동안 입으로 말을 한 적이 한 번도 없다니까? 그러고 나면 햇볕에 그을린 엄마는 또다시 신문을 들고 앉아 다음 여행지를 찾았다. 베냐민은 엄마가 함께 여행을 가자고 단 한 번도 청하지 않는 게 늘 불편했지만, 엄마는 그게 당연한 듯 굴었다. 여행의 전제는 혼자 떠나는 것이었다. 두 사람의 짧은 만남은 침묵으로 가득했다. 엄마의 집에 다녀오는 날마다 그는 늘 속이 불편해져서 서둘러 집으로 돌아와 화장실에 갔다. 그다음에는 변기에 가만히 앉아 뒤틀리는 속이 가라앉기를 오랫동안 기다렸다.

엄마와 베냐민은 늘 서로를 경계하듯 굴었다. 어쩌면 두 사람이 편안한 마음으로 함께할 수 있는 유일한 시간은 길가 카페에서 맥주를 마시던 저녁뿐이었는지도 모르겠다. 둘은 애피타이저를 주문하고 취하도록 술을 마셨다. 카페가 문을 닫으면

거리를 이리저리 돌아다니다가 펍을 찾았다. 그곳에서는 작정하고 술을 훨씬 더 많이 마셨다. 둘은 맥줏값이 싸고 신분증 검사를 대충 한다는 이유로 이곳을 찾은 젊은이들 사이에 자리를 잡고 앉았다. 음악이 크게 울려 퍼졌고, 엄마의 눈은 촉촉해졌고, 목소리는 더 거칠어졌다. 평소보다 극단적이고 경솔해진 엄마는 말을 듣지 않는 혀로 인종차별적인 언사를 쏟아내곤 했다. 그러면 베냐민 역시 엄마에게 맞추어 자기 역할을 했다. 재치 있지만 공허한 한담을 주고받으며, 감각이 마비되어 문으로 들어오는 찬 바람조차 느껴지지 않을 때까지 술을 들이켜는 그런 때에만 둘은 편안한 대화를 나눌 수 있었으니까. 취할 대로 취한 날에도 엄마는 자신의 슬픔을 드러내거나 베냐민의 슬픔을 묻는 일이 없었다. 딱 한 번, 새벽 두 시까지 유독 술을 많이 마신 어느 날, 집에 돌아온 베냐민이 변기에 앉아 불편한 배를 비워내고 있을 때 엄마에게서 문자 메시지가 도착했다.

"더는 여기 있고 싶지 않구나." 엄마의 메시지였다.

"여기라니, 어디 말이에요?"

베냐민의 답장에 엄마는 아무런 답이 없었다. 베냐민이 침대에 누워 엄마의 말뜻을 이해하려 애쓰는 내내 이 말 속에 담겨 있을지 모르는 장면들이 그의 머릿속에 떠올랐다.

이제 막 엄마의 집을 찾아온 베냐민이 초인종을 울리자, 발소리가 복도를 걸어와 도어매트 위에 멈춰서더니 문이 열렸다.

“어서 오렴, 아들.” 엄마는 그렇게 말했고, 둘은 서로 포옹했다. 담배 연기를 없애려 집 안에 온통 뿌려놓은 공기탈취제 냄새가 났다. 열대과일 냄새와 뒤섞인 담배 냄새. 집 안의 불은 모두 꺼져 있고 사방에 촛불이 켜져 있었다. 베냐민은 코트를 걸어둔 뒤 집 안을 들여다보았다. 다른 손님들이 몇 명 더 있었다. 보석 장신구를 온몸에 휘감고, 귀걸이는 어찌나 묵직한지 귓불이 축 처져 있는 장년 여성은 베냐민이 알기로는 엄마의 옛 직장동료였다. 또 검은 옷에 스타킹을 신은 여자도 있었는데 3층에 사는 이웃이라고 했다. 소파에는 서로 하나도 닮지 않았지만 일행인 것이 분명한 사람들이 나란히 앉아 있었다. 베냐민이 자기소개를 하자 소파에 앉은 사람들은 자신들이 엄마와 같은 살사 동호회 회원들이라고 했다. 그들은 미소 띤 얼굴로 베냐민에게 흥미로운 눈길을 보내고, 그가 하는 말에 반응을 하고, 그를 유심히 바라보았다. 베냐민은 그 사실이 내심 기뻤는데, 그들이 자신을 알고 있는 것 같아서였다. 엄마가 이 사람들에게 베냐민 이야기를 한 것이 분명했다. 엄마는 살사 동호회 활동에 대해서는 거의 이야기한 바가 없었다. 지난해 크리스마스, 엄마가 받은 우편물 속에 살사 동호회에서 새 회원을 모집한다는 전단지가 있었던 게 기억났다. 그때 엄마가 동호회에 가입하긴 했지만 아직도 나가고 있는지는 몰랐다. 엄마는 소파에 앉아 살사 동호회 친구들의 잔에 와인을 따라 주었다. 창가에 서 있는 피에르를 발견한 베냐민은 그쪽으로 다가가 옆자리에 섰다.

"손님들이 미어터질 만큼 오진 않네." 피에르가 속삭였다.

"오픈하우스 파티잖아. 이미 다녀간 사람들도 있겠지."

"그러게, 선물 테이블이 무너질 기세다."

테이블을 쳐다보니 선물이 고작 세 개 놓여 있어서 베냐민은 웃었다.

"우리 선물은 어떻게 되어가?" 베냐민이 물었다.

"모두 계획대로야. 닐스 형이 곧 가져올 거야."

엄마는 연어와 연성 치즈로 카나페를 만들어 해산물 샐러드로 속을 채운 크루스타드•와 함께 식탁에 차려두었다. 샴페인 몇 병도 잔과 함께 쟁반 위에 놓여 있었다. 베냐민은 집 안을 둘러보았다. 낯선 사람들이 자리한 지금에야 베냐민은 외부인의 눈으로 집 안을 바라볼 수 있었다. 작은 책장에 꽂힌 유대인 작가의 책들. 벽에 붙은 노벨문학상 수상 작가의 사진. 베냐민이 어린 시절부터 느껴왔던, 학술적인 존중의 시도였다. 세 형

• 튀긴 빵이나 파이 크러스트에 샐러드나 고기 등으로 속을 채운 요리

제는 빈곤한 환경에서도 어떻게든 상류층처럼 자라났다. 늘 고개를 빳빳이 들라고, 식사 전에는 기도를 하고 식탁에서 일어날 때는 엄마 아빠와 악수를 하라고 교육받으며 귀족처럼 자랐다. 하지만 돈은 없었다. 어쩌면 자식들에게 돈을 쓰지 않은 건지도 모르고. 양육 환경은 학술적인 동시에 건성으로 이루어졌다. 해야 할 일을 잔뜩 정해놓기는 했지만 제대로 완성하지는 못했다. 형제들은 부모님만큼 교육을 잘 받지 못했기 때문에, 멋진 일이 일어나도 아이들이 이해하지 못하는 것을 두고 우스꽝스러운 이야깃거리가 자꾸만 생겨났다. 그중에서 엄마가 제일 좋아하는 일화는, 크뤼디테•를 만들었을 때 세 아이는 엄마가 크루디 티••를 만든 줄 알았다는 이야기였다. 세 형제가 아직 어리던 시절, 엄마 아빠에게 에너지와 활력이 남아 있던 시절의 일이었다. 그때는 가족이라는 이 프로젝트에 힘이 있었다. 그러나 시간이 흐르며 거의 사라졌다. 그 무엇도 더는 제대로 되지 않았다. 은연중 가족이 다 함께 저녁 식사를 하는 빈도가 줄어들었고, 그러다 완전히 사라졌지만 딱히 그 누구도 아쉬워하지 않았다. 매일 저녁 6시면 아이들은 부엌에

• 채소와 찍어 먹는 소스로 이루어진 프랑스식 전채 요리
•• cruddy tea, 질이 낮은 차

가서 직접 샌드위치를 만든 뒤 초콜릿 우유와 함께 묵묵히 먹었다. 마지막까지 살아남은 가족 전통은 일요일 저녁 식사뿐이었다. 엄마는 부엌에 서서 크림소스의 색이 잘 나올 때까지 공들여 간장을 부었다. 일요일 저녁마다 부모님은 와인을 많이 마셨지만, 그렇다고 해서 눈에 띄게 달라진 점이라고는 두 분이 좀 더 심각해지고 자기 세계에 빠져버린 듯 말이 없어지는 게 전부였다. 식사가 끝난 뒤 엄마는 갑자기 고함을 지르곤 했다. 세 아들이 빈 접시에 물컵을 올려놓은 뒤 식탁에서 일어나면 엄마는 "잠깐! 요리해 준 사람에게 감사하다는 말도 없이 식탁에서 일어날 거야?" 하고 소리를 쳤다. 그러면 당황한 아이들은 엄마에게 차례차례 다가가서 가물가물한 오랜 시절의 전통에 따라 엄마와 악수를 하며 고개를 숙였다.

소파에 앉아 있던 이들 중 중년 여성 한 명이 일어서더니 샴페인 잔 두 개를 쨍그랑 마주 부딪쳤다. 자신이 살사 동호회를 공식적으로 대표해서 말할 자격은 없으나, 엄마가 매주 목요일마다 동호회에 나와주어서 정말 기쁘다는 말을 모두를 대신해서 하고 싶다고 했다. 비록 규모도 작고 라틴 댄스 분야에서 세계 챔피언이 될 만큼의 실력을 갖춘 곳도 아니지만, 동호회 사람들은 언제나 새로운 회원을 환영하며, 지난해에는 활동하는 사람이 얼마 없었다는 이야기였다. 이렇게 쉰 살 생일을 축

하하는 자리에 초대받을 수 있어 기쁘다고 말한 뒤 그녀는 동호회에서 주는 작은 선물이라며 소파 발치에 놓아두었던 가방을 뒤적거렸다. 이 선물은 이제 당신이 진정한 '살세리따'가 된 기념으로 주는 선물이라고, 아쉽게도 이 자리에 오지 못한 라르사와 야멜을 포함해 모두가 함께 주는 것이라고 덧붙이면서 그녀는 '살세리따'라는 단어의 모든 모음에 힘을 실어 발음했다. 여자가 포장지로 싼 작은 선물을 건네자 엄마는 "어머나!" 하고 눈을 반짝이며 포장을 뜯었다. 반짝이는 검은 치마가 나타나자 엄마는 곧바로 치마를 허리께에 대보았다.

"예전부터 이런 거 하나 사려고 했는데요." 엄마는 소리를 지르더니 제자리에서 빙글 돌며 방 안 사람들에게 치마를 선보였다.

"자, 이제 어떻게 해야 하는지 알죠?" 여자가 말했다. "춤 솜씨 한번 보여줘요."

그 말에 곧장 방 안이 소란스러워졌다. 엄마는 그런 게 어디 있느냐고 우겼지만 소파에 앉은 사람들이 큰 소리로 환호하자 못 이기는 척 옷을 갈아입으러 침실로 들어갔다. 소파에 앉은 사람들이 서로 뭐라고 중얼거리며 대화를 나누는 가운데 피에르는 창가로 가 주머니를 뒤져 담배를 꺼냈다. 베냐민은 기대에 찬 살사 동호회 친구들, 엄마와 엄청나게 친해져 버린 낯선 사람들의 얼굴을 보면서 어쩌면 자신이 오해한 것인지도 모르겠다는 생각을 했다. 그는 엄마가 살아가기를 그만둔 것이라고 생각했지만, 어쩌면 엄마는 그저 그와, 가족들과 함께 살아가기를 그만둔 것뿐인지도 몰랐다.

슬릿이 깊게 들어간, 골반 아래쪽에 걸쳐지는 새 치마를 입은 엄마가 나타나자 사람들의 환호성이 터졌다. 치마와 딱 붙는 블라우스 사이 새하얀 살갗이 살짝 드러나 보였다. 엄마의 복부에 남은 제왕절개 흉터가 보였다. 어린 시절 엄마와 함께 소파나 침대에 누워 있을 때면 엄마는 배꼽 아래 작은 수술 자국들을 보여주더니 상처 하나하나를 가리키며 이렇게 말했다.

"이건 닐스를 낳을 때 생긴 거란다. 이건 피에르. 그리고 이 작은 흉터는 널 낳을 때 생긴 거지."

그러면 베냐민은 손끝으로 엄마의 배에 생긴 옴폭한 자국을 만지면서 따뜻한 살갗의 촉감을 느꼈다.

엄마는 책장에 놓인 오디오로 다가가 안에 들어 있던 CD를 다른 것으로 바꿔 넣었다. 방 안은 조용했다. 음악이 시작되는 순간, 베냐민은 엄청나게 많은 악기가 동시에 연주를 하면서 다양한 리듬이 서로에게 거미줄처럼 얽혀드는 것 같다는 느낌을 받았다. 엄마는 식탁에 놓인 와인을 한 모금 들이켜더니 거실 한가운데 러그 위에 서서 틀어 올린 머리를 정리하는 것처럼 양손을 머리 위에 올리고 준비 자세를 취했다. 엄마가 첫 스텝을 밟기 시작하자마자 소파에 앉아 있던 동호회 친구들이 기쁨의 환호성을 질렀다. 엄마는 어떤 인물 속으로 파고들어 완전히 다른 사람이 되었다. 무릎을 들어 올리고 앞뒤로 스텝을 밟으면서 두 손으로 옆구리를 훑어 내리더니 허리를 돌리기 시작했다. 상체는 가만히 있지만 허리는 말을 타는 것처럼 빙글빙글 돌리는 그 동작이 점점 격해지더니 엄마가 휙 한 바퀴 돌았다. 조명이 어두워 금방 알아차리지는 못했지만 엄마는 눈을 감고 있었다. 처음에 베냐민은 엄마가 엄청나게 많은 사람들 앞에서 춤을 춘다고, 사방에서 스포트라이트가 쏟아지고 구경꾼들이 시커먼 바다처럼 엄마를 둘러싸고 있는 댄스 플로어를 상상하고 있는 것 같다고 생각했지만, 오래지 않아 그 반대라는 사실을 알아차렸다. 엄마는 마치 주위에 아무도 없는 것처럼, 아무도 없는 자기 방 침대 위에서 오로지 자신만을 위해 춤을 추는 어린 소녀처럼 춤추고 있었다. 아직 어떤 일도 일어나지 않았기에 너무나 자유롭게 춤추는 어린 소녀. 엄마가 눈을 뜨고 베냐민을 보더니 손을 뻗어 그를 러그 위로 끌어당겼다. 당황하고 부끄러운 나머지 베냐민은 물러서려고 했지만 엄마는 손을 놓아주지 않았다. 구부린 무릎, 치마 아래로 슬쩍슬쩍 드러나는 새하얀 허벅지. 엄마는 눈을 감고 또다시 혼자,

자기만의 세계 속에서 춤을 추고 있었다. 베냐민은 리듬에 맞춰 움직이기를 멈추고 가만히 서서 엄마가 꿈을 꾸듯 춤을 추는 모습을 바라보았다. 그러다 문득 고개를 든 엄마가 베냐민의 손을 잡고 자신의 품속으로 끌어당겼다. 엄마와 이토록 가까이 밀착한 것은 아주 오래전, 어린 시절 이후로 처음이었다. 두 사람을 연결하던 가느다란 실이 끊어지지 않은 채로, 엄마를 향한 간절한 바람이 흐릿해지지 않은 채로 엄마의 품에 안겨 엄마의 체취를 느끼는 것, 귓가에 닿는 엄마의 숨결을 느끼는 것도. 그는 다시 엄마의 옆에 서 있었다. 이대로 영영 엄마를 놓고 싶지 않았다.

엄마는 베냐민을 단호한 태도로 힘주어 밀어내더니 다시금 자기만의 세계로 들어갔다. 음악이 끝나자 사람들이 사람이 손뼉을 쳤다. 엄마는 마치 기여해 준 베냐민에게도 박수를 보내 달라는 듯 그를 향해 손짓한 뒤 지치고 행복한 표정으로 소파에 앉아 누군가가 내민 샴페인 잔을 받아들었다.

그 때 피에르가 닐스에게서 온 문자 메시지를 보여주었다.

"다 왔어."

베냐민과 피에르는 집 밖으로 나갔다. 넉넉한 다운재킷을 입은 닐스가 품에 아기 고양이를 안고 문밖에 서 있었다.

"나비넥타이 챙겨 왔어?" 닐스가 물었다.

피에르가 바지 뒷주머니에서 분홍색 실크 리본을 꺼내 선물을 포장하듯 고양이를 묶자 아기 고양이는 다리를 뻣뻣하게 펴고 발톱을 드러내며 반항했다. 세 형제는 지난 주, 시외에 있는 고양이 보호소에서 만나 우리 사이를 돌아다닌 끝에 이 크림색 작은 고양이를 데려오기로 결정했다. 복도에 선 닐스의 품에 안겨 있는 고양이는 기억 속 모습보다 더 작아 보였다. 너무 작아서 진짜가 아닌 것 같았다. 세상에 이렇게 작은 고양이가 존재할 리가 없었다. 리본을 마무리한 피에르는 닐스에게 “여기서 기다려. 내가 먼저 들어가서 몇 마디 하고 올게.” 하고 말했다.

베냐민과 피에르는 집 안으로 들어가서 거실 입구에 섰다. 피에르가 헛기침을 했다. 아무도 이쪽에 귀를 기울이지 않자 피에르는 아까보다 더 요란하게 큼큼 기침 소리를 냈다. 소파에 앉아 있던 사람들이 대화를 멈추고 피에르를 바라보았다.

“없는 게 없는 여성에게는 도대체 무슨 선물을 해야 할까요?” 피에르가 외쳤다. “형들과 저는 오늘이 오기까지 그 질문의 답을 곰곰이 생각했습니다. 우리 엄마가 빌어먹을 물건 같은 것엔 관심이 없다는 걸 알고 있거든요!”

소파에 앉아 있던 누군가가 킥킥 웃었다. 엄마의 등이 꼿꼿했다. 경계하고 있는 것이었다.

"그래서 우리는 물건 따위는 잊어버리자고 생각했어요. 물건 따위는 주지 않고 진정한 가치가 있는 무언가를 드리자고 말이에요."

피에르가 닐스를 부르자 컴컴한 복도에 서 있던 닐스가 품에 고양이를 안고 거실로 들어왔다. 소파에 앉아 있던 사람들이 웅성거렸지만 엄마는 닐스가 안고 있는 고양이를 알아보지 못했는지 상황을 조금도 파악하지 못하고 있었다. 닐스가 엄마에게 다가가 고양이를 엄마의 무릎에 조심스레 올려놓았다.

"어머, 너무 귀엽다!" 손님 중 누군가가 외쳤다.

엄마는 고양이를 내려다보더니 웃으며 꺅 하고 소리를 질렀다. "이 바보들, 내 고양이야?"

세 형제가 고개를 끄덕였다.

"처음에는 개를 데려오려고 했어요." 피에르가 말했다. "하지만 그러다가 시내에서 키우기엔 고양이가 낫다는 생각이 들었죠. 그러다가 이 친구를 발견한 순간 딱…." 그는 고양이에게로 다가가 한 손가락으로 코를 콕 짚었다. "엄마 고양이라는 생각이 들었어요."

"세상에." 엄마는 중얼거리며 조심스레 고양이의 머리에 손을 올려놓았다. 그다음에는 드러난 배 위에 고양이를 올린 뒤 "정말 예쁘구나." 하고 말했다.

모든 게 잘된 것 같았다. 늘 이렇게 잘 흘러가는 건 아니었다. 엄마는 생일날이면 관심을 받는 게 싫다며 역정을 낼 때가 잦았다. 특별히 더 사랑받고 싶지는 않다고, 일 년에 한 번 사람들이 잘해주는 시늉을 하는 것도 싫다고 했다. 그럼에도 아빠는 매년 엄마를 행복하게 해주려고 주도적으로 노력했지만 번번이 실패로 돌아갔다. 한번은 아빠가 생일 선물이라며 엄마를 금연 프로그램에 등록하자, 엄청난 모욕감을 느낀 엄마는 그대로 파티를 중단하고 침실로 들어가 버렸다. 베냐민이 아빠의 도움을 받아서 세면도구 파우치를 선물로 산 적도 있었는데, 엄마는 파우치를 열자마자 값을 치른 것이 베냐민이 아닌 아빠라는 사실을 눈치 채고 그를 다그쳤다. 하지만 이번에는 성공한 것 같았다. 엄마는 홀린 듯 고개를 숙이고 고양이의 털을 부드럽게 쓰다듬고 있었다.

"그래서 저희는 생각했죠…." 피에르는 극적인 효과를 내려는 듯 잠시 입을 다물었다가 다시 말했다. "이름은 몰리라고 짓는 게 어떨까 하고요."

베냐민은 피에르를 쏘아보았다. 피에르는 엄마를 바라보며 흡족한 듯 고개를 주억거리고 있었다. 피에르에게 나쁜 의도는 없었다는 사실, 그저 선물이 성공적이라는 생각에 여세를 몰아 머리에 떠오르는 말을 되는 대로 던진 것뿐이라는 사실을 베냐민은 알고 있었다. 가슴에 뚫린 구멍을 엄마의 사랑으로 더 빨리 메우고 싶어서, 엄마의 가슴 속 더 깊은 곳까지 다가갈 수 있을 것 같아서 그랬을 것이다.

그러니까 나쁜 의도는 없었다.

엄마가 고양이에게서 시선을 들었다. "방금 뭐라고 했니?"

"몰리를 기리는 의미에서요." 이제 피에르의 목소리에는 망설임이 묻어났다.

"저희가 동의한 건 아니에요." 베냐민은 날카로운 목소리로 외친 뒤 동생을 향해 목소리를 낮추고 "대체 무슨 소릴 하는 거야?" 하고 쏘아붙였다.

"너희들." 엄마가 세 아들을 바라보며 입을 열더니 그대로 입을 다물고 울기 시작했다. 살사 동호회 친구 중 하나가 엄마의 수그린 등에 한 손을 올렸다. 엄마가 다시 고개를 드는 순간, 베냐민은 진자가 흔들리듯 슬픔이 분노로 바뀌는 장면을 보았다.

"이제 떠나거라."

엄마는 일어나더니 고양이를 소파 위에 내려놓고 거실을 나가버렸다.

집 안이 너무 고요해서 부엌에서 엄마가 흐느껴 우는 소리, 성냥으로 담뱃불을 붙이는 소리까지 다 들렸다. 베냐민은 가구를 등지고 서서 바닥을 내려다보았다. 그리고 그 순간 그 일이 일어났다. 마음을 먹은 게 아니라 그냥 일어난 것이다. 눈을 깜박인 것처럼 순식간에 사방이 새까매졌다. 영화에서 다이아몬드를 훔치려는 강도들이 어둠 속을 더듬는 순간 경보장치가 울리고 철제 셔터가 요란하게 내려와 모든 출구가 막혀버린 것처럼. 심장 박동이 빨라지고 차례차례 셔터가 내려가자, 그 어둠 속에서 베냐민은 평생 숨겨왔던 엄마를 향한 감정이 무엇인지 알 수 있었다. 분노. 이 분노에 불을 당기기 위해 필요한 것은 작은 불꽃 하나가 전부였다.

엄마는 부엌 식탁 의자에 앉아 있었다. 화장이 번지고 볼에는 검은 눈물 자국이 길게 나 있었다.

"몰리는 못 잊으면서 우리는 오래전 잊어버렸네요."

엄마는 혼란스러운 표정으로 베냐민을 쳐다보았다. 여태 그는 단 한 번도 엄마 앞에서 목소리를 높인 적 없었다. 뜨거운 눈물이 솟아오르는 바람에 베냐민은 속으로 욕설을 뱉었다. 울고 싶지 않았다. 슬퍼하고 싶지 않았다. 화를 내고 싶었다.

"우리는 여기 있다고요!" 그는 고함을 질렀다. "저, 닐스 형, 그리고 피에르. 우리가 여기 있잖아요."

엄마는 대답이 없었다. 다음 순간 그는 결국 숨을 가쁘게 몰아쉬며 눈물을 쏟았다. 두 손으로 얼굴을 감싸고 돌아서서 조용한 거실을 가로질러 엄마 집을 떠났다.

바깥으로 나온 뒤 건물 현관 앞에 걸음을 멈췄다. 잠깐이지만 곧 내려올 형과 동생을 기다려야 할까 하는 생각이 들었다. 그는 그 자리에 몇 분 서 있다가 걸음을 옮겨 길가 카페를 지나 횡단보도를 건너갔다. 길 건너편에서 엄마의 집을 올려다보았지만 창가에는 아무도 없었다. 고통에 잠겨 거실을 내려다보는 슬픈 눈빛처럼, 천장에 매달려 있는 헬륨 풍선 말고는 아무것도 보이지 않았다. 건물 입구를 바라보았다. 형이랑 동생은 어디 있지, 그는 생각했다.

베냐민은 말도 안 되게 혼잡한 도로를 따라, 인도 가장자리를 나부끼는 쓰레기봉투를 지나 계속 걸었다. 쓰레기는 북쪽을 향해 날아갔다. 심지어 쓰레기마저도 이곳을 떠나고 싶어 했다. 그는 지하철역 입구를 향해 걸었다. 마지막으로 한 번 더 뒤를 돌아 엄마가 사는 건물을 바라보았다.

형이랑 동생은 어디 있지?

20장

| 오전 4시 |

방 안이 작아진다.

눈을 감는다. 그러다 아마 잠든 것 같다. 다시 눈을 뜨니 방 안이 아까보다 밝아져 있으므로. 창밖을 보자 길 건너편 건물 꼭대기에 노란 햇살이 한 점 보인다. 회색 콘크리트 모서리를 물들인 작디작은 노란 빛. 그는 살면서 지는 해보다 뜨는 해를 더 많이 보았다. 초여름 아침이면 침대에 누워서, 새벽이 찾아와 악몽을 쫓아내듯 어둠을 밀어내는 광경을 지켜보곤 했다. 온통 회색빛이던 창밖이 우윳빛으로 변하다 마침내 쏟아지는 첫 아침 햇살이 우듬지를 물들이던 광경을. 그럴 때면 그는 창가로 다가가 놀란 눈으로 바깥을 바라보았다. 처음에는 마치 시간이 거꾸로 가는 걸 지켜보는 것처럼 이상하게 보여서였다. 해가 반대 방향에서 기묘한 각도로 빛을 발하고 있었다. 그러나 요즈음 아침 해를 볼 때면 그와는 다른 수없이 많은 일이 연상된다. 어머니가 돌아가신 지 14일이 지났지만 아직도 새벽 내내 잠들기가 힘들었다. 심리치료사가 어머니가 돌아가신 뒤 기분이 어땠는지 묻자 그는 아무 감정이 느껴지지 않는다고 대답했지만, 어쩌면 그 말은 사실이 아니었는지도 모른다. 너무 많은 감정을 한꺼번에 느끼는 나머지 그중에서 하나의 감정을 가려낼 수 없었던 건지도 몰랐다. 심리치료사가 시키는 대로 자신의 이야기를 모두 털어놓자, 그녀는 두뇌란 놀라운 기관이라고 했다. 두뇌는 우리가 알지도 못하는 작용을 한다고 말이다. 때로 트라우마를 경험하면 정신이 기억을 바꿔버린다고 했다. 베냐민이 왜냐고 묻자 심리치료사는 말했다. "그 경험을 견딜 수 있게 하려고요. 어머니를 떠올리려 노력해 보세요."

심리치료사가 그렇게 말하자 베냐민은 질문으로 맞받아쳤다. "무슨 생각을 해야 하지요?"

"아무거나 상관없어요." 그녀가 대답했다.

어머니에 대한 첫 기억. 베냐민은 세 살이다. 어느 날 아침 엄마 아빠가 침대에 누워 그를 부른다. "이리 와서 뽀뽀해 주렴!" 그는 침대에서 일어나 시트에 휘감긴 채로 엄마 아빠에게 다가가, 수염 속에 묻혀 있어 찾기 어려운 아빠의 입술에 뽀뽀한다. 그다음에는 재빨리 입을 훔쳐낸다. 부모님은 곧장 그 모습을 보고는 베냐민을 야단친다. 엄마가 그를 안아 올리더니 이렇게 말한다. "엄마 아빠한테 뽀뽀하는 게 더럽니?"

어머니에 대한 마지막 기억. 병실 침대에서 숨이 끊어지던 순간 찡그리던 얼굴. 늑대를 연상시키는 미소 그대로 굳어버린 표정. 어머니가 돌아가신 뒤 그 기억은 베냐민의 머릿속을 떠나지 않고, 때로 그 표정이 갑작스레 머릿속에 떠오를 때면 그는 곧바로 어린 시절 기억 속으로 돌아간다. 오래전 보았던 어떤 표정을 떠올리게 해서였다. 어릴 때 베냐민은 피부가 거칠거칠해질 때까지 손가락을 빠는 습관이 있었다. 엄마는 그런 버릇을 그만두라고 야단치며 베냐민이 하는 모습을 흉내 냈다. 그가 손가락을 빨 때마다 엄마는 그에게 달려온 뒤 손을 입 안에 넣고 비웃음을 흘리듯 이를 드러내 보였다. 그는 엄마의 눈을 바라보며 장난스러운 눈빛을 찾으려고, 엄마가 사랑을 담아서 그를 놀리고 있는 거라는 암시를 찾으려고 애썼지만 찾을 수 없었다.

어머니가 돌아가신 지 14일. 의사들은 죽음이 빠르게 찾아왔다고 했으나 그 말은 사실이 아니었다. 처음으로 복통을 느꼈던 날부터 통증이 사라지기까지, 어머니는 2주에 걸쳐 돌아가셨다. 그러나 아마 엄마에게 사망 선고가 내려진 시기는, 종양을 발견한 사실을 자식들에게 짤막한 메시지로 알렸으나 더 이상 자세히 이야기하기를 거부했던 1년 전이었으리라. 어머니는 자식들과 함께 병원에 가려 하지 않았다. 치료에 대해 물으면 그저 잘 진행되고 있다는 대답이 전부였다. 어머니는 병들지 않은 척했고, 몇 달 뒤에는 병이 깨끗이 나았다고 선언했다. 무언가가 잘못되어 있다는 걸 알 수 있었던 베냐민은 그 말을 믿지 않았다. 어머니는 체중이 줄고 있었다. 알아차리기 힘들 정도로 미세하게, 교묘하게, 1킬로그램씩 체중이 줄어들다가 어느 날 완전히 다른 사람이 되어 있었다. 쇄골은 날카롭고 앙상해졌고 쇄골 아래 움푹 들어간 부분은 시커먼 구덩이 같았다. 여분의 피부는 온몸에 주름이 되어 늘어졌다. 어머니는 바람에도 날아갈 것처럼 연약하고 깡말라져서 산책을 할 때면 베냐민이 쭈글쭈글한 손을 잡아주어야 했다. 한번은 어머니가 의사에게 체중 문제로 진료를 받고 왔다고 했다. 어머니는 경쾌한 목소리로 지금 자신이 40킬로그램이라고 했다. "믿어지니? 이건 새끼돼지 무게잖아." 엄마는 가루 형태의 영양제 몇 병을 처방받아 왔지만, 조리대 위에 그대로 두고는 손도 대지 않았다. 약통은 몇 달 방치되어 있다가 버려졌다.

복통은 난데없이 찾아왔다. 그때 어머니는 가구점에 있었는데, 갑자기 통증이 폭발하듯 찾아왔다고 했다. 너무 아픈 나머지 도저히 무슨 증상인지 알 수 없었다. 그래서 어머니는 어린 시절에 배운 민간요법에 따라 전시용 소파 위에 한 팔을 깔고 엎드린 다음 다른 쪽 엄지로 허리를 꾹 찌른 채 누워 있었다고 했다. 통증은 사라지나 싶더니 금세 더 심해져 돌아왔다. 어머니는 더는 외출하지 않았고 밤에는 잠도 설쳤으며 진통제도 듣지 않아 고통 속에서 밤을 지새워야 했다. 어머니의 생활은 불면과의 싸움이 되어버렸다. 어머니는 잠을 자겠다며 휴대폰을 껐다. 휴대폰이 꺼졌으니 연락은 더 어려워졌고, 이제는 어머니의 안부를 알 수 있는 길이라고는 한밤중에 도착하는 짤막한 문자 메시지뿐이었는데 그나마도 갈수록 혼란스러워졌다. 베냐민이 몸 상태를 물으면 어머니는 매번 "타잔"이라는 답장을 보냈다. 그러다 연락이 완전히 끊겨버렸다. 휴대폰은 계속 꺼져 있었고 살아 있다는 반응이 하나도 없었다. 침묵 속에서 사흘이 흘러가자, 베냐민은 어머니가 갑작스러운 방문을 싫어하는 줄 알면서도 어머니 집을 찾았다. 초인종을 몇 번이나 울렸을까. 머리가 산발인 어머니가 문을 열었다. 바깥이 쌀쌀한데도 창문이 열려 있었다. 집 안에서 세제와 토사물 냄새가 진동했다.

"아프셨어요?" 그가 물었다.

"그래, 왜 이렇게 자꾸 토하는지 모르겠다."

어머니는 안락의자에 주저앉아 담배를 꺼냈지만 곧 다시 집어넣었다. 그러더니 팔꿈치를 양 무릎으로 지탱한 채 구부정하게 등을 굽혔다. 가운 사이로 보이는 앙상한 다리는 허벅지 뼈 양옆으로 피부가 축 늘어져 있었다.

"병원에 가서 진찰을 받아봐야 하지 않을까요?"

그러자 어머니는 "아니, 아니야. 난 괜찮다. 잠이 부족해서 그래." 하고 대답했다.

커다란 의자에 앉은 어머니가 얼마나 작아 보였는지가 기억난다. 엄마는 몸을 수그리고 망설이듯 바닥에 침을 뱉었다. 그 순간 베냐민은 알 수 있었다. 이런 건 죽도록 아픈 사람만 하는 일이었다. 베냐민이 지금 당장 응급실로 가야 한다고 하자 어머니 역시 반발하지 않았다. 어머니는 그가 짐을 싸는 동안 의자에 가만히 앉아 있다가 함께 병원으로 갔다. 첫날 오후, 어머니는 말이 많았다. 짜증스럽게 고통을 호소하며 투덜거렸다. 간호사가 병실로 들어올 때마다 어머니는 "왜 이렇게 아픈 건지 원인은 찾았어요?" 라고 물었다. 그러면 간호사는 의사가 곧 올 테니 의사에게 물으라고 웅얼거렸다.

베냐민은 모든 것을 보았고 모든 사소한 사실까지 기억한다. 어머니가 누워 있던 병실이 기억난다. 옆 테이블 위에는 어머니의 틀니와 사과 주스 한 잔, 석간신문, 그리고 손도 안 댄 라자냐 한 접시가 놓여 있었다. 어머니는 팔에는 링거를, 검지에는 골무처럼 생긴 무언가를 꽂고 있었다. 산소포화도를 측정하는 장치였다. 정해진 간격으로 간호사가 들어와 어머니의 활력 징후를 확인한 다음 메모를 했다. 그는 어머니 상태가 괜찮은지 감히 물어볼 엄두조차 내지 못했다.

그는 집으로 돌아갔다가 다음 날 아침 다시 병원을 찾았다. 그날이 어머니를 만난 마지막 날이 되었다. 피에르와 닐스는 이미 병원에 도착해 있었다. 의료진은 어머니에게 고통을 진정시킬 모르핀을 주사했고, 그는 침대 모서리에 앉아 혼란스러워하는 어머니를 지켜보았다. 어머니는 정말 이상한 꿈을 꾸었다고 했다. 비행기에 타고 도시 위를 날고 있었는데 지붕에 스칠 만큼 너무 낮게 날고 있어서 승무원에게 너무 가깝다고, 위험하다고 말해도 아무도 귀를 기울이지 않는 꿈이었다고 했다.

그날이 생일이었던 피에르가 농담을 던졌다. "선물은 지금 주실 거예요, 아니면 나중에?" 침대에 누운 어머니가 그 말을 듣고 짓던 혼란스러운 표정. 어머니는 그날이 피에르의 생일이란 걸 모르고 있었다. 하지만 그 혼란은 단순히 거기서 그치는 것이 아닌, 마치 생일이라는 것의 개념을 이해하지 못하는 것처럼 더 깊은 혼란이었다. 어머니는 입을 벌렸다가 생각에 잠긴 듯 다시 입을 다물었다.

"농담이에요, 엄마."

닐스가 가져온 조간신문을 어머니에게 소리 내어 읽어주었지만, 잠시 후 어머니는 그만 듣고 싶다고 했다. 주스를 조금 마신 뒤 얼굴을 찌푸리더니 아프다고 비명을 지르며 배를 움켜쥐었다. 그다음에는 이상야릇하게 일그러진 표정으로 벽만 뚫어지게 바라보기 시작했다. 세 형제가 말을 걸어도 어머니는 아무 말 없이 그저 벽만 바라보았다. 그렇게 어머니는 조용히 죽음을 맞았다. 아들들의 질문에 아무런 대답도 없었다. 어머니의 손을 꽉 잡아도 마주 잡아주지 않았다. 셋은 말없이 어머니를 지켜보았다. 그러다 아무런 경고도 없이 별안간 심장이 멎으면서 어머니는 돌아가셨다.

"오후 4시 25분."

닐스가 말했다. 애도하는 아들인 동시에 질서의 수호자인 닐스답기 짝이 없는 일이었다.

잠을 자야 한다.

잠을 자지 않고서 오늘 하루를 맞이할 수는 없다. 오늘 해야 할 일들을 버텨내지 못할 것이다. 그는 무엇을 해야 하는지 알고 있다. 형제들이 20년간 서로 단 한 번도 꺼내지 않았던 이야기를 해야 한다. 그는 베개를 뒤집은 뒤 반대쪽으로 돌아누웠다. 침대 옆 협탁에 놓인 액자 속 세 형제의 사진이 눈에 띈다. 별장이 있던 호숫가에서 찍은 사진이다. 머리카락에 햇살을 가득 받은, 햇볕에 그을린 몸에 속옷과 부츠만 걸친 어린 베냐민, 피에르, 그리고 닐스. 입고 있는 오렌지색 구명조끼가 금속 같은 회색 하늘에 대비되어 선명하게 눈에 띈다. 그들은 그물을 내리러 갈 참이었다. 가운데에 선 베냐민은 팔을 뻗어 형과 동생에게 어깨동무하고 있다. 자유로운, 긴장이라고는 찾아볼 수 없는 세 아이의 몸. 아이들은 무언가 뜻밖의 것을 보았다는 듯 웃고 있다. 사진을 찍으려고 미소를 지은 것이 아니라, 마치 셔터를 누르기 직전 아빠가 난데없이 엄청나게 우스운 말이라도 한 것 같이, 숨도 못 쉴 정도로 신나게 웃고 있다. 셋은 서로를 안고 있다. 반짝반짝 빛나는 세 형제.

그들에게 무슨 일이 일어난 거지?

어머니가 돌아가신 직후. 병실 안의 셋은 함께인 동시에 혼자였다. 그날 오후 그들은 단 한 번도 서로를 안아주지 않았다. 닐스가 카메라를 꺼내더니 어머니 사진을 찍기 시작했다. 피에르는 복도 건너편 작은 발코니로 나가 담배를 피웠다. 베냐민은 원래 서 있던 자리, 병실 한가운데에 그대로 서 있었다. 그러고 나서 그는 작별 인사도 남기지 않고 떠났다. 그들은 서로를 도울 수 없었다.

기억하는 한, 어른이 된 이후로 단 한 번도 그럴 수 없었다. 셋 중 누구도 어떻게 해야 할지 몰랐으며, 심지어 서로의 눈을 똑바로 마주치지도 못했다. 셋이 대화를 나누는 건 테이블보를 내려다보며 중간 중간 입을 열어서 나누는 대화가 전부였다. 때로 베냐민은 세 형제에게 무슨 일이 일어난 걸까 생각했다. 어린 시절에 그토록 꼭 붙어 다니던 셋이 지금은 어째서 이렇게 어색한 사이가 된 건지, 어째서 서로 낯선 사람처럼 구는지 말이다. 베냐민뿐 아니라 셋 모두 그랬다. 닐스에게 인사를 하러 다가가면 형은 포옹을 막는 방패로 쓰려는 듯 고양이를 안아 올렸다. 어느 이른 아침에 베냐민은 시내에 나갔다가 이쪽을 향해 걸어오고 있는 피에르를 우연히 보았다. 피에르는 휴대폰을 쳐다보느라 그를 보지 못한 상태였다. 언제나 그렇듯 세상에는 관심을 끄고 아래쪽에서 뿜어져 나오는 희미한 빛 속에서 인생을 살아가고 있었던 것이다. 그때 베냐민은 아무 말도, 아무 행동도 하지 않고, 자신의 존재를 알리지 않은 채 동생을 그대로 지나쳤다. 그 순간 두 사람이 입고 있던 재킷이 서로 스쳤다. 그는 뒤돌아 점점 작아져 가는 피에르의 뒷모습을 바라보다가, 문득 슬픔이 솟아올라 아슬아슬하리만치 공황에 가까워지는 것을 느꼈다. 우리에게 무슨 일이 일어난 거지?

세 형제가 이제부터 하려는 일은 상상할 수조차 없는 것처럼 느껴진다. 이제 그 누구도 더는 입에 올리지 않는, 그 별장으로 돌아가는 여정. 그와 피에르는 어린 시절을 대할 때면 농담으로 응수하기 일쑤였다. 약속에 늦겠다고 메시지를 보내면 피에르는 이렇게 답한다. "택시비는 내가 내준다니까." 혼자가 외로워 아들들을 끌어들이려 할 때마다 아버지가 신경질적으로 되풀이하던 말버릇이었다. 피에르가 약속 시간을 바꾸자고 하면 베냐민은 "그거 알아? 그냥 다 없던 일로 해버려." 하고 다혈질이던 어머니의 성격을 비꼬듯 흉내 낸다. 그러나 그는 닐스를 상대로는 한 번도 이런 농담을 한 적이 없다. 창밖으로 해가 서서히 솟아나자 콘크리트 위의 노란 점은 커져서 이제는 건물 전체를 뒤덮고, 건너편 건물에 난 블라인드 쳐진 창들을 뜨겁게 데운다. 베냐민이 누워 있는 어머니의 집, 창문 하나가 열려 있지만 아무 소리도 들리지 않는다. 도시는 잠들어 있다. 그는 침대에서 일어나 부엌으로 가서는 커피를 내린다. 그 다음에는 작은 발코니로 나간다. 조그만 테이블, 조그만 의자, 그리고 담배꽁초가 가득한 재떨이 하나. 난간에는 방치된 채 마른 흙에 파묻혀 노랗게 시들어 허리를 꺾은 튤립 화분 하나가 매달려 있다. 이른 시간이지만 바깥은 벌써 따뜻하다. 하늘은 청명하지만 동쪽으로 언뜻 보이는 바다 위에 먹구름이 캄캄하게 도사리고 있다. 먹구름은 마치 큰 폭풍이 다가오기 직전인 것처럼 가까이에 있다. 시계를 본다. 곧 렌터카를 찾으러 갈 주유소가 열 시간이다.

그렇게 그는 집을 나선다. 아파트 문을 마지막으로 닫고 잠근다. 오래지 않아 그는 렌터카 운전석에 앉아 있다. 텅 빈 거리를 지나 시내를 벗어난 그는 도시 위로 높이 뻗은, 차 한 대 지나다니지 않는 5차선 콘크리트 고가도로를 달린다.

21장

| 자갈길 |

어머니가 돌아가시고 이틀 뒤였다. 어머니가 돌아가신 뒤로 줄곧 집에만 있던 그는 처음으로 집을 나서고 있었다. 항구로 이어지는 도시의 가장 큰 공원을 가로질러 걸었다. 머리 위 우듬지를 관찰했다. 6월의 초입이라는 것, 나뭇잎이 짙은 녹색이라는 것은 알았지만 이제 그런 것들을 가려낼 줄 알던 시절로부터 오랜 세월이 지났다. 변전소 사고가 있고 나서 그는 병원으로 실려 갔다. 팔과 목 뒤, 등 전체에 화상을 입었다. 그를 처치한 의사들은 어디까지가 옷이고 어디까지가 피부인지 분간

하지 못했다. 며칠간 입원한 끝에 퇴원을 앞두고 아빠는 앞으로도 계속 베냐민에게 문제가 있을 수도 있느냐고 의사에게 물었다. 그건 뭐라고 말씀드릴 수 없습니다, 하고 의사는 대답했다. 평생 지속되는 문제가 생길 가능성도 있다. 신경 손상이 몇 년이 지나서야 드러날 수 있다. 근육이 서서히 퇴화될 수도 있다. 부정맥, 뇌 손상, 신장 장애 가능성도 있다고 했다.

의사가 말한 것 중 어떤 일도 일어나지 않았다. 그러나 의사는 시각에 문제가 생길 가능성은 전혀 이야기하지 않았다. 사고 이후로는 색깔이 다르게 보일 수도 있다고 베냐민에게 경고해 주지 않았다. 어떤 색깔은 아예 보이지 않았다. 푸른색을 볼 수 없었다. 덤불 쪽으로 몸을 기울이고, 아니, 아예 네발로 엎드려도, 가득 열려 있다는 블루베리가 하나도 보이지 않았다. 어떤 색깔들은 더 선명해졌다. 봄과 여름이면 해가 지기 몇 시간 전 지평선 위로 빛의 호가 지나가며 하늘이 짙은 분홍으로 변했다. 너무 아름다워서 그것이 진짜가 아니라는 것이 안타까울 지경이었다. 어린 시절 그는 눈을 깜박이지도 않고 해를 똑바로 바라볼 수 있어서 다른 아이들의 부러움을 샀다. 학교 친구들이 그를 둘러싸고 고함을 지르면서 재 좀 보라고 다른 아이들을 끌고 오기까지 했다. 신호등 색깔을 보면 마음이 차분해져서 베냐민은 그런 색깔들을 찾곤 했다. 도로 공사 현장에 놓인 빨간색 안전 고깔 옆에서 미적거렸다. 때로는 운동 용품점에 들어가 낚시 용품 코너로 간 다음 형광빛으로 빛나는 빨갛고 노란 미끼를 바라보았다. 그러나 그는 어린 시절에 바라보던 나무, 6월 초 별장에서 보내던 나날이면 푸른 에너지로 터질 것 같던 나뭇잎들을 기억했다. 그런 것들이 보이지 않는 것이 오래도록 아쉬웠다. 그러다 시간이 지나자 더는 개의치 않게 됐다.

그는 물가로 다가갔다. 특이한 취미를 가진 사람들을 위해 주택으로 개조한 낡은 낚싯배들이 떠 있었다. 그는 흰색 여객선이 정박한 항구를 따라 계속 걸었다. 이 죽은 바다에서는 그 무엇도 자라지 않으며 물고기는 한 마리도 살지 않는다는 사실을 모르는 관광객들을 꼬여 낼 심산으로 "오늘 잡은 생선"이라는 광고판을 내건 식당들. 주위 사람들은 여름옷 차림이었지만 날씨는 4월처럼 쌀쌀했기에 사람들은 얄팍한 목깃을 세웠다. 드러난 팔에는 닭살이 돋아 있었다. 최근 그는 이곳을 걷는 일이 잦았다. 공원을 지나 부둣가로 갔다가 다시 돌아왔다. 요즈음 그는 산책을 더 자주 하게 됐다. 때로는 산책이 몇 시간이나 이어질 때도 있었다. 겨울철 집에 돌아올 때는 너무 추워서 몸에 감각이 없었다. 자물쇠를 열려고 해도 잘되지 않아 그 자리에 서서는 열쇠를 붙잡고 잠금장치에 넣어 돌리는 단순한

동작마저 할 수 없게 된 손을 신기한 듯 내려다보기도 했다. 정처 없이 도시를 돌아다니며 공동묘지를 지나고 지하철에 올라 다음 역에 내려 다시금 걷기 시작할 때도 있었다. 그 사고를 지난 일로 묻어두기로 마음먹었지만 기대처럼 되지 않았다. 생각이 자꾸만 그 사고를 향해 움직였던 것이다. 큰 소리가 들리거나 밝은 빛이 보일 때마다, 마음의 준비 없이 어떤 혼란을 마주할 때마다, 그는 다시금 그곳, 변전소로 돌아가 있었다. 아직도 하루에 몇 번씩이나 그런 일이 일어났다. 예기치 못한 장면을 보자마자 그는 곧장 그때로 돌아갔다. 또는 오븐을 열고 음식이 완성되었나 몸을 굽혀 들여다보았을 때 뜨거운 열기가 확 솟구쳐 오르는 순간. 그럴 때면 그는 갑자기 흐느껴 울기 시작했다. 또 갑작스러운 소리가 들릴 때도. 10대 청소년들이 지하철 안에서 폭죽을 가지고 장난칠 때처럼 분명한 소리가 아닐 때도 있었다. 한산한 식당에서 누군가가 자리에서 일어날 때 나는 의자 긁히는 소리. 식기 서랍 속 나이프와 포크를 대강 분류하는 소리. 욕조의 물을 뺄 때는 욕실 안에 도저히 머무를 수가 없었다. 특히 최악인 건 도심지에서 나는 소리였다. 특히 비 오는 날, 쏟아지는 비가 소리를 증폭하면 느릿느릿 기어가는 차조차도 굉음을 내는 것만 같았다. 이런 소리들은 영영 끝나지 않는 천둥소리처럼 그의 머릿속에 남았다. 갑작스러운 소음

보다 견디기 힘든 단 한 가지는 갑작스러운 침묵이었다. 그럴 때마다 아주 오래전부터 느꼈던, 소리가 사라지면 세상도 사라지고, 세상이 조용해질수록 현실과의 끈을 놓아버린 듯한 느낌도 커지는 것 같은 기분이 다시 찾아왔다. 그는 아주 오래전부터 완벽한 침묵을 찾고 싶었다. 아주 먼 곳에서 들리는 소리만 있는 침묵이 그것이었다. 침대에 누운 채로 부엌에서 틀어놓은 라디오 소리를 듣는 것. 바깥에서 도로 공사가 진행 중인 한산한 식당에 앉아 커다란 유리창 너머에서 일하는 사람들을 바라보는 것. 예전에는 완벽한 침묵을 생각하며 오랜 시간을 보냈지만, 이제는 이 역시 그만두었다. 베냐민은 서서히 자신이 느끼는 불편함에 대해 개의치 않게 되었다. 그는 처음 그 감정이 스멀스멀 찾아온 날을 기억한다. 부엌에 서 있는데 문득 타는 냄새가 나기 시작해 집 안을 뒤지기 시작했다. 냄새를 따라 거실로 나갔더니 복도에 있는 누전차단기의 뚜껑 틈새로 새어나오는 하얀 연기가 보였다. 차단기를 열자 안쪽에 불이 붙어 있었다. 퓨즈 뒤쪽 표면에서 이는 아주 작은 불꽃이었다. 그는 부엌으로 달려가 양동이에 물을 채워 다시 달려왔지만, 물을 쏟아붓기 직전에서야 학교에서 배웠던 물은 전도체라는 사실이 떠올랐다. 또 욕조에 헤어드라이기를 떨어뜨렸다가 감전되어 죽은 사람들 이야기도 떠올랐다. 물을 부으면 큰일이 나겠지? 그는 입김을 후후 불어 불을 꺼보려고 시도했지만 불길은 오히려 더 거세질 뿐이었다. 그는 물이 담긴 양동이를 든 채 속수무책으로 서서는 숨을 크게 내쉬고, 3초 동안 가만히 있다가, 무슨 일이 일어나도 상관없다는 생각이 들어 물을 부었다.

아무 일도 일어나지 않았다. 불이 꺼지고 안전장치가 팝콘 터지는 소리를 내며 차례차례 올라갔다. 다음 날, 전기공이 와서 누전차단기를 고치자 위험한 전기는 모두 사라졌지만, 그날 이후 그 생각은 떠나지 않고 그에게 남아 있었다. 무슨 일이 일어나더라도 상관없겠다는 생각.

그렇게 생각하겠노라고 마음을 먹은 건 아니었다. 심지어 머릿속에서 그런 생각을 빚어낸 것조차 아니었다. 그런 게 아니었다. 어쩌면 다른 어려운 생각과 마찬가지로, 이번에도 베냐민은 어떻게 해결하면 좋을지 알 수 없는 일들로 머릿속을 가득 채우기보다는 머릿속을 텅 비워버리기를 택한 건지도 모른다. 그는 이전에도 이 부둣가를 여러 번 찾아 물가에 서서 오랫동안 바다를 보다가 집으로 돌아오곤 했다. 이번에는 왜 다른 기분이 드는지 알 수 없었다. 그는 물가로 다가가 잠시 가만히 서 있었다. 물속을 내려다보자 굵직한 닻줄을 막처럼 감싸고 있는 해초가 보였다. 물 아래로 20센티미터 깊이까지는 들여다보였지만 그 아래는 깜깜했다. 그가 입고 있던 옷을 벗어

한 무더기로 쌓아놓자 지나가던 사람들의 눈길이 그에게 잠시 머물렀다 다시 떠나갔다. 다음 순간, 그는 물속에 뛰어들었다. 어떤 자세한 계획도 없었다. 그저 힘이 닿는 만큼, 에너지가 다 빠져나갈 때까지 똑바로 헤엄쳐서 가보기로 했다. 그렇게 그는 배 몇 대만 돌아다니는 부둣가를 떠나 너른 바다로 헤엄쳐 갔다. 바람이 없어 물은 거울처럼 매끈했지만 해안을 향해 큰 파도가 다가오는 바람에 바다가 출렁였다. 그는 파도에 몸을 맡겼다. 칠흑같이 새까만 바다에서 그는 작고 보잘것없는 존재였다. 바다는 아직 그를 어떻게 해야 할지 마음을 정하지 못한 모양이었다. 헤엄치면 칠수록 물은 더 차가워졌고 팔을 뻗는 길이도 짧아졌다. 그러나 베냐민은 수영을 잘했다. 오래전 어느 여름 부모님은 그를 수영 캠프에 보냈다. 캠프 아이들은 다들 서로를 알았지만 그는 아는 사람이 아무도 없었다. 다들 베냐민보다 나이가 많았다. 모두 한 줄로 헤엄치던 시간, 그는 가장 느렸고, 뒷사람이 그에게 바짝 붙자 수영장 가에 있던 강사가 호각을 불며 "비켜!" 하고 외쳤다. 그 말에 그는 숨을 헉헉 몰아쉬면서 노란색 레인 로프를 붙잡고 뒷사람을 앞으로 보냈다. 수영이 끝난 뒤 샤워 시간. 염소 냄새, 쪼글쪼글해진 손바닥, 형광등을 받아 번들거리는 바닥에 고인 물웅덩이들. 샤워실 안을 뛰어다니며 서로를 타월로 후려치는 다른 아이들의 고함이 타일 바른 벽에 메아리쳤다. 숙소는 체육관이었다. 모두 침낭과 깔개를 마련해 왔지만 베냐민의 엄마 아빠는 깜빡하고 챙겨주지 않았다. 수영 강사가 담요를 빌려주고 높이뛰기용 매트를 펴주었다. 다른 아이들은 누구보다 높은 곳에 누워 있는 그를 보고 "왕"이라고 놀려대기 시작했다. 자야 할 시간이 되자 그는 부모님 생각에 소리 죽여 울었다. 천장을 올려다보고, 평균대며 링이며 늑목을 눈으로 훑었다. 마지막 날은 이론수업이었다. 강사는 물에 쫄딱 젖은 아이들을 불러 모아 수영장 가장자리에 세워두고는 아이들이 소란스러워질 때마다 호각을 불었다. 강사는 차가운 물에 빠지면 어떻게 해야 하는지 알려주었다. 칠판 앞에 서서 개가 짖는 것처럼 크게 고함을 쳤다.

"방향을 잡아라! 어디로 가고 있나? 방향을 잡아라! 어디로 가고 있나? 방향을 잡아라! 어디로 가고 있나?"

베냐민은 자신이 어디로 가고 있는지 알았다. 그는 드넓은 바다로 향해 가고 있었고, 그다음에 무슨 일이 일어날지는 중요하지 않았다. 작은 섬을 지나치자 도시의 소리는 이제 모두 사라지고, 귓가에 들리는 소리라고는 자신의 숨소리와 손이 수면에 내리꽂히는 소리가 전부였다.

문득 온 세상에 굉음이 퍼졌다. 그 소리가 사라지자 몇 초간 침묵이 내렸다. 그러다가 또다시 심장이 멎을 것처럼 우르릉

하는 소리, 천둥이자 사이렌 소리 같은 굉음이 그에게 내리꽂혔다. 음파는 바다를 통해 전달되듯 물에 잠긴 그의 온몸을 타고 진동했다. 몸을 돌리자 고작 15미터 떨어진 곳에 거대한 여객선이 지나가고 있었다. 기적이 세 번째로 울리는 순간, 그 소리가 뼈와 살을 뚫고 지나가기라도 하는 것처럼 그의 육체는 마비되었고, 베냐민은 어느새 또다시 변전소로 돌아가 있었다. 폭발음이 한 번, 또 한 번 들려오는 가운데 품에 안긴 몰리의 경련이 느껴지자 그는 몰리를 꽉 끌어안았고, 변전소 안이 파랗게 변하더니 등에 아픔이 느껴졌다. 그는 생각했다. 이제 알아. 산산조각으로 찢기는 게 어떤 느낌인지 이제는 알고 있어. 다음 순간 모든 게 깜깜해졌다. 깨어났을 때는 등이 불붙은 듯 아팠다.

방향을 잡아라!

어디로 가고 있나?

형이랑 동생은 어디 있지?

그리고 그는 몰리를 향해 기어갔다.

네 번째로 기적이 울렸을 때 베냐민은 크게 고함을 질렀다. 헐떡이는 자신의 숨소리를 들으며 계속 헤엄쳤다. 똑바로 헤엄치는 바다는 문득 더 거칠어졌고 얼어붙은 머리에 바람이 스쳤다. 다음 순간, 그의 눈앞에 둥둥 뜬 두 개의 머리통이 나타났다. 머리를 보자마자 베냐민은 그들이 누구인지 알 수 있었다. 그는 1킬로미터나 떨어진 곳에서도 형과 동생을 알아볼 수 있으니까. 그는 두 사람 곁으로 헤엄쳐 갔다. 수면 위로 간신히 고개를 들어올린 채 저 멀리 물에 떠서 까딱거리는 조그만 부표를 빤히 쳐다보는 피에르가 보였다.

"부표가 저기 있어!" 피에르는 닐스에게 외쳤다. "벌써 반이나 왔어!"

피에르가 베냐민에게 눈길을 돌리더니 말했다. "무서워."

"나도 그래." 베냐민이 대답했다.

닐스는 한참 앞서가고 있었다. 형이 입 안에 들어간 물을 뱉어내려고 고개를 기울이는 게 보였다.

"닐스 형." 베냐민의 부름에 닐스는 대답하지 않고 하늘만 바라보며 계속 헤엄쳐 갔다. 베냐민은 형을 따라잡았고, 둘은 서로의 얼굴을 향해 거친 숨을 쏟아냈다. 세 소년은 물속에서 멈췄다. 바다는 조용히 기다리고 있었다.

베냐민이 피에르를 보더니 웃었다. "입술이 파랗게 됐네."

"형도 똑같거든."

두 사람은 씩 웃었다. 닐스를 바라보자, 형은 부드러운 미소를 짓고 있었다. 세 소년은 양 팔로 서로를 물속에서 꼭 끌어안고 입김을 불어 서로의 얼굴을 따뜻하게 데워주었다. 서로의 눈을 바라보고 있으니 더는 겁이 나지 않았다.

“이제 가야겠어.” 베냐민이 말했다. 닐스는 고개를 끄덕였다.

피에르는 베냐민을 보내고 싶지 않았다. 베냐민은 동생의 뺨을 어루만지며 미소를 짓고는, 형과 동생에게서 벗어나 다시 방향을 돌려 드넓은 바다를 향해 헤엄쳤다. 얼어붙어 따끔따끔한 감각과 피로가 허벅지를 타고 올라오고 있었다. 숨이 막히는 것이 아니라 지친 것이었다. 어깨와 팔이 바늘로 찌르는 것처럼 얼얼해져 왔고, 물은 점점 더 가까이 다가왔고, 아까까지만 해도 덩치 큰 친한 친구 같았던 파도 역시 별안간 성격이 바뀐 듯 온 힘을 다해 그에게 쏟아져 왔다. 그가 헉 하고 숨을 들이쉬는 순간 바다가 그의 몸속으로 쏟아져 들어와 뱃속과 기도와 폐를 가득 채웠다. 의식을 잃기 직전에는 불안감조차도 사라졌다. 마침내 그토록 오랜 세월 붙들고 있었던 현실을 놓아줄 수 있다는 걸 알았으므로. 그는 수면 아래로 힘없이, 자유롭게 낙하했고, 심장이 멈추는 순간은 밝지도 어둡지도 않았다. 터널 끝에는 그 어떤 빛도 비치지 않았다.

그곳에는 자갈길이 있었다.

22장

| 새벽 2시 |

그는 형제들에게 자신은 잠시 화장실을 쓰고 집에 가겠다고, 내일 보자고 한다. 피에르와 닐스는 엄마 집 복도에서 허리를 반쯤 접다시피 구부리고 신발 끈을 맨 다음 각자가 챙긴 엄마의 유품을 품에 안고 어두운 계단참을 향해 비틀비틀 걸어 나간다. 베냐민은 두 사람이 엘리베이터를 향하는 것까지 보고 문을 닫는다. 그다음에는 방금 말한 대로 화장실을 향한다. 정말 화장실을 쓸 이유가 있었던 건 아니고, 거짓말의 무게를 덜기 위해서다. 활짝 열린 욕실장 안에 엄마의 세면용품이 들어

있다. 비누 받침과 하나가 되다시피 말라붙은 비누. 너무 오래 써서 난도질이라도 당한 양 닳아빠진 칫솔. 세면대에 남은 토사물 자국. 욕조 가장자리에는 어머니가 오래전에 샀지만 아끼고 아낀 나머지 한 번도 쓰지 않은 샤넬 향수병이 놓여 있다. 세면대 위에 달린 전구 세 개 중에서 불이 들어오는 건 하나뿐이다. 베냐민은 거울에 비친 자신을 들여다본다. 평소 그는 필요 이상으로 거울을 오래 들여다보는 법도, 거울 속 자신과 눈을 맞추는 법도 없이 그저 턱이나 코를 슬쩍 확인하는 게 전부였지만, 이번에는 거울에 비친 튀어나온 입과 넓은 이마를 한참 본다.

오래전 아빠가 농담처럼 "해골만 남았을 때 자기가 어떤 모습일지 상상하는 건 어렵지 않지." 하고 말했던 게 떠오른다. 어렸을 때 베냐민은 외모에 관심이 많았다. 거울 앞에 홀린 듯 서 있곤 했다. 그러다 베냐민이 혼자 집을 지키던 어느 날, 그는 복도 거울을 너무 오래 들여다본 나머지 다른 사람의 모습을 보고 있는 것 같다고 생각했다. 겁이 나지는 않았다. 그래서 몇 번이나 더 거울을 들여다보았지만 아까와 같은 순간이 다시 돌아오지는 않았다. 또 한번은 별장 부엌 바닥의 러그 위에 다리를 쭉 뻗고 앉아 있었는데 하반신이 자기 몸 같지 않은 기분이 들었다. 이 다리가 다른 사람의 다리일 뿐 아니라, 허리

아래가 전부 자기 몸에 속하지 않은 죽은 살덩이처럼 느껴졌던 것이다. 그 느낌이 너무 생생한 나머지 꼼짝도 할 수가 없었다. 그는 부엌 스토브 옆에 놓인 장작 바구니로 손을 뻗고는 장작을 한 조각 집어 자기 허벅지와 발바닥을 때려보았다. 감각을 느끼기 위해서, 자신의 신체 부위들을 돌려받고 싶어서.

베냐민은 거울 속 자신의 모습을 바라본다.

해골만 남았을 때 자기가 어떤 모습일지 상상해 본다.

그는 거실로 돌아간 뒤 세 형제가 유품을 뒤지느라 엉망으로 만들어놓은 어머니의 아파트 안을 둘러본다. 바닥에 펼쳐진 사진 앨범, 활짝 열린 부엌 찬장, 벽에서 떼어낸 사진들. 도둑이 무더기로 들었다 나간 집 같다. 그는 어머니의 침실로 가서 정리되지 않은 침대 위, 어머니가 마지막까지 불면증과 씨름한 흔적이 아직도 역력한 침구들을 본다. 옷을 벗고 잠시 가만히 서 있다가 침대 위에 눕는다. 집으로 돌아가고 싶지 않다. 여기, 어머니의 침대에서 잠들고 싶다. 침대 옆 협탁에 놓인 재떨이 바닥에는 끝까지 태운 담배꽁초가 가득하고, 그 사이에 반만 피운 장초들이 한 줄로 꽂혀 있다. 모호크족의 머리 모양 같다. 담배를 피울 기운조차 남지 않았던 어머니의 마지막 나날이 담긴 재떨이다.

어머니의 편지를 펼친다. 침대 옆 희미한 조명에 의지해 다시 읽는다. 베냐민으로서는 귀에 익은 나머지 아무리 작은 변화까지도, 심지어 당신조차 의식하지 못하는 미묘한 감정까지도 모두 알아차릴 수 있는 어머니의 목소리가 들리는 것만 같다. 그는 어머니가 쉬었음직한 부분마다 쉬어가며 편지를 읽어나간다. 마치 앞으로 이 편지를 영영 다시 못 볼 사람처럼, 그래서 전부 외워버리려는 사람처럼. 어머니의 말을 조심스럽고도 천천히 머릿속에 담는다. 그다음에는 편지를 가슴 위에 얹어놓고 불을 끈다. 베냐민은 네 살, 낯선 침실의 모르는 침대에 누워 있다. 엄마가 그의 잠옷 상의를 걷어 올려 배를 간지럽힌다. 개미가 기어간다며 검지와 중지로 간지럽히는 엄마의 손길에 그는 숨이 막힐 정도로 웃어댄다. 개미가 또 한 마리 찾아왔다며 엄마는 이번에는 양손으로 그의 배를 간질이자 베냐민은 몸을 뒤틀며 마구 발버둥을 치고, 그러다가 실수로 엄마의 머리통에 발길질한다. 엄마가 이마를 한 손으로 부여잡고 몇 발짝 물러나서는 혼자 뭐라고 중얼거린다. 베냐민은 벌떡 일어나 침대 가장자리에 걸터앉는다. 죄송해요, 엄마. 잘못했어요. 일부러 그런 게 아니었어요. 엄마는 여전히 머리를 부여잡은 채 별일 아니라고 대답하다가, 그가 울고 있는 걸 알고 꼭 안아준다. "괜찮다, 우리 아들. 엄마는 아무렇지도 않단다."

베냐민은 침대에 누운 뒤 몸을 뒤척인다. 드디어 여름밤이 찾아와 바깥이 깜깜해진다. 휴대폰을 꺼내 피에르에게 전화를 건다. 신호음이 한참 울린 뒤에야 피에르가 전화를 받는다. 웅얼거리는 쉰 목소리를 듣자마자 그는 동생이 지금 멀쩡한 정신이 아니라는 걸 알아차린다.

"세상이 빙빙 돌아."

피에르는 방금 수면제를 먹고 잠자리에 들었단다. 잠을 설치던 와중 수면제가 보여서 먹어야겠다는 생각이 들었다고 한다.

"얼마나 먹었는데?" 베냐민이 묻는다.

"한 알." 피에르는 곧바로 대답했다가 다시 애매하게, 어쩌면 한편으로는 능청스럽게 들리는 말투로 덧붙인다. "두 알 먹은 거 같기도 하고."

피에르가 전화기를 내려놓았는지 지직 소리가 들린다. 전화 너머에서 피에르의 느릿한 발소리가 들리더니, 무언가를 집어 들고 다시 돌아오는 기척이 들린다.

"두 알이네! 지금 약을 들고 왔어. 두 알 먹고 언제까지 잠을 참을 수 있을지 자신과의 싸움을 해보기로 마음먹은 거야."

피에르는 낄낄 웃기 시작한다.

"아까는 괜찮았는데, 지금은…." 그러다 그는 갑자기 괴로운 듯 한숨을 쉰다. "세상이 빙빙 돌아."

베냐민은 전화 너머 동생이 앞뒤 없이 주절거리는 소리에 귀를 기울인다. 그러다 문득 동생의 말이 뚝 멈추더니 숨소리 말고는 아무것도 들리지 않는다.

"여보세요, 너 아직 거기 있어?"

"도대체 이 빌어먹을 조명은 다 뭐야?" 피에르가 그렇게 말하더니 몇 초 뒤 다시 말을 잇는다. "도대체 어떻게 꺼야 하는 거야?"

두 사람은 통화를 마친다. 몇 초 뒤 휴대폰 화면의 파리한 불빛이 꺼지자 방 안이 깜깜해진다. 베냐민은 잠이 오지 않을 때 해보라던 심리치료사의 조언을 따라 보기로 한다. 머릿속에 떠오르는 생각을 받아들이고, 바라보다가, 없애버리기. 그다음으로 떠오른 생각 역시 받아들이고, 바라보다가, 없애버리기. 그러나 그는 마지막 단계를 도저히 해낼 수가 없다. 첫 번째 생각에 두 번째 생각이 부딪혀 오는 바람에 자꾸만 두 생각 사이의 연관관계에 몰두하게 되고, 그러다 보면 지금 해야 할 일을 잊어버리는 바람에 처음부터 다시 시작하게 된다. 그는 휴대폰을 집어 이번에는 닐스에게 전화를 건다. 닐스는 평소와 마찬가지로 격식을 갖춰 자신의 성씨를 말하며 전화를 받는다.

"나 때문에 깼어?" 베냐민이 묻는다.

"아니, 누워 있어. 이제 막 불을 끄려던 참이야."

배경에서 희미한 클래식 음악이 들려온다.

"어머니 편지를 다시 읽었어." 베냐민이 말한다.

"그래." 닐스는 나직하게 대답한다. "최악이지…."

"뭐가?"

"어머니가 살아계셨을 때는 그런 말을 전혀 하시지 않았다는 게."

"맞아."

닐스의 목소리는 차분하기 그지없다. 조금 전 있었던 일을 완전히 받아들인 것만 같은 목소리다. 베냐민은 예전부터 닐스가 별다른 문제없이 어린 시절을 보낼 수 있었던 건 그가 늘 마음을 닫고 있었기 때문이라고 생각했다. 가끔은 닐스가 행복했던 적이 있긴 했을까 궁금할 때도 있었다. 오랜만에 만날 때면 드물게 행복해 보이던 적도 있다. 하지만 조리대 앞에 서서 커피를 새로 따르고 있을 때라거나 창가에 서서 바깥을 내다볼 때처럼 무방비한 순간이면 베냐민은 형의 눈 속에서 아주 작은 불꽃처럼 슬픔이 빛나는 것을 본다.

"뭐 하나 물어봐도 돼?" 베냐민이 묻는다.

"뭐?"

"형이 고등학교 졸업했던 날, 기억나?"

"응."

"다음 날 아침 형은 중앙아메리카로 떠났지. 아침 일찍 떠날 예정이었잖아. 기억나?"

"그래."

"그때 난 침대에 누워서 방 바깥에서 나는 소리에 귀를 기울이고 있었어. 그러다 형이 떠나는 기척을 들었지. 왜 내 방에 들어와서 작별 인사를 해주지 않았어?"

"그러지 말라고 해서."

"누가?"

"부모님이 네가 아프다고 하셨어. 네가 신경 쓰게 하지 말라고 하셨어."

둘 다 침묵한다. 들리는 것은 둘의 숨소리, 그리고 배경에서 흐르는 음악뿐이다.

"내일 보자, 베냐민."

"벌써 내일인걸."

"잘될 거야."

"그래."

늦은 밤은 이른 아침이 된다.

베냐민은 다시 조명을 켜고 엄마의 침대에서 일어나 앉아 다시 한 번 편지를 읽는다. 군데군데 흐릿하기는 해도 여전히 선명한, 앞뒷면이 엄마의 것이 분명한 손 글씨로 가득 찬 한 장짜리 편지는 그 별장에서 지금 이곳에 이르기까지 수십 년이라는 세월 동안 있었던 모든 일을 거미줄처럼 한데 아우르는 글이 분명하다. 모두의 혀끝에서 맴돌았음에도 그 누구도, 단 한 번도 입 밖에 내지 않은 모든 말들로 가득한 짧고 간결한 편지 한 장.

방 안이 작아진다.

눈을 감는다. 그러다 아마 잠든 것 같다. 다시 눈을 뜨니 방 안이 아까보다 밝아져 있으므로. 창밖을 보자 길 건너편 건물 꼭대기에 노란 햇살이 한 점 보인다. 회색 콘크리트 모서리를 물들인 작디작은 노란 빛.

23장

| 전류 |

"물에서 어떻게 나왔는지 모르겠어요. 의식을 잃었던 것 같은데…. 정신을 차리니 모터보트 갑판에 누워 있었어요. 흥분한 목소리가 들리고 누군가 등을 만지는 손길이 느껴졌어요. 그다음에는 폐에 들어찬 물을 손바닥에 토해냈는데, 물이 따뜻해서 기분 좋다고 생각했던 기억이 납니다."

그 이야기를 하는 내내 바닥을 보고 있었지만, 지금 그는 드디어 고개를 들어 상대의 눈을 바라보고 있었다. 심리치료사는 공책에 메모를 하고 있었다. 대화하는 중에는 공책이 그의 눈에 띄지 않게 숨겼지만 때때로 그녀의 거친 필체, 약간 꼬부라진 채 반쯤 완성된 문장들, 해독할 수 없는 키워드들이 군데군데 적힌 것이 눈에 들어왔다.

"그래서 제가 결국 여기, 선생님 앞에 오게 된 것 같아요." 베냐민이 말했다.

심리치료사와 세 번째 만남이었다. 면밀하게 정해진 일정에 따라 회기당 두 시간. 심리치료사는 아주 명확하게 말해주었다. 과거에는 자살을 시도한 사람들은 오로지 약물치료만 받았다고. 모든 것이 진단과 치료에 초점을 맞추었단다. 그러나 오늘날 가장 중요한 것은 환자의 이야기라고 한다. 그녀는 베냐민이 자신의 역사에 대해 그 누구보다 잘 알고 있는 전문가라고 했는데, 그 말을 들으니 이상하게도 우쭐한 기분이 들 뿐 아니라 사뭇 감동적이기까지 했다. 어쩌면 심리치료사가 베냐민이 아프다고 말하지 않고 오히려 그 반대라고 해서 그런 것 같았다. 베냐민 자신의 통찰이 그 무엇보다 중요하다고 말이다.

심리치료사는 주로 그의 이야기를 듣기만 하다가 후속 질문을 던졌다. 그중 어떤 질문은 그녀가 이미 베냐민의 형제들과 대화해 보았음을 암시했고, 그는 이 부분에 대해 불만이 없었다. 그가 이미 동의한 사항이었으니까. 두 시간 동안 이야기를 늘어놓았다. 그게 다였다. 처음 상담소에 왔을 때 그는 출입

문이 두 개라는 사실을 알고 놀랐다. 하나는 들어오는 문, 하나는 나가는 문이었다. 환자들끼리 마주칠 가능성을 최소화하는 아주 영리한 출입 체계였다. 그럼에도 베냐민은 처음부터 다른 환자들에 대해 원하는 것보다 더 많이 알게 되었다는 생각이 들었다. 첫 상담일에 그는 소변을 보러 갔는데, 내담자용 화장실의 얄팍한 문 너머로 대화 소리가 들렸다. 그리고 물을 내리기 직전, 다른 환자가 울음을 터뜨리는 소리가 들렸다. 상담소는 아주 컸고 긴 복도가 하나 있었으며, 나란히 나 있는 상담실 문 뒤에서 각자의 슬픔이 펼쳐졌다. 베냐민이 접수담당자에게 안내받은 문을 망설이며 두드리자 안에서 "네?" 하는 목소리가 들렸다. 마치 누가 오리라고는 전혀 예상하지 못했다는 듯 놀란 목소리였다. 그는 상담실 안으로 들어갔다. 낮은 안락의자 두 개와 책상 하나가 놓인 작은 방 안에 앉아 있는 덩치 큰 여성이 심리치료사였다. 둘은 마주 앉았고, 자신에 대한 전문가인 베냐민이 자기 이야기를 하면 심리치료사는 귀를 기울였다. 시간이 갈수록 어린 시절과 청소년 시절의 초상이 그려지기 시작했고 드디어 그 이야기는 끝이 났다.

"그렇군요." 심리치료사는 베냐민을 향해 미소를 지었다.

"그렇습니다." 베냐민도 말했다.

그녀는 다시 노트 위로 몸을 수그리고 뭐라고 메모하기 시작했다. 어머니가 돌아가신 지 14일이 지났다. 바다에 뛰어들어 더 이상 헤엄칠 수 없을 때까지 헤엄치기로 결심한 그날 이후 12일이 지났다. 구조된 뒤 24시간은 병원에서 보냈다. 다음날 의료진은 다시금 자해할 계획이 있느냐고 물었고 그는 없다고 대답했는데, 그 말은 진심이었다. 이어서 의료진은 앞으로 전문 심리치료를 받을 준비가 되어 있느냐고 물었다. 베냐민은 그렇다고 대답해서 퇴원 허가를 받았다. 그다음 일은 기억에 거의 남아 있지 않다. 그는 바깥에 나가지 않고 집에 머물렀다. 형과 동생이 찾아온 것은 기억난다. 피에르가 롤케이크를 사왔었다. 어린 시절 이후로 처음 보는 롤케이크였다. 셋이서 무슨 이야기를 했는지는 거의 기억나지 않지만, 롤케이크만은 기억에 남아 있다. 며칠 뒤에야 그는 심리치료를 받으며 서서히 본래의 자신으로 돌아오기 시작했다. 세 번의 상담을 하는 데 일주일이 넘게 걸렸다. 심리치료사와의 대화가 그를 현실에 묶어 발을 디딜 수 있게 해주었다.

"오늘 상담은 3회차이자 마지막이기도 해요." 심리치료사가 그렇게 말하더니 베냐민의 머리 위에 걸린 벽시계로 슬쩍 눈길을 주었다. "남은 시간 동안 선생님 이야기 속 특정한 사건으로 돌아가 보았으면 좋겠는데, 괜찮으실까요?"

"물론이지요." 베냐민이 대답했다.

"변전소에서 일어났던 일에 대해 조금 더 이야기해 보았으면 좋겠습니다."

바지 주머니에서 진동이 울리는 바람에 베냐민은 휴대폰을 꺼냈다. 어머니가 돌아가신 날 오후 닐스가 만든 단체 대화방에서 온 메시지였다. 닐스는 대화방 제목을 "엄마"라고 지었는데, 피에르가 곧바로 제목을 "마미"로 바꾸었다. 베냐민으로서는 왜 그러는지 이해할 수가 없었다. 농담인가? 어머니가 살아계실 때 셋은 한 번도 엄마를 그렇게 부른 적이 없었다. 그는 메시지를 빠르게 읽어 내린 뒤 휴대폰을 의자 옆 테이블에 내려놓았다.

"조금 혼란스러워 보이네요." 심리치료사가 말했다.

"아, 아무것도 아니에요." 베냐민은 그렇게 말하고는 테이블 위에 놓인 물을 마셨다. "닐스 형이 어머니 장례식에서 「피아노 맨」을 틀자고 해서요."

"「피아노 맨」이요?"

"예, 그 노래요."

장례식까지는 24시간도 채 남지 않았다. 닐스는 무슨 집착증이라도 있는 사람처럼 마지막 순간까지 모든 것을 계획하고 있었다. 「피아노 맨」이 어머니가 제일 좋아하는 노래이니 장례식에 딱 맞을 거라나. 베냐민 역시 어린 시절 어머니가 아이들에게 그 노래를 틀어주었던 기억이 있기는 했다. 어머니는 아이들을 조용히 시킨 다음 가사에 귀를 기울이다가, 노래가 끝나면 손을 입술에 가져가 입을 쪽 맞춰 키스를 방 안에 흩뿌리는 동작을 했다. 베냐민은 사실 장례식에서 무슨 노래를 틀건 상관이 없었지만, 슬슬 걱정이 되기 시작했다. 이 메시지를 시작으로 피에르가 또 닐스를 들들 볶을 게 분명했으니까. 또다시 진동이 울리자 베냐민은 몸을 슬쩍 굽혀 화면을 확인했다.

하하. 피에르의 답장이었다.

그렇게 전투 준비가 시작되었다. 메시지 앱에는 피에르의 악의와 닐스의 분노가 화면 위에서 열렬히 춤을 추고 있는 것처럼 세 개의 말줄임표가 떠 있었다.

무슨 뜻이야? 닐스였다.

미안, 농담인 줄 알았어. 추레한 호텔 바에서 술에 취해 피아노 치는 남자에 관한 노래를 틀자고? 어머니 장례식에서? 진심이야?

어머니가 좋아하셨어. 그러면 된 거 아냐?

내가 제일 좋아하는 노래는 AC/DC의 「선더스트럭」이야. 그렇다고 내가 내 장례식에서 그 노래를 틀고 싶겠어?

그다음엔 침묵이 찾아왔다. 여태까지의 상처들에 더해진 작은 상처 하나, 세 형제 사이에 이어진 가느다란 실이 또 하나 끊어진 것이다. 그는 휴대폰을 주머니에 집어넣었다.

"장례식이 벌써 내일이지요?" 심리치료사가 물었다.

"예."

그러자 심리치료사는 부드러운 미소를 짓더니 "아무튼." 하면서 상체를 앞으로 내밀었다. "변전소에서 있었던 일에 대해 조금 더 이야기했으면 합니다."

"그러죠." 베냐민이 대답했다.

왜 그러자는 것인지는 알 수 없었다. 그날 일에 대해 기억나는 건 이미 다 말했으니까. 그는 어린 시절에 대해 기억하는 것 전부를, 형제들과의 사이에서 일어난 일이지만 그 누구에게도, 심지어 형제들에게도 말하지 않은 것들을 이미 이야기한 뒤였다. 자작나무 다발과 미나리아재비꽃 이야기도 했고, 가장 힘들었던 기억, 그를 변화시켰던 기억까지도 이야기했다. 식품저장고. 미드소마. 아버지의 죽음. 이런 이야기를 하고 나면 자신을 이해하는 데 도움이 된다고, 이제 스스로를 자신의 서사로 이루어진 총합으로 보게 된다고 들었다. 하지만 심리치료사 앞에서 이야기들을 레고 블록처럼 펼쳐놓고 나니 베냐민은 이것들을 어떻게 끼워 맞춰야 할지 도통 알 수가 없었다. 어머니가 돌아가시고 이틀 뒤, 그가 자기 자신에게 저지른 일이 여태 있었던 다른 모든 일들의 결과라는 사실은 알 수 있었다. 다만 어째서 그런 건지 알 수 없을 뿐이었다.

“그리고 이제 크게 한 발짝 앞으로 내딛을 시간이에요.” 심리치료사가 말했다. “이 한 발짝을 내딛기가 굉장히 힘들지도 모릅니다. 할 수 있으시겠어요?”

“예.”

“변전소에 서 있던 선생님 자신의 모습을 머릿속에 그려보세요.”

그는 빈터에 서 있는 작은 건물의 모습을 기억한다. 그곳으로 이어지는 오솔길은 대강 다져져 있었고, 어쩌면 아예 다져지지 않았을 수도 있었고, 어쩌면 오솔길은 없었던 것 같기도 했다. 아주 가까운 곳에서 나던 모기 소리와 새소리, 그리고 저 멀리서 건물이 뿜어내는 소리가 들렸다. 전기가 건물 안 케이블을 타고 흘러서는 서로 나뉘어 숲속 별장으로 향하는 소리였다. 멀리서 보는 변전소 건물에서는 목가적이기까지 한 분위기가 풍겼다. 숲속의 작은 오두막집과 그 앞에는 마치 정원이라도 되는 것처럼 한 줄로 깔끔히 늘어선 기둥. 기둥 머리의 검은 모자는 오후 햇빛을 받아 빛나고 있었다. 바람은 불지 않았다. 아주 늙은 사람의 손가락처럼 생긴 나무뿌리를 넘어갔던 기억이 난다.

“선생님은 형제들과 함께 걷다가 변전소로 다가갔고, 고장난 게이트를 열었습니다.” 심리치료사가 말한다. “이제 선생님은 철조망 반대편에 있습니다. 작은 건물 안으로 들어갑니다. 머릿속에 그 모습이 그려지나요?"

"예."

깜깜한 변전소 안 벽에 맺힌 습기가 기억난다. 전기가 소리를 내며 전선을 타고 흐르는 소리. 천장에서 깜박거리는 전등이 희미한 빛을 던졌는데, 그때 방 안에 이렇게 전기가 많은데 조명이 어두워서 이상하다고 생각했던 기억이 난다. 형과 동생은 바깥의 햇살에 새하얗게 바래 있었다. 바람이 실어온 그들의 고함이 들렸다. 닐스가 어서 나오라고 외쳤다. 위험하다고 했다. 베냐민이 케이블로 가득한 벽으로 다가가자 두 사람이 지르는 고함은 더 날카로워졌지만 그에게까지 닿지 않았다. 그들의 아우성은 그저 피에르와 함께 호수에서 물수제비뜨며 놀던 고요한 저녁, 호수 건너편에서 들려오던 메아리처럼 멀리서 들리는 흐릿한 외침에 불과했다.

"선생님은 건물 안에 서 있습니다. 품에 개를 안고, 케이블에 아주 가까이 다가가 서 있습니다. 무슨 생각이 들었습니까?"

"제가 무적이라고 생각했어요."

성난 전기가 흐르고 있는 곳 한가운데에 서서, 전기가 자신을 조금도 건드릴 수 없다고 생각했던 것이 기억난다. 무엇도 그를 막을 수 없다는, 원하는 건 무엇이든 할 수 있다는 기분이

들었다. 그는 태풍의 눈에 서 있었다. 주변의 모든 것이 파괴되지만 그는 털끝 하나도 다치지 않았다. 마치 벽을 타고 흐르는 전기가 자신의 종인 것처럼, 그가 전기의 핵심에 파고들어 승리를 거머쥔 것처럼, 이곳에서 흐르고 있는 모든 전력이 이제 그의 손아귀에 들어온 힘인 것처럼 느꼈다.

"선생님은 입구를 향해 돌아섭니다. 형제들을 바라봅니다. 선생님은 케이블에 너무 가까이 다가가 있습니다. 아무것도 만지지 않았지만, 전류가 선생님을 강타합니다."

폭발이 기억난다. 폭발 직전 몇 초 동안도 기억난다. 팔을 움직이면 전류를 조종할 수 있었다. 손을 뻗으면 전류가 대답했다. 전선 쪽으로 손을 가져갈 때마다 형제들의 고함이 커졌다. 두 사람이 겁에 질린 걸 보니 기분이 좋았다. 형과 동생을 놀리면서, 그들이 철조망 안에 손가락을 끼운 채로 서 있는 모습을 구경했다. 다음 순간 변전소 안이 새파랗게 변했고, 등이 타는 듯 뜨거워지더니 하얗게 폭발이 일었고, 그는 그대로 희미해져 사라져 버렸다.

"선생님은 건물 바닥에 쓰러진 채 눈을 뜹니다." 심리치료사가 말한다. "얼마나 오래 의식을 잃고 있었는지 알 수 없지만, 마침내 정신을 차립니다. 그 모습이 그려집니까?"

"예."

거칠거칠한 바닥에 한쪽 뺨이 닿아 있던 게 기억난다. 등이 없어진 것 같았다. 그밖에는? 몸의 다른 어느 부위를 잃었는지 알고 싶지 않았기에 감히 몸을 살펴볼 엄두도 내지 않았다. 문밖, 철조망 쪽을 바라보았다. 형이랑 동생은 어디 있지? 두 사람은 폭발을 보았다. 그가 산산이 조각나고, 몸이 불타는 모습을 본 목격자였다. 그런데 두 사람은 그를 떠나버렸다. 깨어났다가 다시 기절한 게 기억났다. 바깥을 보자 해는 반대편으로 이동해 있었다.

"그렇게 선생님은 다시 의식을 찾았습니다. 깨어났습니다. 이제 개가 보입니다. 멀리 떨어지지 않은 바닥에 쓰러져 있지요. 선생님은 그쪽으로 기어가 바닥에 앉은 다음 개를 품에 안습니다. 기억나십니까?"

"예."

그때 느낀 수치심이 기억난다.

아픔은 아무것도 아니었다. 더는 아픔이 느껴지지 않았으니까. 등이 사라졌지만 이제는 수치심 말고 그 무엇도 느낄 수 없었다. 바깥에서 해가 엄청난 속도로 뜨고 지는 동안, 다양한 형태의 별이 빛나는 하늘들이 작은 건물을 비추는 동안, 그는 몰리를 안고 있다. 거대한 구조물이 쑥 꺼지며 부서질 때 나는 소리처럼 숲속에서 무엇을 긁는 것 같이 덜컹거리는 소리가 커다랗게 들려온다. 부드럽다가 거칠어진 바람이 밀려왔다 사라지고, 전나무가 흔들리다가 다시 우뚝 서고, 짐승들이 건물 바깥에 발걸음을 멈추고 안을 들여다보다가 다시 가던 길을 간다. 그리고 이곳에서 그는 항상 현실 바깥에 반쯤 발을 걸치고 있는 것처럼, 항상 어딘가 다른 곳에서 그를 지켜보는 것 같은 기분이었으나, 이제는 그 자신의 한가운데이자 우주의 한가운데에 있다. 몰리를 품에 안고 가슴에 꼭 끌어안자 몰리의 몸은 차게 식어 있다.

"선생님은 개를 안고 있습니다." 심리치료사가 말한다. "품에 안은 개를 내려다봅니다. 보이십니까?"

"예." 베냐민이 대답했다.

"무엇이 보입니까?"

마치 몰리가 잠들어 있기라도 한 듯 부드럽게, 조심히 그 애를 달랬던 게 기억난다. 내려다보며 우는 바람에 몰리의 얼굴 위로 떨어진 그의 눈물이 몰리의 눈물 같았던 것도 기억난다.

"눈앞에 있는 건 개가 아니에요, 그렇지요?" 심리치료사가 말한다. "지금 눈앞에 보이는 건 어린 소녀가 아닌가요?"

작은 건물 바깥으로 세상이 굴러간다. 문틈으로 바깥을 바라보자 수천 년의 세월이 지나가고 있다. 그리고 그 애, 아주 어린 아이, 처음부터 베냐민에게 찰싹 붙어 있었던, 그날뿐 아니라 매일같이 그가 지켜주던 그 애를 내려다보았다. 베냐민은 바닥에 앉은 채 생명이 빠져나간 그 애를 안고 두 팔로 들어보다가 울음을 터뜨린다. 자신이 이 세상에서 가진 단 하나의 목표에 실패했기 때문에 운다.

"품에 안긴 건 선생님의 어린 여동생이지요?"

24장

| 자정 |

경찰차 한 대가 녹음을 뚫고 별장으로 이어지는 좁다란 트랙터 도로를 느릿느릿 달려왔다. 베냐민은 이 장면을 똑똑히 기억한다. 그때 그는 잔디밭에 무릎을 꿇고 있었다. 그에게 일어난 사건이 전혀 이해되지 않았기에, 경찰차가 경고등을 번쩍이며 도착한 순간 마치 현실이 찾아와 문을 두드리는 것 같다고, 외부 세계의 그 무언가가 찾아와서 그가 저지른 일을 알려 달라 요구하는 것 같다고 느꼈던 것이다.

여성 경찰관 두 명이 차에서 내렸던 게 기억난다. 두 경찰관이 몰리의 상태를 보아야 한다고 했지만 엄마가 그 애를 품에 안고 놓지 않으려 했던 게 기억난다. 땅거미 진 침침한 어둠 속에서 들려오던 두런두런 소리, 아빠가 베냐민을 슬쩍 가리키자, 두 경찰관이 양옆에서 베냐민을 향해 다가오던 것이 기억난다. 경찰관은 둘 다 친절했고, 추운 여름밤 그에게 담요를 덮어주며 질문을 했고, 그가 대답하지 못해도 참을성을 잃지 않았던 게 기억난다. 잠시 후 경찰차가 또 한 대 왔었다. 그다음에는 구급차가, 또 전기회사에서 온 트럭을 비롯해 다른 차량들이 줄줄이 도착하더니 경사진 트랙터 도로에 기우뚱하게 차를 세웠다. 사람들은 변전소가 있는 숲속으로 모습을 감추었다가 다시 돌아왔다. 모르는 사람들이 부엌에 서서 전화 통화를 했다.

그러다가 별안간 엄청나게 많은 사람이 찾아왔다. 베냐민 가족 말고는 그 누구도 발을 들인 적 없던, 황량하기만 하던 별장이 다른 사람들로 꽉 찼고, 다들 그의 내면으로 파고들겠다는 듯 그가 저지른 죄를 진짜 일어난 일로 만들 기세로 질문을 던져댔다.

베냐민은 또 혼자 걷고 있었다.

심리상담소에서 나와 도시의 남쪽 끝에 있는 옛 요금징수소 쪽을 걷다가, 다리를 건넌 뒤, 감라스탄의 텅텅 빈 골목들을 지나고 선창을 따라서 시내까지 걸었다. 걷는 동안 여름밤이 찾아왔다. 지금 그는 에스컬레이터가 번번이 고장 나는 지하철역과 어머니와 함께 커피를 마시곤 했던 길가의 카페들을 지나치고 있다. 어머니가 살던 건물 입구에 도착하자 그를 기다리고 있던 형과 동생이 보인다.

"울었어?" 닐스가 묻는다.

"아니, 안 울었어." 베냐민은 대답한다.

그들은 계단참으로 걸어간다. 엘리베이터 안을 메운 침묵 속, 서로의 몸이 뿜어내는 존재감을 여실히 느낀다. 어머니의 명패는 이미 떼어낸 뒤다. 여태 닐스가 집주인과 나누었던 다른 연락들과 마찬가지로 냉담한 사실이다.

어머니의 사망을 알리며 임대 계약을 종료하겠다는 의사를 밝히자, 이틀 뒤 집주인에게서 연락이 왔다. 아파트 상태를 보니 닐스 말대로 담배 냄새 정도가 아니라고, '흡연으로 인한 훼손'이 심해 당장 집을 소독해야 하는 지경이라고 했다. 때문에 예정보다 집을 일찍 비워주게 된 세 형제는 한밤중, 심지어 장례식 전날 밤 이곳에 모이게 된 것이다. 내일 집을 청소하고 살림살이를 모두 내다 버리기 전에 어머니의 마지막 유품들을 거두어 오기 위해서다.

잠금장치를 연 닐스가 집 안을 돌아다니며 불을 켠다. 아파트 안이 서서히 밝아진다. 어머니는 1950년대에 생산한 조명을 고집했고, 그런 조명을 사다가 놓을 수 있는 모든 자리에 놓았다. 갈색, 노란색, 오렌지색 불빛이 6월 항구에 지던 저녁 해를 연상시키는 빛깔로 집안을 물들인다. 닐스와 피에르가 엄마를 기억할 만한 물건들을 찾아 집 안을 돌아다니는 사이에 베냐민은 그저 복도에 가만히 서 있다. 형과 동생이 책장이며 텅 빈 서랍들을 뒤지는 모습을 바라본다. 문득 어린 시절 부활절 아침 같다는 생각이 든다. 아빠가 숨겨둔 달걀 모양 초콜릿을 찾으려고 잠옷 바람으로 집안의 가구를 샅샅이 뒤지던 소년들. 닐스는 선반에 놓인 작은 나무 조각상 하나를 꺼낸다. 어머니의 사진 앨범을 찾은 피에르는 애초 그들이 이곳에 온 이유마저 잊어버린 듯 거실 바닥에 앉아 금세 앨범 속에 빠져든다.

"이것 좀 봐." 피에르가 사진 한 장을 꺼내 닐스에게 보인다. 그러자 닐스가 웃음을 터뜨리더니 동생 옆에 자리를 잡고 앉는다. 두 사람이 양말 바람으로 맨바닥에 앉아 있는 모습을 보고 있자니 꼭 그때의 어린 소년들이 몸만 크게 자라버린 것 같다. 얼떨결에 어른이 되어버린 것만 같다. 어린 시절 사진들을 보고 있는 둘은 마치 그사이 무슨 일이 있었던 건지 의아해하는 표정이다.

베냐민은 부엌으로 간다. 발에 무언가가 밟히며 으깨지는 소리가 나고, 마멀레이드 얼룩이 천장 조명을 받아 은은하게 빛을 낸다. 온 사방에 어머니가 남긴 작은 흔적들이 있다. 식탁 위, 칼로 뾰족하게 깎은 연필에 남은 잇자국. 수십 년간 우유를 태워먹은 바람에 바닥이 허옇게 변해 버린 소스 팬. 개수대에는 테두리에 립스틱 얼룩이 묻은 커피잔 하나와 토마토소스가 묻은 접시가 한 장 들어 있다. 냉장고를 열자 안에서 부엌 바닥을 향해 노란 빛이 뿜어져 나온다. 문에 달린 선반에는 온통 약밖에 없다. 종잇조각에 쓰인 복용 안내서가 날개처럼 붙은 조그만 약병들, 하얀 플라스틱 블리스터팩에 포장된 알약들, 은박지로 만들어진 꼬리표와 빨간 삼각형이 부엌 안에 번쩍이며 신호를 보낸다. 어머니의 존재감이 압도적으로 도사리고 있는 이 부엌에서 허락 없이 물건을 뒤지고 있다는 사실이 죄책감을 불러온다. 냉동고를 연다. 선반마다 1인분씩 포장된 피에로기가 들어차 있다. 한 달쯤 전, 어머니의 식사량을 늘려야겠다고 생각한 세 형제의 응급 조치였다. 셋은 어머니를 가게로 데려가 냉동식품 코너의 다양한 음식을 보여주며 식욕을 돋워보려 했지만, 어머니가 고른 건 피에로기뿐이었다.

"피에로기만 먹고는 못 살아요." 닐스가 말했다.

"왜 못 살아." 어머니의 대답이었다.

그래서 그들은 피에로기가 잔뜩 담긴 봉투 세 개와 함께 집으로 돌아왔다. 상자를 하나씩 꺼내 냉동고에 차곡차곡 쟁일 때마다 어머니는 옆에 서서 "맛있겠네." "환상적이야!" 하고 추임새를 넣었다. 저녁마다 엄마는 그날 무엇을 먹었는지 아들들에게 문자 메시지로 알려왔는데, 자식들을 안심시키려는 듯 "피에로기를 두 개나 먹었다!" 했던 것도 기억난다. 그러나 어머니는 자식들을 괴롭히는 일도 그만큼 잦았다. 당신의 건강 상태를 자식들을 통제할 수단으로 삼았던 것이다.

"몸무게가 이제 40킬로그램이란다!"

새끼돼지만 한 몸무게라고 했었지.

"음식이 좀 많은데." 베냐민이 거실에 대고 외치자 닐스와 피에르가 바닥에서 일어나 부엌으로 들어온다.

"어휴, 3등분 해야 하려나?" 닐스가 말한다.

"무슨 소리야?" 피에르가 묻는다.

"피에로기를 우리 셋이서 나눠야 하느냐고."

"엄마 음식을 각자 집에 가져가서 먹자고? 진심이야?"

그러자 닐스는 상자 하나를 꺼내 피에르에게 보여준다.

"냉동고 안에 먹거리가 20킬로그램이나 들어 있어. 그것도 전부 손도 안 대서 신선해. 엄마 생각이 난다는 이유만으로 그냥 다 내다 버리자는 거야?"

"아니, 알았어. 그래도 형이 다 가져가." 피에르가 대답한다.

"내가 다 가져갈 생각은 없어. 셋이 나누자니까."

"난 됐어."

피에르는 부엌에서 나가버리고, 닐스는 동생이 욕실로 들어가는 모습을 지켜본다. 닐스와 피에르는 가져갈 물건들을 거실에 쌓아두었다. 도자기 몇 개, 대접 하나, 조그만 사진 액자. 피에르가 챙긴 물건 중에는 어머니의 저금통도 보인다. 어머니는 잼병을 씻어서 복도 탁자 위에 두고 잔돈을 모았다. 병 안에 동전이 꽉 차 있고 지폐도 몇 장 들어 있다. 셋은 어머니를 추억할 물건을 챙기려고 이곳에 왔다. 그런데 피에르는 현금을 챙겨갈 작정이다.

"이거 내가 가져가도 돼?" 피에르가 욕실에서 개별 포장된 수면제를 들어 보인다.

"가져가." 닐스가 대답한다.

피에르는 자기 몫으로 챙긴 물건 더미에 수면제를 던져둔다. 베냐민은 저금통을 다시 쳐다본다. 어린 시절부터 쭉 느껴오던, 형제들 사이가 불공평하다는 감정이 다시금 치밀어 오른다. 피에르에게 네가 가져가려는 건 유품이 아니라 돈이라고 지적하고 싶다. 이 돈은 세 사람 모두의 몫으로 남은 유산이라고 말이다. 그러나 동생의 마음을 속속들이 알던 시절은 너무 옛날이었기에 피에르가 어떻게 반응할지 조금도 예상되지 않는다.

오랫동안 최소한의 시간만 함께 보내온 세 형제가 한 공간에 있는 지금, 팽팽하게 긴장이 깔려 있다. 그는 형제들의 겉모습 아래 숨겨진 진짜 모습을 모른다. 어머니의 죽음이라는 맥락을 벗어난 둘의 모습이 도저히 머릿속에 그려지지 않는다. 한번은 아버지의 기일에 셋이 모인 적이 있었다. 세 형제는 아버지의 무덤 앞에 잠시 아무 말 없이 서 있다가 카페에 가서 커피와 빵을 먹었다. 베냐민이 잘 지내느냐고 묻자 두 사람은 빵을 먹는 사이사이 성의 없이 짤막하게 응, 하고 대답한 게 다였다. 베냐민은 그날 처음으로 둘에게 자신이 잘 지내지 못하고 있다고 털어놓았다. 둘은 물론 안타까움을 표현하기는 했지만, 분명 그 이야기를 더 듣고 싶지 않아 했다. 베냐민은 자신이 어른이 되어서도 슬픈 이유는 어린 시절 우리 모두에게 일어난 일들 때문인 것 같다고 말했다. 그러자 피에르가 웃음을 터뜨리더니 "난 매일 아침 샤워하면서 휘파람을 불고 있어."라고 했다.

어쩌면 그 말이 사실일 수도 있다. 피에르가 정말 그렇게 하는 건지도 모른다. 어쩌면 세 형제 중 그 사건을 극복하지 못한 건 베냐민 혼자뿐일 수도 있다. 요즈음 형제들과 함께 있을 때 지독하게 괴로운 건 그 때문일까?

세 사람의 역할도 은연중에 바뀌었다. 어린 시절엔 베냐민과 피에르가 늘 붙어 다녔고, 닐스는 한쪽 구석에, 아니면 3미터쯤 뒤에 떨어져 있곤 했다. 어린 시절, 다 같이 차를 타고 어디론가 가던 길, 닐스는 셋 중 누군가가 오래전 앞좌석 등받이에 붙여놓은 껌을 발견했었다. 닐스는 펜을 꺼내더니 들러붙은 껌을 찌르고 비틀어 떼어낸 뒤 입 안에 집어넣었다. 그 모습을 역겨워하며 지켜보던 베냐민과 피에르는 늘 그랬듯 남몰래 서로 눈빛을 교환했는데, 그때 닐스가 착 가라앉은 목소리로 입을 열었다. "너희들이 그러는 걸 내가 모를 줄 알아?" 어쩌면 이 또한 베냐민의 상상인지도 모르지만, 지난주 내내 그는 자신이 닐스 대신 희생자가 되고 나머지 두 형제가 자꾸만 자기 몰래 눈빛을 교환하는 것 같은 기분을 느꼈다.

"이런 세상에!"

닐스가 침실에서 고함을 지른다.

피에르와 베냐민은 침실로 향한다. 어머니가 창가에 두고 쓰던 책상 맨 위 서랍이 열려 있고 그 앞에 서 있던 닐스가 손에 들고 있던 봉투를 두 사람에게 건넨다. 봉투에는 엄마의 것이 분명한 글씨로 "만일 내가 죽거든 읽거라" 하고 적혀 있다.

세 형제는 엄마의 침대에 나란히 앉아 편지를 읽는다.

아들들에게

이 편지를 쓰는 지금, 몰리는 곧 스무 살이 되는구나. 꽃을 사서 추모식에 갔단다. 그 애의 생일이 다가올 때마다, 아니면 그 애의 기일이 다가올 때마다, 나는 그 애와 평행한 삶을 살고 있단다. 몰리의 일곱 살 생일날엔 케이크를 사다가 공원에서 먹었지. 자전거를 타고 내 주위를 서툴게 빙빙 돌며 행복해하는 그 애의 모습이 그려졌어. 몰리가 10대가 되었을 때 난 때때로 욕실 문틈으로 그 애가 보인다고 상상했단다. 거울을 향해 몸을 숙이고는 잔뜩 집중한 채로 화장을 하는 모습을 몰래 지켜보았지. 친구들과 시내로 갈 준비를 하는 모습이었어.

나는 그 뒤로도 남몰래 몰리의 엄마로 살았다. 책에서 보니 드문 일이 아니라기에, 난 계속 그렇게 하기로 했다. 슬픈 일이 아니야. 그 반대지. 나는 그 애를 진짜처럼 구석구석 세세하게 다시 만들어냈단다. 그렇게 잠시 동안이라도 나는 내 딸의 엄마로 돌아갈 수 있었다.

사람들 말로는 애도란 지나가는 단계에 불과하다고, 그 단계를 지나면 삶이 기다리고 있다고 하더구나. 물론 예전과 똑같은 삶이 아니라 다른 삶 말이다. 하지만 그 말은 틀렸어. 애도라는 건 단계가 아니라 상태란다. 결코

변치 않고 바위처럼 그 자리에 우뚝 버티고 있지.

그리고 애도는 사람을 침묵하게 만든다.

피에르, 닐스. 너희들과 대화해야겠다는 다짐을 너무나 많이 하는 바람에 나중에는 이미 했다고 믿어버리게 되더구나. 너희들과 대화를 했어야 하는데. 세상에 이런 엄마가 어디 있겠니? 내가 너희들에게 하지 않았던 말들이 미안할 뿐이다.

베냐민. 네가 가장 무거운 짐을 지고 살았을 거야. 그래서 네가 가장 안타깝구나. 난 단 한 번도 너를 탓한 적이 없어. 다만 네게 그 말을 차마 해줄 수가 없었을 뿐이다. 그러나 오랜 세월 입을 다물고 살던 내가 네게 단 한 마디를 할 수 있었더라면, 그 말은 분명 '네 잘못이 아니다'라는 말이었을 테지.

베냐민, 너를 만날 때면 난 이따금 널 지켜보곤 했다. 너는 한쪽에, 때로는 구석에 서서 우리를 관찰하고 있더구나. 너는 늘 관찰자 노릇을 하는 한편으로 나머지 모두를 책임지려 애썼지. 만약 그 사건이 없었더라면 네가 어떤 사람이 되었을지 상상하기도 해. 네가 몰리를 품에 안고 숲을 나온 그날 오후를 종종 떠올린다. 그 애의 차가운 뺨, 햇빛을 받은 그 애의 곱슬머리가 아직도 기억에 선하다. 그런데 내 앞에 서 있는 네 모습은 보이지가 않아. 네가 어디로 갔는지, 누가 널 돌봐주었는지는 도무지 알 수가 없구나.

남길 것이 없으니 유언장은 없다. 내가 죽거든 세세한 일처리는 알아서 하거라. 하지만 마지막 소원이 하나 있구나. 나를 다시 그 별장으로 데려가 주렴. 그리고 내 유해를 호수에 뿌려다오.

하지만 나를 위해 그렇게 해달라는 건 아니야. 너희들에게 내가 무엇을 해달라고 부탁할 자격이 어디 있겠니. 난 너희들이 너희들 자신을 위해 그렇게 해주었으면 한다. 함께 차에 올라 먼 길을 가거라. 내가 상상하고 싶은 너희 셋의 모습이니까. 차 안에서, 외딴 호숫가에서, 또 저녁나절 사우나 안에서 다른 누구도 없이 오로지 너희 셋이서만 시간을 보내는 모습 말이다. 우리가 단 한 번도 하지 않았던 일, 서로 대화를 나누는 그 일을 너희들이 해주었으면 한다.

죽기 전까지는 너희들에게 이 편지를 보여주지 않을 작정이다. 내가 너희들에게 저지른 일을 용서받지 못할까봐 겁이 나서야. 잘은 모르겠지만, 그저 이제 내가 몰리와 함께 있다고 상상해 주겠니? 내가 다시 그 애를 품에 안고 있다고, 그리고 언젠가 너희들도 그곳에 오면, 나한테도 너희를 다시금 사랑해 줄 수 있는 기회가 생길 거라고 말이다.

엄마가.

닐스가 편지를 무릎 위에 내려놓는다. 피에르는 벌떡 일어나더니 발코니로 걸어가며 주머니를 뒤적여 담배를 찾는다. 나머지 둘도 그를 따라간다. 남겨진 세 아들이 발코니에 나란히 서서 잠든 도시를 내려다본다. 피에르가 담배를 거칠게 빨아들이자 어둠 속에서 담뱃불이 새빨갛게 빛난다. 베냐민이 손을 뻗자 피에르가 피우던 담배를 넘긴다. 베냐민은 담배를 한 번 빨아들인 다음 다시 닐스에게 넘긴다. 피에르가 웃는다. 흐릿한 어둠 속에서 닐스도 조용히 미소를 짓는다. 그렇게 세 형제는 담배를 서로 주거니 받거니 하며 서로를 바라본다. 지금은 말이 필요 없는 순간이다. 짧게 고개를 끄덕이거나, 아니면 그저 끄덕인다고 생각하기만 해도 족하다. 다시 한번 살아남기 위해 지금까지의 이야기를 차근차근 되짚어가며 그들을 충돌지점까지 데려다줄 여정을, 그들은 알고 있다. 그 여정은 이미 일어난 일인 것처럼 그들 안에 자리하고 있다.

작가의 말

『세 형제의 숲』은 2년 전에 있던 일에서 시작되었다. 오랜만에 형과 동생과 함께 저녁을 먹을 기회가 있었다. 나는 문득 형이 여자친구와 어떻게 지내고 있는지 궁금해 가볍게 안부를 물었다. 형은 연애를 오래 했고, 나는 형의 여자친구와 인사할 때마다 좋은 인상을 받았었다. "우리 헤어졌어." 형이 이별을 겪은 줄도 몰랐던 나는 당황했고 미안한 마음이 들었다. 그래서 이번엔 괜찮냐고, 속상하진 않냐고 다시 물었다. "괜찮지, 그럼. 헤어진 지 반년 정도 되었거든." 어떻게 이럴 수가. 어렸을 때 나는 우리 세 형제가 한 몸처럼 친하다고 생각했는데, 지금은 서로의 근황도 모르는 채로 소원해지다니. 언제 서로에게 낯선 사람이 되어버린 것일까? 그 사이에 무슨 일이 일어났던 것일까?

그 이후로 시간이 걸리기는 했지만, 마침내 이 책을 완성하게 되었다. 가까운 사람을 잃고 살아남는 것에 대한 소설이다. 이야기를 결말부터 거꾸로 되짚어가겠다는 아이디어는 순전히 오해에서 비롯되었다. 어느 날, 나는 친구와 함께 「퀸 오브 하츠」라는 영화를 보러 갔다. 도입부에 흰 자작나무가 극단적으로 클로즈업되어 나오는데, 나는 그 장면이 결말 부분에 해당하는 엑스레이 사진인 줄로만 알았다. 이 영화는 결말에서 시작해서 거꾸로 진행되는구나! 물론 내 착각이었다. 그날 밤, 집으로 걸어가는 동안 나는 줄곧 생각했다. 이 영화는 결말부터 거꾸로 진행되어야 했다고.

어머니의 유해를 호수에 뿌리기 위해 떠난다는 소재는 실제로 있던 일에서 가져왔다. 어머니가 돌아가신 뒤, 나는 형과 동생과 함께 어머니의 집에서 짐을 정리하다 옷장의 맨 위쪽 서랍에서 봉투를 발견했다. "아들들아, 내가 죽으면 보거라" 하고 쓰인 봉투를.

벌써 5년이나 지난 일이다. 하지만 아직도 그때가 인생을 통

틀어 가장 이해할 수 없던 순간으로 남아 있다. 우리 세 형제는 어머니가 쓰던 침대에 나란히 앉아서 편지를 읽었다. 그 순간에 우리는 전혀 어른이 아니었다. 눈이 휘둥그레진 채로, 세상의 저편에서 보낸 마지막 인사를 읽는 아이들이었다.

이 소설 속에서 벌어진 일은 모두 사실이 아니다. 하지만 모든 일의 출처는 다 나에게 있다. 나는 내 어린 시절이며, 모든 것을 서로 나누던 형과 동생 그리고 나를 생각할 때마다 똑같은 질문을 던지고 싶다. 그 사이에 무슨 일이 일어났던 거냐고.

『세 형제의 숲』은 전 세계에서 출간되었고, 많은 독자로부터 내 이야기와 우리 형제에게 공감한다는 메시지를 받았다. 그저 영광일 따름이다. 이 책을 읽은 당신도 나의 이야기에 연결감을 느낄 수 있었으면 좋겠다.

옮긴이의 말

햇빛에 눈을 찌푸린 채 찍힌 사진 속의 어린 시절은 언제나 찬란하다. 울창한 숲에 둘러싸인 별장에서 부모님과 세 형제는 온전히 그들만의 시간을 보낸다. 미나리아재비를 꺾어 꽃다발을 만들고, 은빛으로 반짝이는 자작나무 숲으로 달려가고, 헤엄치기 시합을 했던 기억. 그러나 기억을 처음부터 찬찬히 되짚어가면 별장에서의 어린 날은 사진 속처럼 다정하고 아름답기만 한 게 아니다. 일견 완전해 보이는 가족은 잘 들여다보면 어른들의 변덕과 불화로 얼룩져 있고, 아이는 차갑고 어두운 식품저장고에서 시간을 보내야 할 때도 있다. 각별히 민감한 정신을 가진 아이도 있다. 언제나 한 발짝 떨어져 가족을 바라보고 있는 베냐민의 눈에는 모든 것이 이해할 수 없는 일투성이다. 별장에서의 여름은 비극적인 사건으로 끝을 맺고, 베냐민은 아주 오랫동안 그 일을 이해할 수 없다.

이런 기억들에 또 하나의 완전히 다른 이야기가 섞여든다. 어른이 된 베냐민이 마침내 형제들과 함께 오래전의 별장을 찾아가는 여정이다. 어린 시절은 선형적으로 전개되지만 기억을 찾아가는 과정은 역순이다. 타임머신을 묻듯이 뚜껑을 덮어 가슴 깊은 곳에 밀어 넣은 기억을 되찾기 위해서는 지금 이 자리에서부터 천천히 더듬어가야 하기 때문이다.

『세 형제의 숲』은 어린 시절을 갑작스레 무너뜨린 비극에 관한 이야기이기도 하지만, 그보다는 기억을 다시금 방문하며 그 기억과 자기 자신의 진짜 모습을 찾아가는 이야기에 가깝다. 그런 면에서 이 이야기는 성장소설이기도 하다. 묻혀 있던 기억을 꺼내지 않고서는, 비극적인 사고 이후에 단단하게 굳어버린 마음을 찬찬히 풀어헤치지 않고서는 자라날 수 없으니까.

번역하는 과정에서, 모든 이야기의 마지막 장면에서 시작해 끝에 가서야 사건의 실체가 밝혀지는 소설의 복잡한 구조 때문에 독자들이 혼란스럽지 않을까 우려하기도 했다. 그러나 책

속이 아니더라도 사람의 마음은 때로 그런 식으로 움직인다. 각기 다른 순서로 펼쳐지는 두 가지 이야기를 나란히 놓고, 또는 교차하며 살펴보아야 하나의 사건이 한 사람의 마음에 어떤 흔적을 만들었는지를, 그 기억이 가진 온전한 무게를 알 수 있을 때도 있다.

이 책의 스웨덴어 원제인 'Överlevarna'는 '생존자들'이라는 의미를 지녔다. 복수형으로 쓰인 이 표현은 베냐민을 가리키는 말이기도 하지만 어린 시절을 형성한 역기능逆機能 가족 전체에 흐르는 잔잔한 폭력의 흐름을 나름의 방식으로 버텨낸 세 형제 모두를 가리킬 것이다. 어쩌면 생존이란 한 차에 올라 흙길을 달려 어린 시절로 되짚어가는 과정 자체를 가리키는 것인지도 모르겠다. 여름은 끝나고, 불가해한 사건에 관해 끝까지 아무 이야기도 나누지 않은 채 어른들은 사라진다. 늘 함께이던 형제들은 각자의 삶으로 떠나 길에서 마주쳐도 돌아보지 않는 사이가 된다. 누구나 언젠가 유골단지에 담긴 낯선 빛깔의 재가 된다. 그럼에도 어떤 사람은 제자리에 멈춰 힘껏 처음으로 되돌아가기도 한다. 그곳에 묻힌 끔찍한 기억을 다시 끄집어내기 위해. 생존하기 위해. 그리고 그 자리에서 다시 이야기는 시작될 것이다.

세 형제의 숲

초판 1쇄 인쇄 2022년 11월 18일
초판 1쇄 발행 2022년 12월 1일

지은이 알렉스 슐만
옮긴이 송섬별
펴낸이 김선식

경영총괄 김은영
책임편집 채윤지 **디자인** 이은혜 **책임마케터** 배한진
콘텐츠사업2팀장 김보람 **콘텐츠사업2팀** 이은혜, 박하빈, 이상화, 채윤지
편집관리팀 조세현, 백설희 **저작권팀** 한승빈, 김재원, 이슬
마케팅본부장 권장규 **마케팅3팀** 권오권, 배한진
미디어홍보본부장 정명찬 **홍보팀** 안지혜, 김민정, 오수미, 송현석
뉴미디어팀 허지호, 박지수, 임유나, 홍수경 **디자인파트** 김은지, 이소영
재무관리팀 하미선, 윤이경, 김재경, 안혜선, 이보람
인사총무팀 강미숙, 김혜진
제작관리팀 박상민, 최완규, 이지우, 김소영, 김진경, 양지환
물류관리팀 김형기, 김선진, 한유현, 민주홍, 전태환, 전태연, 양문현, 최창우

펴낸곳 다산북스 **출판등록** 2005년 12월 23일 제313-2005-00277호
주소 경기도 파주시 회동길 490
대표전화 02-704-1724 **팩스** 02-703-2219 **이메일** dasanbooks@dasanbooks.com
홈페이지 www.dasanbooks.com **블로그** blog.naver.com/dasan_books
종이 한솔피엔에스 **인쇄·제본** 한영문화사 **후가공** 평창피앤지
ISBN 979-11-306-9520-4 (03850)